Ou

Yang

Xiu

欧阳修

诗文

鉴赏辞典

（珍藏本）

上海辞书出版社文学鉴赏辞典编纂中心 编

上海辞书出版社

《欧阳修诗文鉴赏辞典》领衔撰稿

叶嘉莹　　　刘学锴　　　吴小如　　　金性尧
曹中孚　　　赖汉屏　　　霍松林

撰稿人 （按姓氏笔画排列）

王双启	王 劼	王思宇	艾治平	叶嘉莹
朱德才	任国绪	刘学锴	江辛眉	李敬一
吴小如	吴小林	吴庚舜	吴孟复	吴翠芬
余恕诚	陈华昌	陈顺智	陈榕甫	周本淳
周汝昌	周啸天	周锡山	金性尧	胡国瑞
赵其钧	钟 陵	聂世美	钱仲联	徐少舟
徐培均	高克勤	黄清士	曹中孚	曹光甫
傅经顺	谢桃坊	赖汉屏	霍松林	

前言

欧阳修(1007—1072) 宋文学家、史学家。字永叔,号醉翁、六一居士。吉州庐陵(今江西永丰)人。仁宗天圣八年(1030)进士。次年任西京留守推官,与尹洙、梅尧臣等往来唱和。景祐元年(1034),为馆阁校勘。三年,以范仲淹被贬,贻书责司谏高若讷,贬夷陵令,后转乾德令。康定元年(1040),回京任馆阁校勘。庆历三年(1043)知谏院,支持范仲淹等人推行新政,遭政敌忌恨弹劾,贬知滁州。后转知扬州、颍州、应天府。至和元年(1054)入为翰林学士,编修《新唐书》。后官至枢密副使,参知政事。神宗熙宁四年(1071)以太子少师致仕。卒谥文忠。

欧阳修为唐宋八大家之一,北宋古文运动的领袖。从政初,曾亲自校订《昌黎集》刊行天下,以为标榜。在他知贡举时,于宋初"险怪奇涩之文,痛排抑之",借科举考试促进文风改革。又"奖引后进,如恐不及"(皆见《宋史》本传),曾巩、王安石、苏洵父子皆出其门。其理论主张与韩愈一脉相承,又自有见地。强调"道"对"文"的决定作用,认为"道胜者,文不难自至",反对"舍近取远,务高言而鲜事实"(《答吴充秀才书》)、"弃百事不关于心"(《与张秀才第二书》)的浮薄空泛之文。同时也强调"文"的独立性,认为"道虽同,言语文章未尝相似"(《与乐秀才第一书》),道能充实文,却不能代替文,提出"事信、载大、言文"(《代人上王枢密求先集序书》)的标准。创作上,尽弃韩派文人皇甫湜的奇诡,唯取"文从字顺",形成一种"简而有法"(《尹师鲁墓志铭》)、平易自然、从容婉转的独特风格。文存二千余篇,吴充《欧阳文忠公行状》称其"文备众体,变化开阖,因物命意,各极其工"。论辩文《朋党论》,记叙文《醉翁亭记》,序跋《新五代史伶官传序》《苏氏文集序》,祭文墓志《泷冈阡表》等等,无论记事怀人,抒情议论,皆"纡徐委备,往复百折,而条达疏畅,无所间断"(苏洵《上欧阳内翰书》)。尤其是《秋声赋》,突破赋体讲究骈、律的模式,以散文笔调铺写,开创了宋代"文赋"新体。诗存八百六十余首,风格平易流畅,成就不及散文。《戏答元珍》等,写景述怀,闲远古淡,于平直中不乏清新巧丽。《边户》等暴露现实黑暗,注重诗歌的讽喻作用。古体长篇,颇受韩愈诗影响,其以文为诗的特点,形成宋诗的特殊风格,《和王介甫明妃曲二首》最为得意。词存二百四十余首,虽未能摆脱五代词人的影响,却不似花间派的浮艳华靡。对宋词发展有一定影响。冯煦《宋六十一家词选》评其"疏隽开子瞻,深婉开少游"。所著《六一诗话》,开创了论诗的新形式,推动了中国古代诗歌理论的发展。又喜收集金石文字,编为《集古录》,对宋代金石学颇有影响。著有《欧阳文忠公集》一百五十三卷,《毛诗本义》十六卷,《新五代史》七十四卷。与宋祁等合修《新唐书》二百二十五卷。

其生平事迹见宋韩琦《安阳集》卷五〇《欧阳修墓志铭》、苏辙《栾城后集》卷二三《欧阳文忠公神道碑》《欧阳文忠公集》附录卷一吴充《欧阳修行状》《宋史》卷三一九。另有宋胡柯编《庐陵欧阳文忠公年谱》、清杨希闵编《四朝先贤六家年谱·欧阳文忠公年谱》,可资参考。

本书是本社中国文学名家鉴赏辞典系列之一。精选欧阳修代表作品67篇,其中诗14篇、词29篇、文24篇,另请当代研专家为每篇作品撰写鉴赏文章。其中诠词释句，发明妙旨，有助于了解欧阳修名篇之堂奥，使读者尝鼎一脔，更好地领略欧阳修纤徐委备，条达疏畅，领袖一代的文学风标。另外，书末还附有《欧阳修生平与文学创作年表》，供读者参考。不当之处，尚祈指正。

上海辞书出版社文学鉴赏辞典编纂中心

2020.7

目 录

目录

目录

3

诗

shi

戏答元珍

原文

春风疑不到天涯,二月山城未见花。

残雪压枝犹有橘,冻雷惊笋欲抽芽。

夜闻归雁生乡思,病入新年感物华。

曾是洛阳花下客,野芳虽晚不须嗟。

鉴赏

仁宗景祐三年(1036)五月,欧阳修降职为峡州夷陵(今湖北宜昌)县令,次年,朋友丁宝臣(字元珍,其时为峡州军事判官)写了一首题为《花时久雨》的诗给他,欧阳修便写了这首诗作答。题首冠以"戏"字,是声明自己写的不过是游戏文字,其实正是他受贬后政治上失意的掩饰之辞。

欧阳修是北宋初期诗文革新运动倡导者,是当时文坛领袖。他的诗一扫当时诗坛西昆派浮艳之风,写来清新自然,别具一格,这首七律即可见其一斑。

诗的首联"春风疑不到天涯,二月山城未见花",破"早春"之题:夷陵小城,地处偏远,山重水隔,虽然已是二月,却依然春风难到,百花未开。既叙写了作诗的时间、地点和山城早春的气象,又抒发了自己山居寂寞的情怀。"春风不到天涯"之语,暗寓皇恩不到,透露出诗人被贬后的抑郁情绪,大有"春风不度玉门关"之

3

怨旨。这一联起得十分超妙,前句问,后句答。欧阳修自己也很欣赏,他说:"若无下句,则上句何堪? 既见下句,则上句颇工。"(《笔说》)正因为这两句破题巧妙,为后面的描写留有充分的余地,所以元人方回说:"以后句句有味。"(《瀛奎律髓》)次联承首联"早春"之意,选择了山城二月最典型、最奇特的景物铺开描写,恰似将一幅山城早春画卷展现在读者面前,写来别有韵味。夷陵是著名橘乡,橘枝上犹有冬天的积雪。可是,春天毕竟来了,枝桠上留下的不过是"残雪"而已。残雪之下,去年采摘剩下的橘果星星点点地显露出来,它经过一冬的风霜雨雪,红得更加鲜艳,在白雪的映衬下,如同颗颗跳动的火苗。它融化了霜雪,报道着春天的到来。这便是"残雪压枝犹有橘"的景象。夷陵又是著名的竹乡,那似乎还带着冰冻之声的第一响春雷,将地下冬眠的竹笋惊醒,它们听到了春天的讯息,振奋精神,准备破土抽芽了。我国二十四节气中有"惊蛰","万物出乎震,震为雷……蛰虫惊而出走"(《月令七十二候集解》)。故名惊蛰。蛰虫是动物,有知觉,在冬眠中被春雷所惊醒,作者借此状写春笋,以一个"欲"字赋予竹笋以知觉,以地下竹笋正欲抽芽之态,生动形象地把一般人尚未觉察到的"早春"描绘出来。因此,"冻雷惊笋欲抽芽"句可算是"状难写之景如在目前"的妙笔。

诗的第三联由写景转为写感慨:"夜闻归雁生乡思,病入新年感物华。"诗人远谪山乡,心情苦闷,夜不能寐,卧听北归春雁的声声鸣叫,勾起了无尽的"乡思"——自己被贬之前任西京留守推官的任所洛阳,不正如同故乡一样令人怀念吗? 然后由往事的回忆联想到目下的处境,抱病之身又进入了一个新的年头。时光流逝,景物变换,怎不叫人感慨万千! 该怎样排遣心中的郁闷呢?

诗人并没有消沉,于是末联落到"待春"的自为宽解的主题上去:"曾是洛阳花下客,野芳虽晚不须嗟。"我曾经在产花的名园洛阳饱享过美丽的春光,因此,目下不须嗟叹,在这僻野之地等待着迟开的山花吧。

这首诗在写景方面,于料峭春寒中见出盎然春意,颇富生机;在抒情方面,于寂寞愁闷里怀着向上的希望,不觉低沉;实在是诗人之笔,政治家之情,二者融为一体,诗情画意,精妙之极,自具一种独特的艺术境界。

(李敬一)

水谷夜行寄圣俞、子美

原文

寒鸡号荒林，山壁月倒挂。

披衣起视夜，揽辔念行迈。

我来夏云初，素节今已届。

高河泻长空，势落九州外。

微风动凉襟，晓气清余睡。

缅怀京师友，文酒邀高会。

其间苏与梅，二子可畏爱。

篇章富纵横，声价相摩盖。

子美气尤雄，万窍号一噫。

有时肆颠狂，醉墨洒滂沛。

譬如千里马，已发不可杀。

盈前尽珠玑，一一难拣汰。

梅翁事清切，石齿漱寒濑。

作诗三十年，视我犹后辈。

文词愈清新，心意虽老大。

譬如妖韶女，老自有余态。

近诗尤古硬,咀嚼苦难嘬。

初如食橄榄,真味久愈在。

苏豪以气轹,举世徒惊骇。

梅穷独我知,古货今难卖。

二子双凤凰,百鸟之嘉瑞。

云烟一翱翔,羽翮一摧铩。

安得相从游,终日鸣哕哕?

相思苦问之,对酒把新蟹①?

〔注〕

① 本诗最后两句也有解为:我虽"对酒把新蟹",但因独居无友,所以仍然想念不已。这样解就与题目"夜行"离远了,故不取。

鉴赏

这首诗是欧阳修庆历四年(1044)秋天写的。这年四月他任河北都转运使,巡行辖区,夜间从水谷(今河北省完县西北)出发,独行踽踽,因而想到在京师时的文酒高会,特别是苏舜钦、梅尧臣两人的诗歌风格,写下这首有名的五古,以寄慰好友。后人常以此诗作为评论苏舜钦、梅尧臣诗风的重要依据。

全诗四十八句,按内容分为五节。前十句为第一节,写题目中的"水谷夜行"作为全诗的引子。首两句写夜半更深起行的感受。首句鸡声惊起,寒、号、荒这些字给人以荒凉冷落的感觉,"山壁月倒挂"写月将落的景色,生动形象,和首句的荒寒相映成趣。三、四句写早行赶路。五、六句回忆初离京师,时值初夏,而现在已届素秋,强调出行之久。这些都为下文怀念京师作垫。同是写将晓的景色,李商隐的"长河渐落晓星沉"是凄丽,而"高河泻长空,势落九州外"则是气势雄浑,境界开阔。九、十两句写天将拂晓,睡意全销,自然引起下节怀友之念。

"缅怀"二句由眼前的侵晓夜行想到当日京师的文酒高会,冷落的行旅和热烈的气氛形成鲜明的对比。然后文笔从高会的众宾收缩到自己所畏爱的苏、梅二人。古人称值得敬佩的朋友为"畏友"。"可畏爱"三字引出下面几节对苏、梅的评论,直贯篇末"双凤凰"的比喻。"篇章"两句总写二人创作之富,声名之高,难分上下。这是总评,为下两节分评起个头。这是第二节。

第三节专论苏舜钦的才气。《庄子·齐物论》说:"大块噫气,其名为风,作则万窍怒号。""万窍号一噫"就是用《庄子》的语意来表现"气尤雄"的程度,说他作诗的气势,犹如大风陡作,万窍皆鸣。苏舜钦又善于草书。"有时"两句暗用张旭(张颠)来夸赞苏的书法,这也是"气尤雄"的注脚。"譬如"两句写其奔放,这是兼诗和草书说的。"盈前"二句主要写其既多且好,但"难拣汰"三字于赞扬中也略有微词。这一节共八句,合而观之,一个才气横溢的诗人和草书家的形象如在目前,他的酒酣落笔尽情挥洒的风神令人神往。

第四节十二句专写梅圣俞诗风的古淡,和子美的雄放恰成对照。梅比欧大五岁,"梅翁"的称呼既亲切又有尊敬的意味。"事清切"的"事"是动词,表示梅刻意追求"清切"的境界。次句用流水穿过乱石的形象来比喻"清切",但不是直说,而说成是"石齿漱寒濑",就更显生动。这里暗用孙楚"漱石枕流"的典故,使人不觉。"作诗"两句写梅诗工力之深(相传梅圣俞日课一诗),又表示自己对梅诗的尊崇之意。"文词"四句写作诗之久,老而不衰。一般人年龄一大,才思往往不如年轻时的敏锐,因而诗的工力虽深,清新之感却逊于当年。而梅圣俞却不然,年龄心意虽然老大(其实这时才四十三岁)但文词反而更加清新。这句的"虽"字有的本子作"难",那么可以解释为全心全意作诗,不知老之将至(诗人青春长在)。单从这两句看,似乎"难"字味还长些,但和下面"譬如"两句接不起来,所以把四句合起来看,仍以"虽"字为是,两句因韵脚而倒装。"譬如"两句从"徐娘半老,丰韵犹存"典故化出。用"妖娆女"作比喻,带有亲切幽默的味道。"近诗"四句写梅的诗风从清切到古硬工力愈深,而一般浅人愈难欣赏。用"食橄榄"为喻,非常贴切,写出梅诗耐人细细琢磨才能欣赏的硬工夫,这是下节"古货今难卖"的伏笔。食橄榄这个比喻被后人沿用来说明一种生涩的诗风,如评黄山谷诗等。把这一节十二句和上节八句对比,看出作者用笔的变化。苏诗的特点是雄放,作者八句也像一气喷出。梅诗是"古硬"别人不易理解,所以作者用十二句分三层来写梅诗的特点,先写作诗之久,以自己为衬,再用比喻说愈老愈清新,最后特别提到"近诗尤古硬",表明工夫老到,但"真味"必须细嚼得之,读者不可掉以轻心,失此"古货"(古人不管自己怎么创新,总标榜越古越好)。看出作者的苦心尤在宣扬梅诗的高超。这两节是本诗的主要部分,又为最后一节的总结准备了条件。

最后一节十二句,分三层,"苏豪"四句为第一层,总结前两节的描写。苏诗虽容易为人欣赏,但用"徒惊骇"三字,也含有对当世舆论的不满。梅就更不用说了。"二子"六句为第二层,对两人表示深切的同情和赞扬,比他们为"双凤凰",可说推崇备至,但"云烟"二句也表现出对他们的遭遇深感不平。"凤凰"既是祥瑞之物,理应受到全社会的尊重和爱护,但刚一施展才能(云烟一翱翔),立即受到摧抑排摈(羽翮一摧铩),两句"一"字紧相呼应,以见当世之妒贤嫉能。在此诗后不久,九月份苏舜钦就因以进奏院祠神费饮酒而被小人告讦,贬谪而死。欧阳修在《苏氏文集序》一文里感慨尤深。"安得"二句一方面就"凤凰"的比喻生发,哕哕,本指凤凰的鸣声,这儿即指作诗唱和;另一方面回应篇首"二子可畏爱"的语意。最后两句为第三层,表示相思之情不能已,所以作诗寄问,交代题目中的"寄"字。因为自己独行无友,风尘仆仆,想到当时京师文酒高会的盛况,想到苏、梅诗才,也许这时你们正在持螯把酒吟兴正浓吧? 怎么知道我的相思之苦呢? 所以得寄诗相问。这样和题目中的夜行及第一节正好呼应。这两句总结全诗,似乎略嫌草率,未能达到神完意足的境界,有点美中不足。

　　欧阳修在唐代诗人中极为推重韩愈,认为作诗当以韩为法。这首五古可以明显看出韩诗的影响。在诗中写朋友的不同风格,韩愈《醉赠张秘书》说:"君诗多态度,蔼蔼春空云。东野动惊俗,天葩吐奇芬。张籍学古淡,轩鹤避鸡群。"欧公此诗就韩愈这种写法开拓得更广阔,把苏、梅诗风的特征予以尽情描绘,对社会上对他们的排斥极表不平。诗前的叙事写景劲利落而语句凝练,中间的评论形象生动又极富感情。全诗条理脉络清楚紧凑,在欧诗五古中堪称佳作。

(周本淳)

别　滁

花光浓烂柳轻明，

酌酒花前送我行。

我亦且如常日醉，

莫教弦管作离声。

欧阳修于仁宗庆历五年（1045）八月贬为滁州（州治在今安徽滁县）知州，在滁州做了二年多的地方官，他的著名散文《醉翁亭记》就是在滁州作的。庆历八年，改任扬州知州，这首《别滁》诗乃当时所作。

欧阳修胸襟旷达，虽处逆境之中，仍能处处自得其乐。读他的《醉翁亭记》末二段，就可见他与民同乐的情景。此诗和《醉翁亭记》同样用了一个"醉"字，但并不过多地渲染那些离情别绪。《醉翁亭记》是写游宴之乐、山水之美，这诗所表现的父老亲故送别饯宴的情景，当别是一番情味。

首句写景，点明别滁的时间是在光景融和的春天。欧阳修由滁州徙知扬州，朝廷的公文是庆历八年闰正月乙卯下达的,抵达扬州为二月庚寅。这就大体为我们提供了这诗的具体写作时间。滁州地处南方,地气较暖,这里与作者在夷陵(今湖北宜昌)所写的另一首《戏答元珍》诗"春风疑不到天涯,二月山城未见花"不同,而是花光浓烂,柳丝轻明。这样,此诗首句不仅写出了别滁的节候特征,也为全诗定下了舒坦开朗的基调。

次句叙事,写当地吏民特意为欧阳修饯行。"酌酒花前",是众宾客宴送知州,与《醉翁亭记》的知州宴众宾正好相反;这天还有丝竹助兴,气氛显得热烈隆重。它虽不同于过去投壶下棋、觥筹交错的游宴之乐,但同样写出了官民同乐和滁州民众对这位贤知州离任的一片深情。

后两句是抒情,诗人把自己矛盾、激动的心情以坦然自若的语言含蓄地表达了出来。欧阳修在滁州任职期间,颇有惠政。饯行时当地父老向他所表示的真挚友好的感情,使诗人的内心久久不能平静:二年多的贬谪生活即将过去,这里地僻事简,民俗淳厚,特别对前年在滁州琅琊山与众宾客的游宴情景,更是低徊不已;而如今却是离别在即,滁州的山山水水,吏民的热情叙别,使他百感交集。这里"我亦且如常日醉"的"且"字,用得极好,写出了诗人与众宾客一起开怀畅饮时的神情意态和他的内心活动。结句用的是反衬手法,在这种饯别宴上作为助兴而奏的音乐,当是欧阳修平时爱听的曲调。但因离忧婴心,所以越是悦耳的曲调,内心就越感到难受。唐朝张谓写过一首题为《送卢举使河源》的赠别诗:"故人行役向边州,匹马今朝不少留。长路关山何日尽,满堂丝竹为君愁。"这里结句所表达的意思,实为欧阳修所本。"莫教弦管作离声",发人思索,使诗意余韵不尽。后来黄庭坚《夜

发分宁寄杜涧叟》诗"我自只如当日醉,满川风月替人愁",也是从
此脱出。

　　欧阳修这诗与一般叙写离愁别绪之作所渲染的凄恻之情,有
明显的不同,它落笔轻快自然,平易流畅,读来非常感人。这与宋
初盛行的刻意追求辞藻华丽,内容却不免空虚的"西昆体"诗风形
成鲜明对照。由于欧阳修在诗歌创作中以明快朴实的诗风力矫
时弊,因而就成了北宋诗坛的一大名家。

(曹中孚)

丰乐亭游春三首

原文

绿树交加山鸟啼，晴风荡漾落花飞。

鸟歌花舞太守①醉，明日酒醒春已归。

春云淡淡日辉辉，草惹行襟絮拂衣。

行到亭西逢太守，篮舆酩酊插花归。

红树青山日欲斜，长郊草色绿无涯。

游人不管春将老，来往亭前踏落花。

〔注〕

①　太守：汉代一郡的地方长官称太守，唐称刺史，也一度
用太守之称，宋朝称权知某军州事，简称为知州。诗里
称为太守，乃借用汉唐称谓。

鉴赏

　　丰乐亭在滁州（治所在今安徽滁县）西南丰山北麓，琅琊山幽
谷泉上。此亭为欧阳修任知州时所建，时在庆历六年（1046）。

他写了一篇《丰乐亭记》，记叙了亭附近的自然风光和建亭的经过，由苏轼书后刻石。美景，美文，美书，三美兼具，从此成为著名的游览胜地。

丰乐亭周围景色四时皆美，但这组诗则撷取四时景色中最典型的春景先加描绘。第一首写惜春之意，第二首写醉春之态，第三首写恋春之情。

先看第一首。头两句说：绿影婆娑的树木，枝叶连成一片，鸟儿在山上林间愉快地歌唱。阳光下和煦的春风轻轻吹拂着树枝，不少落花随风飞舞。"交加"，意为树木枝叶繁茂，种植紧密，所以枝叶交叉重叠，形成一片绿阴。"荡漾"两字写出春风在青山幽谷、林间草坪飘扬的神理，也写出游人在撩人春景中的愉快心境。明媚春光，令人心醉。诗人呢，野鸟啁啾，杂花乱飞，他一概不闻不见，他也进入了醉乡。次日酒醒，春无踪迹，原来已悄然归去了。第四句"明日酒醒春已归"，表面说醉了一天，实际是醉了整整一个春天。此句用夸张的语言反衬春景的迷人和春日短暂，带有浓厚的惋惜之意。

第二首前两句说：天上是淡云旭日，晴空万里；地上则是春草茂盛，蓬勃生长，碰到了游人的衣襟；而飞舞着的杨花、柳絮洒落在游人的春衣上，"拂了一身还满"。一个"惹"字写出了春草欣欣向荣之势，春草主动来"惹"人，又表现了春意的撩人；配上一个"拂"字，更传神地描绘了春色的依依。此句与白居易的名篇《钱塘湖春行》中"乱花渐欲迷人眼，浅草才能没马蹄"两句相比，功力悉敌，简直把春景写活了！第三、四句写游人兴之所至，来到丰乐亭，在亭西碰上了欧阳太守。太守在干什么呢？他双鬓和衣襟上插满了花卉，坐在竹轿上大醉而归。篮舆，是竹轿。他不乘一本

15

正经的官轿,而坐悠悠晃动、吱嘎作响的竹轿,显示出洒脱不羁的性格。因为坐的是敞篷的竹轿,故而人们得以一睹这位太守倜傥的丰采。

第三首写青山红树,白日西沉,萋萋碧草,一望无际。天已暮,春将归,然而多情的游客却不管这些,依旧踏着落花,来往于丰乐亭前,欣赏这暮春的美景。有的本子"老"字作"尽",两字义近,但"老"字比"尽"字更能传神。这首诗把对春天的眷恋之情写得既缠绵又酣畅。在这批惜春的游人队伍中,当然有诗人自己在内。欧阳修是写惜春之情的高手,他在一首《蝶恋花》词中有句云:"泪眼问花花不语,乱红飞过秋千去",真是令人肠断;而本诗"来往亭前踏落花"的多情游客,也令读者惆怅不已。

综观三诗,都是前两句写景,后两句抒情。写景,鲜艳斑斓,多姿多彩;抒情,明朗活泼而又含意深厚。三诗的结句都是情致缠绵,余音袅袅。欧阳修深于情,他的古文也是以阴柔胜,具一唱三叹之致。如果结合他的散文名作《醉翁亭记》和《丰乐亭记》来欣赏本诗,更能相映成趣。

(周锡山)

啼鸟

原文

穷山候至阳气生，百物如与时节争。

官居荒凉草树密，撩乱红紫开繁英。

花深叶暗辉朝日，日暖众鸟皆嘤鸣。

鸟言我岂解尔意，绵蛮但爱声可听。

南窗睡多春正美，百舌未晓催天明。

黄鹂颜色已可爱，舌端哑咤如娇婴。

竹林静啼青竹笋，深处不见唯闻声。

陂田绕郭白水满，戴胜谷谷催春耕。

谁谓鸣鸠拙无用，雄雌各自知阴晴。

雨声萧萧泥滑滑，草深苔绿无人行。

独有花上提葫芦，劝我沽酒花前倾。

其余百种各嘲哳，异乡殊俗难知名。

我遭谗口身落此，每闻巧舌宜可憎。

春到山城苦寂寞，把盏常恨无娉婷。

花开鸟语辄自醉，醉与花鸟为交朋。

花能嫣然顾我笑，鸟劝我饮非无情。

身闲酒美惜光景，唯恐鸟散花飘零。

可笑灵均楚泽畔，离骚憔悴愁独醒。

鉴赏

　　这首《啼鸟》诗，一说是欧阳修在庆历六年(1046)知滁州(治所在今安徽滁县)时所作，一说作于贬夷陵(今湖北宜昌县)时。作者在嘉祐二年(1057)春主持礼部考试时另有一首《啼鸟》诗，中有"可怜枕上五更听，不似滁州山里闻"二句。据此，似以前说为是。

　　这首诗按内容，大致可分为三段。

　　首四句为一段，为全诗的序曲，主要是时令和环境的描写：虽然是官居荒凉，虽然是穷山僻壤，但春天一到，则阳气萌动，繁花似锦，万物竞生。这几句的渲染，为全诗定下了欢快明朗的基调。

　　从"花深叶暗"句到"异乡殊俗难知名"，为第二段。这一段紧承上文，转入对各类啼鸟的描写。"百舌"(即画眉鸟)、"黄鹂"、"青竹笋"(亦称竹林鸟)、"戴胜"(布谷鸟)、"鸣鸠"(即斑鸠)、"泥滑滑"(亦称竹鸡)、"提葫芦"(亦称提壶鸟)等，均为鸟名。而"绵蛮""哑咤""谷谷""嘲喳"等，则都是形容各种鸟叫的词语。作者观察细腻，时或用一两个恰当比喻，描绘了一幅百鸟争鸣的阳春图景，写得很有情致。尽管作者起先说"鸟言我岂解尔意"，但到后来，他还是在不知不觉中被啼鸟感染了，觉得啼鸟原来也具有性情。你看那不会营巢、素称笨拙的斑鸠，也知晓阴晴,正如古谚所说,"天欲雨,鸠逐妇;天既雨,鸠呼妇"。再看那花上的提葫芦,也好像通晓人性,向我频频劝酒。在这一片生机盎然的气氛之中,遭贬谪的诗人作何感想呢?这就是下文要描叙的内容。

从"我遭谗口"句到最后,是全诗的第三段,同时也是全诗的主旨所在。作者笔锋一转,由鸟及人。所谓"我遭谗口",当是指庆历五年(1045)有人谣传作者和留养在家的孤甥女张氏有不正当的关系这件事。此事后来虽经辩明,但欧阳修却终于因此降官,出知滁州。他既遭此诬陷,在政治斗争中又曾多次为流言中伤,所以他每闻那些如簧之巧舌(不管是人言,还是鸟语),憎恶之心,即时生起。然而,山城寂寞,美人歌舞全无(娉婷:美女,此处代指能歌善舞的乐妓)。实在无法消磨时光,于是只好以酒浇愁,醉与花鸟为朋("交朋",一本作"友朋")。因为"花能嫣然顾我笑,鸟劝我饮非无情",这种拟人的手法,不管是诗人醉后的想象,还是诗人聊以自慰之语,反正到了这两句,人和物已经融为一体,作者的心境已经由激动而归于平静。他既耽心鸟散花落,又笑屈原的憔悴独醒,自寻烦恼("离骚":屈原著名长诗,但这里是取其"遭忧"之义)。这最后两句所表达的三分无奈、七分旷达的思想,既是本篇题旨的归结,同时也是欧阳修屡遭贬谪后处世之方。在其《与尹师鲁书》《夷陵县至喜堂记》《醉翁亭记》诸文以及《戏答元珍》诗等作品里,他曾多次表示要不以迁谪之情萦怀,不作穷苦之文字。他告诫自己:"野芳虽晚不须嗟。"

这首诗在形式上也有值得注意之处。首先是语言通俗易懂,音节流畅自然,不求险怪,不掉书袋,具有行云流水般的舒卷流动之美。其次是移情入景,借物言情。整个看来,此诗采用了赋的手法。但是,赋中也含有比兴。题为"啼鸟",目的却是要写人。作者充分发挥想象力,运用拟人的手法,赋予啼鸟以情性,借"啼鸟"来引导和表达自己的思想感情,达到物我交融之境。

(徐少舟)

唐崇徽公主手痕

原文

故乡飞鸟尚啁啾，何况悲笳出塞愁。

青冢埋魂知不返，翠崖遗迹为谁留？

玉颜自古为身累，肉食何人与国谋？

行路至今空叹息，岩花野草自春秋。

鉴赏

　　唐代宗时与回鹘和亲，以崇徽公主嫁其可汗。据《唐会要》卷六载："公主，仆固怀恩女，大历四年五月二十四日出降回鹘可汗。"崇徽公主手痕碑在今山西灵石。传说公主嫁回鹘时，路经此地，以手掌托石壁，遂有手痕。唐人李山甫有《阴地关崇徽公主手迹》诗（见《全唐诗》卷六四三）。

　　在这首诗里，诗人对崇徽公主不仅是怜其远嫁，哀其不幸，而且从政治上指明产生这个悲剧的原因。这就使这首诗在格调上不同于一般洒同情之泪的凄凉挽歌，而启发人们在深沉的哀怨中进而对这些女子的个人悲剧加以政治上的思考，激起人们对许多不能远谋的肉食者的愤慨。

　　诗从对比开始。诗人的眼前出现了当年崇徽公主远嫁时的凄凉情景。"啁啾"是形容鸟的细碎鸣叫声，白居易《燕》诗："却入空巢里，啁啾终夜悲。"不离故乡的鸟儿尚啁啾鸣叫不止，何况豆蔻年华的少女随着悲笳、离别父母、远嫁万里之外呢？她那依依之情，自可想而知了。作者在这里倾注了自己对她的怜惜同情。"青冢埋魂知不返，翠崖遗迹为谁留？"在感情上更进一层，同时，诗人的思绪也回到了现实。"青冢"是指王昭君之墓，传说她的墓常年长着青草，故名"青冢"。这里用来代指崇徽公主的埋身之地。诗人在这里反用了杜甫咏昭君的"环珮空归月夜魂"(《咏怀古迹》)诗意而用了一个"魂"字，则使诗情变得更为深婉，同时使读者仿佛看到一个楚楚动人的姑娘，满眼含着哀怨的泪水在"翠崖遗迹"之间飘荡。她是在诉说什么？是抛家傍路的孤独、凄凉？还是在埋怨亲人的无情？谁都不知道。青草年年绿，此恨绵绵无绝期。接下来作者奇峰突起，发出议论："玉颜自古为身累，肉食何人与国谋？"这是从诗人的肺腑里迸发出来的声音：自古以来，有几个肉食者能为国家的富强而出谋划策？又有多少美丽可爱的女子遭受远嫁的厄运，成为对外执行妥协政策的牺牲品。"玉颜"反为"身累"，"肉食"不与"国谋"，诗人寓于这两对矛盾现象中的诘问尖锐犀利，自古罕见。此联议论深切痛快，而又对仗工整，《朱文公语录》推崇此联道："以诗言之，第一等诗；以议论言之，第一等议论也。"对于这样的盛誉，它确实当之无愧。末联，作者笔锋一转，长叹一声，无可奈何之情袭人心怀，行路人到此只能报之以叹息，而孤魂栖止的崖花野草春秋更替，年复一年。这里以无情衬有情，颇有韵致。

　　全诗随着诗人感情的变化而发展，从怜惜、愤慨直至无可奈何的叹息，在时间上，则两度由古及今作大幅度的跳跃，使诗情波澜起伏，把读者的感情之流导入诗人以激情冲击而成的曲折回荡的河道中。

欧阳修所处的时代，正是宋朝由盛到衰的转折期，统治者对内统治严酷，而边境却军备废弛，受到东北部契丹和西北部西夏的不断侵扰。尽管欧阳修等少数大臣主张选将练兵，巩固边防，可是宋朝还是苟且偷安，忍辱求和。诗人为国家蒙受的耻辱而感到羞愧、愤慨，但又对此无能为力。在这痛苦的心情中，诗人借古生情，结合民间传说，为崇徽公主远嫁这一历史悲剧唱出了这样一曲饱蕴愤懑之情的悲歌。

（王　嘉）

菱溪大石

原文

新霜夜落秋水浅，有石露出寒溪垠。

苔昏土蚀禽鸟啄，出没溪水秋复春。

溪边老人生长见，疑我来视何殷勤。

爱之远徙向幽谷，曳以三犊载两轮。

行穿城中罢市看，但惊可怪谁复珍。

荒烟野草埋没久，洗以石窦清泠泉。

朱栏绿竹相掩映，选至佳处当南轩。

南轩旁列千万峰，曾未有此奇嶙峋。

乃知异物世间少，万金争买传几人？

山河百战变陵谷，何为落彼荒溪濆。

山经地志不可究，遂令异说争纷纭。

皆云女娲初锻炼，融结一气凝精纯。

仰视苍苍补其缺，染此绀碧莹且温。

或疑古者燧人氏，钻以出火为炮燔。

苟非神圣亲手迹，不尔孔窍谁雕剜。

又云汉使把汉节，西北万里穷昆仑。

行经于阗得宝玉,流入中国随河源。

沙磨水激自穿穴,所以镌凿无瑕痕。

嗟予有口莫能辩,叹息但以两手扪。

卢仝韩愈不在世,弹压百怪无雄文。

争奇斗异各取胜,遂至荒诞无根源。

天高地厚靡不有,丑好万状奚足论。

惟当扫雪席其侧,日与佳客陈清樽。

鉴赏

  此诗作于庆历六年(1046),时欧阳修年四十,贬守滁州。他这次贬官,表面上受甥女张氏之狱的牵连,实际上由于立朝刚直,正言切谏,不能见容于仁宗;又因推行"庆历新政",得罪了当朝的保守派。但他自信一身清白,无愧于人;虽遭贬斥,仍然意气昂扬,此心如石。恰好他在菱溪得一嶙峋巨石,因赋此以寄意。

  这首七古可分五个层次。前六句写发现大石的经过,以"新霜""秋水""寒溪""苔昏土蚀"等词语衬出此石的寂寞凄凉。第六句一个"疑"字,写人皆不顾;一个"我"字,明唯我独赏,结上启下。"爱之"以下十句是第二层,写运石南轩,陈列赏玩的情趣。牛车载石穿城,聚观者"但惊可怪谁复珍",可见世无巨眼,难得知音,笔端有多少感慨;清泉洗石,又见出爱赏情深。于是,置此于朱栏绿竹之间,俾显露其特有的风骨。一石当轩,千峰失色,从对比中写出此石的高标。以上两层，都是正面着笔，用实写手法，文字在记叙描述中，见出洗练、纡徐的风致。下面转为议论，改用虚写手法。"乃知"以下六句是第三层，以山河百战，陵谷变迁，推想大石经历，写出人世沧桑，神驰往古，思接千载。这一层实际上是过渡，"遂令"一句即迅速带起下层，转接灵活。"皆云"以下十四句是第四层，承上把"异说纷纭"具体化。有人议论说，这是女娲炼就的补天巨石，因此精气凝结，绀碧相间（绀，青中带红的颜色），温润晶莹。也有人说，这只怕是燧人氏用来取火的石头。他从这石头上钻出火来，使人间得以熟食，因此石上留下那么多窟窿，不然的话，谁能雕剜出这样的孔窍来呢？还有人说，这大石本是宝玉，是出使西域的汉使张骞得自于阗。他把这块宝石置于黄河的上源，让河水把它冲到中国来，那些窟窿便是黄河之水冲刷的见证。这一层假借各种议论写出此石的不同凡俗。三种议论，构思奇特，开合多变，一波未平，一波复起。又累用神话和史实，使此顽石平添神秘的异彩，是全诗最精彩的片段。"嗟予"以下为最后一层。听了以上种种解说，诗人有口不能辩，但以两手扪石，为之叹息，形象地写出他心底的波澜。卢仝曾写过《月蚀诗》（见《全唐诗》卷三八七），讨伐食月亮的虾蟆精怪；韩愈写过《祭鳄鱼文》（见《韩昌黎集》卷三六），讨伐吃人的鳄鱼。可惜现在没有这样的雄文，弹压天下怪异，遂使异说纷纭，莫衷一是。我唯有日日坐在此石旁边，与朋友们共赏它的高风峻骨，以寄我平生的磊落胸怀。

读诗至此，可以明白，诗人赞美菱溪大石，其实是自写胸襟。此大石空怀高才美质，长埋于荒烟野草之中，能有几人见赏，几人珍惜？我乃洗以清泉，还彼本来面目，又引来纷纭议论，其实有几人识其来历,为之真赏?结处"扫雪"二字,以冰雪喻石之坚贞。至此,石、我融为一体,暗点题旨结穴。

方东树《昭昧詹言》说,欧阳修这首《菱溪大石》"从韩《赤藤杖》来,不如东坡《雪浪石》。'皆云'十四句,平叙中入奇,议以代写。"韩愈的《赤藤杖》(见《全唐诗》卷三三九)是一首和作,中间设喻,一拟此杖为滇池之神出水所献,说它是赤龙的胡须,因此赤血淋漓;一拟此杖为日神羲和丢失了的鞭子,这两处想象奇特。但通篇纯然咏物,不涉兴寄。苏东坡的《雪浪石》(见《苏轼诗集》卷三七)也是次韵之作,诗中说那块有白脉的黑石是放炮炸出的飞石。全诗气韵生动,造语新奇,很有气势;兴寄也很深远。方东树论诗,本之桐城义法,纯从篇章结构着眼,没有从意境着眼。至于以"平叙中入奇,议以代写"九字评本诗第四层,却颇精当。

(赖汉屏)

边 户

家世为边户，年年常备胡。

儿童习鞍马，妇女能弯弧。

胡尘朝夕起，虏骑蔑如无。

邂逅辄相射，杀伤两常俱。

自从澶州盟，南北结欢娱。

虽云免战斗，两地供赋租。

将吏戒生事，庙堂为远图。

身居界河上，不敢界河渔。

"边户"，边境地区的住户。此指与辽（契丹）交界处的居民。此诗为作者至和二年（1055）冬充任贺契丹国母生辰使（后改贺登位国信使）出使契丹途经边界时有感而作，揭露了屈辱的澶州之盟给国家人民带来的深重灾难，抨击朝廷的腐败无能，对边户的不幸遭遇表达了深厚的同情。

此诗通篇都是采用边民叙述的口吻。全诗分为两部分。前八句叙说澶州之盟以前边民对契丹的抵抗和斗争。北宋从建国开始，就受到契丹的严重威胁。从太宗（赵光义）以来，契丹就不断南攻，特别是澶州之盟前一个时期，进攻更加频繁。开头两句，正是这种形势的真实写照。"家世"句是说家里世世代代都在边地居住,可见时间之久。而在这很长时期中,不仅年年都要防备契丹的侵扰,而且一年之中,时时刻刻都处在战备状态。"胡"是古代对西北方少数民族的称呼,这里即指契丹。正是这种长期的战斗生活,培养了边民健壮的体魄和勇武性格,以致孩子还没有长大就已开始练习骑马,妇女们都能弯弓射箭。"儿童"包括男女而言,并非单指男孩。边民的英武表现在各个方面,作者也会从边民那里听到或看到许多这方面的事例,如果件件罗列出来,就会拖沓冗长,没有重点,难以给人留下深刻的印象。诗中只写儿童妇女的"习鞍马"、"能弯弧",取材很精。儿童习马,妇女射箭,这在别处是很难见到的,最能体现边民的尚武特点。这个富有典型意义的细节,不仅有着现实的依据,还同悠久的历史传统有关。河北地方,从春秋战国以来,一直是经常征战之地,当地人民,历来就有尚武之风,加之宋朝建国以来与辽长期对峙,自然使尚武之风更加发展。孩提妇女都能弯弓射箭,青壮年男子自然更加骁勇善战。

这样英武的人民,当然绝不会任人侵侮,下面四句,就写边民对契丹的英勇斗争。"胡尘"谓胡骑践踏扬起的尘土,指契丹来犯。"朝夕"是早晚、时时之意,表明辽军不仅攻扰频繁,而且出没无常,威胁极大。"虏骑"即指辽军。"蔑如"是轻视之意,是说边民对契丹毫不畏惧,根本没有把他们放在眼中,表现了边民的英雄气概。因为契丹经常入犯,边民常常同他们不期而遇,一见之后即互相射杀,双方死伤常常相当。"俱"是相等、一样之意,表明辽军异常凶悍,也体现了边民为保卫国土、保卫自己的和平生活而英勇战斗的精神。

上面虽然讲到残酷的战斗,巨大的伤亡,情调却是高昂的,下面转到澶州之盟以后,情调就不同了。宋真宗景德元年(1004)闰九月,辽主萧太后和圣宗(耶律隆绪)亲率大军南攻,直抵澶州(今河南濮阳县南),威胁汴京(今河南开封)。真宗本想听从王钦若、陈尧叟之计迁都南逃,因宰相寇準力排众议,坚持抵抗,只得勉强去澶州督战。由于部署得当,加之宋军士气高涨,在澶州大败辽军,并杀其大将萧挞凛(凛一作览),辽军被迫请和。结果战败的辽,不但没有退还半寸幽燕的土地;打了胜仗的宋朝反而同意每岁赠辽绢二十万匹,银十万两,同辽签定和约,史称"澶渊之盟"。这次议和可以说是宋辽关系的一个转折点,从此以后,宋廷对辽即完全采取妥协屈服的方针了。诗中的"结欢娱",即指这次议和,这本是统治者的语言,边民引述,是对最高统治者和那帮主和派大官僚的辛辣讽刺。据和约,以后辽帝称宋帝为兄,宋帝称辽帝为弟,似乎情同手足,"欢娱"得很。宋朝赠用大量绢、银买得了"和平",以为可以笙歌太平了;契丹统治者打了败仗,还得到这样丰厚的贡献,确是得到了"欢娱";而受苦的却是宋朝劳动人民,这大量的绢银,全都将从他们身上榨取出来。而对于边民说来,他们更要同时向宋、辽两方交纳赋税,遭遇更加悲惨。朝廷既然对辽采取妥协屈服的方针,边境上的将吏自然害怕同辽发生纠纷,便约束边民,不准他们"生事",实际上就是要边民服服帖帖听凭契丹骚扰,不得反抗。朝廷为了欺骗民众,便把这种妥协求和以求苟安一时的行径,说成是深谋远虑。"庙堂"本指太庙的明堂(天子宣明政教和举行重大典礼的地方),诗中用来代指朝廷。"远图"本是统治者欺骗人民的话头,诗中用作反话,加以讽刺。诗的最后两句就是"远图"的具体说明。"界河"在今河北中部,上游叫巨马河,下游叫白沟河,故道流经涞县、新城、霸县、天津等地入海，宋辽以此为界，故称"界河"。这里本来是中原故土，现在却成了宋辽边界，而且由于朝廷的妥协退让，住在界河上的边民，甚至连去界河打鱼的权利也被剥夺了。"不敢"不仅是说要遭到辽军的横蛮干涉，还包括宋朝将吏的制止，因为他们害怕得罪辽军。澶渊之盟以后边民长期蒙受着这样的屈辱。到了庆历二年（1042），宋在辽的武力威胁下，又对辽岁增绢十万匹，银十万两，并改"赠"为"纳"，屈辱就更甚了。庙堂的"远图"在哪里？末两句极悲愤沉痛，是对朝廷的尖锐谴责。

此诗写法同杜甫的名篇"三别"相同，都是采用诗中人自叙的口吻。这样写可以使人感到更加真切，增强作品的感染力。诗中把澶州之盟的前后作为对照，也使对朝廷主和派的揭露更加深刻有力。欧阳修前期在政治上站在以范仲淹为代表的改革派一边，对辽和西夏主张坚决抵抗，反对妥协。他在庆历三年写的《论西贼议和利害状》，就主张对西夏采取强硬态度。《边户》一诗，正是这种政治主张的反映。

（王思宇）

和王介甫明妃曲二首

原文

胡人以鞍马为家，射猎为俗。

泉甘草美无常处，鸟惊兽骇争驰逐。

谁将汉女嫁胡儿？风沙无情面如玉。

身行不遇中国人，马上自作思归曲。

推手为琵却手琶，胡人共听亦咨嗟。

玉颜流落死天涯，琵琶却传来汉家。

汉宫争按新声谱，遗恨已深声更苦。

纤纤女手生洞房，学得琵琶不下堂。

不识黄云出塞路，岂知此声能断肠？

汉宫有佳人，天子初未识。

一朝随汉使，远嫁单于国。

绝色天下无，一失难再得。

虽能杀画工，于事竟何益？

耳目所及尚如此，万里安能制夷狄？

汉计诚已拙，女色难自夸。

明妃去时泪，洒向枝上花。

狂风日暮起，飘泊落谁家？

红颜胜人多薄命，莫怨春风当自嗟。

鉴赏

　　这两首诗是和王安石而作的，也是欧阳修平生最得意之作。叶梦得《石林诗话》引其子欧阳棐语云："先公（欧阳修）平生未尝夸大所为文，一日被酒，语棐曰：'吾诗《庐山高》，今人莫能为，惟李太白能之；《明妃曲》后篇，太白不能为，惟杜子美能之；至于前篇，则子美亦不能为，惟吾能之也'……"说李、杜不能为，语太矜夸，欧阳修似不会如此说，但其为欧得意之作，则是事实。叶梦得接着说："今阅公诗者，盖未尝独异此三篇"，则是其妙处在宋代还未被人看出。它的妙处究竟何在呢？这值得仔细玩味。

　　前篇首四句，破空而来，用类似散文的诗语，写胡人游猎生活，暗示胡、汉之异。接着以"谁将汉女嫁胡儿"，接到明妃身上。写明妃以"汉女嫁胡儿"，以"如玉"之颜面，冒"无情"之"风沙"，而且"身行"之处，连"中国（指中原）人"也看不到，明示明妃"流落"之苦。接下用"推手为琵却手琶"，紧承"马上自作思归曲"。"推手""却手"，犹言一推一放。"琵琶"本是象声词，犹今言"辟拍"，以乐器之声为乐器之名。一推一放，辟辟拍拍，刻画明妃满腔哀思，信手成曲。但琵琶哀音，却十分感人，连胡人听了"亦咨嗟"不已。这种写法与王安石"沙上行人却回首"相同。以上三层，由胡、汉习俗之异，写到明妃流落之苦，再写到明妃思归作曲，谱入琵琶,层次井然,而重点在于这一琵琶"新声谱"。因为作者正是要就此发抒慨叹的。

"玉颜"句承上,"琵琶"句启下。脉络十分清晰,而笔势极为矫健。作者所要讲的就是琵琶"传入汉家"以后的反应。按理说,明妃的"思乡曲"本应引起"汉家"的悲悯、同情与愤慨;然而"汉宫"中却将其视为"新声谱"来"争按",以别人的苦楚,供自己享乐。"遗恨""苦声"并没有激起应有的反响。

"上有好者,下必有甚焉"。汉宫中"纤纤女手""学得琵琶不下堂",不正是因为统治者喜好这种"新声"吗?喜好这种"新声",不正是因为他"生于深宫之中",根本不知道边塞之苦吗?这里讲的岂止于"纤纤女手"呢?

众所周知,自石晋割弃燕云十六州,北边广大地区在北宋一直没有恢复,有多少"流落死天涯"的人呢?仁宗时,辽、夏交侵,而宋朝君臣却仍粉饰太平,宴安如故。"不识黄云出塞路,岂知此声能断肠?"这正是作者对居安忘危、不事振作的宋朝君臣的揭露与谴责。以前写明妃的人,或写明妃个人遭遇,或借以发抒"士不遇"的感慨,欧阳修却从夷夏之辨讲起,从国家大事着眼,这是他高于前人之处。而且,明明是议论国事,但却只就琵琶"新声"而言,能从小中见大,因之,较后篇之"在诗中发议论",艺术性更强。欧阳修看重这两篇,并认为前篇优于后篇,大概即由于此。

后篇"汉宫"四句化用西汉李延年歌意,略叙明妃事实,笔力简劲。"绝色"两句,紧承前四句,妙在完全用"重色"的君王自己口吻说话;"虽能"两句转向责备汉元帝,就事论事,语挟风霜。但这只是为下边两句作铺垫。

"耳目"两句,为全篇警策,宋人说它"切中膏肓"(《诗林广记》

引钱晋斋语），至今仍广泛传诵。眼前的美丑尚不能辨，万里之外的"夷狄"情况何以判断？又何以能制定制服"夷狄"之策呢？这确是极深刻的历史见解，而又以诗语出之，千古罕见。结果不是"制夷狄"而是为"夷狄"所"制"。因而自然引出"汉计诚已拙"这一判语。

"汉计诚已拙"语简意深，是全诗主旨所在。汉代的"和亲"与宋代的"岁币"，同是乞求和平，为计之拙，正复相同。言汉实是言宋。妙在一经点出，便立即转入"女色难自夸"，以接回明妃身上，否则就成了《和亲论》而不是《明妃曲》。

"明妃去时泪"四句，用泪洒花枝，风起花落，渲染悲剧气氛，形象生动，但主要用以引起"红颜"两句。这两句要明妃"自嗟""薄命"，怨而不怒。看来，欧阳修对王安石诗中讲的"人生失意无南北"，"汉恩自浅胡自深"等语，也像王回等人一样，有所误解，故下此两句，以使之符合于"温柔敦厚"之"诗教"。欧、王思想境界之差别，亦于此可见。但解释时也不能太坐实，像钱晋斋说是"末言非元帝之不知幸于明妃，乃明妃之命薄而不见幸于元帝"，则与篇首"天子初未识"，"耳目所及尚如此"皆自相矛盾，有失于诗人"微而婉"之旨。

前一首，写"汉宫"不知边塞苦；后一首写和亲政策之"计拙"，借汉言宋，有强烈的现实意义。其间叙事、抒情、议论杂出，转折跌宕，而自然流畅，形象鲜明，虽以文为诗而不失诗味。叶梦得说欧阳修"矫昆体，以气格为主"（《石林诗话》），这二首诗正是以气格擅美的。

（吴孟复）

晚泊岳阳

原文

卧闻岳阳城里钟，系舟岳阳城下树。

正见空江明月来，云水苍茫失江路。

夜深江月弄清辉，水上人歌月下归；

一阕声长听不尽，轻舟短楫去如飞。

鉴赏

　　本诗是欧阳修的名作之一。是一首七言古诗。全篇以叙述起笔，"卧闻"二字，从容不迫，纡徐而来，显得悠然自适，并点明是途经暂泊。"城里""城下"，为全诗紧要处。系舟城下，"城里"之事当然不知，所以首句仅仅以悠闲笔调轻轻带过，但那钟声却有无限韵味，耐人思索。日暮钟声，想此刻"城里"，大概正是炊烟袅袅，灯火煌煌。而诗人自己，却漂泊城下，闲卧舟中。心中不由泛起层层涟漪。

　　待到他从沉思遐想中醒来，只见一轮皓月，悬于空江之上，似欲亲人。"空江"二字，固然指洞庭湖口空旷开阔的景象，也暗示了诗人刚从遐想中醒来时的一片茫然之情。此时，他的视线由明月转向江面，探寻那归去的水路。江面云水茫茫，烟霭沉沉，江路又在哪儿呢？

　　当诗人的注意力重返现实时，已是夜深月上，眼前呈现一片

"江月弄清辉"的美景,令人想起唐代张若虚的诗句,"空里流霜不觉飞,汀上白沙看不见。江天一色无纤尘,皎皎空中孤月轮"。蓦地,水面上传来一串歌声,原来是舟子趁着明月归去的唱晚之声。对一个羁旅中人来说,这"一阕"歌声将引起多少思绪,难怪诗人要"听不尽"了。这轻舟短楫,疾去如飞。诗人久久凝视着,其心情如何,便不再说下去了。实在也无须言说,因为读者自能体会到。

此诗写旅中思归,深藏不露;只是句句写景,然景中自有缕缕情思。以"城里钟"起,以月下歌止,拓前展后,留下足以使人驰骋想象的空间,同时以有意之"听"照应无意之"闻",表现了感情的变化。全诗语句平易流畅,情意深婉曲折,所以方东树说:"欧公情韵幽折,往反咏唱,令人低徊欲绝,一唱三叹而有遗音,如啖橄榄,时有余味"(《昭昧詹言》)。这段话可谓此诗的评。此诗以情韵胜,实是欧之本色,其唱叹之致,与欧文相似,而与他学李白或韩愈的那一类诗歌不同。

(陈顺智)

秋　怀

节物岂不好，秋怀何黯然！
西风酒旗市，细雨菊花天。
感事悲双鬓，包羞食万钱。
鹿车何日驾？归去颍东田。

这首诗抒发了作者热爱生活和感叹国事的复杂感情。

"节物岂不好，秋怀何黯然！"黯然，心神沮丧貌。此联意谓：应季节时令而产生的景物难道不好吗？为什么所引起的秋怀秋思却这样令人心神沮丧呢？首联用反问句式，点明自己热爱自然而又心绪黯然的矛盾。秋天不仅令人心旷神怡，而且是五谷登、山果熟、菊黄蟹肥的季节。这样的季节，本应令人欣喜陶醉，为什么反而使诗人黯然神丧呢？——这就不能不引起读者的疑问。

颔联不直接作答，却承首句描绘"节物"："西风酒旗市，细雨菊花天。"西风里酒旗招展，细雨中菊花盛开。十字咏尽秋日佳趣。

那么，究竟为什么心绪黯然？颈联承第二句，对此作了回答："感事悲双鬓，包羞食万钱。"要理解这两句，先须了解"感事"和"包羞"的内涵。诗人幼孤家贫，生性节俭，当今已有丰厚的官俸，因而他的"感事"，显然不是个人生活上的事而是国家大事。如果说上句尚属隐约其词，那么，下句便由隐约而明朗：所谓"包羞"，即指所做所为于心不安，只感到耻辱。唐代杜牧《题乌江亭》诗云："胜败兵家事不期，包羞忍耻是男儿。江东子弟多才俊，卷土重来未可知"，那是批评项羽不能包羞忍耻，再振羽翼。这里的"包羞"，其用意恰好相反。二句意谓：因感叹国事，连双鬓都因悲忧而变得苍苍了！自己实在羞于过这种食厚禄而于国无补的苟且生活。

尾联是愤然思归："鹿车何日驾？归去颍东田。"鹿车，借用佛家语，此处以喻归隐山林。两句意谓：我何日才能驾起鹿车，回到颍东去过躬耕田亩的生活呢？诗人以"贤者避世"之想，表现了对与世浮沉的苟且生活的憎恶。《乐府纪闻》云："欧阳永叔中岁居颍日，自以集古一千卷，藏书一万卷，琴一张，棋一局，酒一壶，一老翁于五物间，称六一居士。"参照这一记载，可以清楚看出，欧阳修的"鹿车何日驾？归去颍东田"，既有儒家忧世之慨，也有道家超然物外之想。

《文公语录》云："欧阳公文字好者，只是靠实而有条理也。""实而有条理"就是这首诗的突出特点，它就像蚕吐丝为茧，层层倾吐，一丝不乱；章法严谨，丝尽茧成。《雪浪斋日记》云："或疑六一诗，以为未尽妙，以质于子和。子和曰：'六一诗只欲平易耳。如：西风酒旗市，细雨菊花天，岂不佳？'"这联名句，不用一个系词，不着半点雕饰，以纯白描的手法，不仅写出了典型的季节风物，也写出了诗人对自然、对生活的喜爱之情；不仅有杜甫"细雨鱼儿出，微风燕子斜"（《水槛遣心二首》其一）那样的自然美景，也有张籍"万里桥边多酒家，游人爱向谁家宿"（《成都曲》）那样的市井侧影，可谓高度精炼，清新自然。

（傅经顺）

宿云梦馆

北雁来时岁欲昏，

私书归梦杳难分。

井桐叶落池荷尽，

一夜西窗雨不闻。

这是诗人思念妻室之作。欧阳修曾坐"朋党"之罪出放外任。"云梦"，县名，今属湖北。本汉安陆县地，西魏立云梦县，宋熙宁二年改为镇，入安陆县，后又置县。这诗是外放时途经云梦驿馆之作。

"北雁来时岁欲昏"，是写季候、时节，也是暗点思归之情。"北雁"南来，是写眼前景，但古有鸿雁传书之说，所以下句接以"私书"，表示接到了妻子的信，一语双关。"岁欲昏"即岁月将暮之意。"岁暮"正是在外客子盼与家人团圆的时节，而诗人不但不能与家人团圆欢聚，反而要远行异地，这怎能不引起悠悠愁绪！

"私书归梦杳难分"是对思归之情的具体刻画。欧阳修与妻子伉俪情深,他的《踏莎行》,就是写他们夫妻相别情景:"候馆梅残,溪桥柳细,草薰风暖摇征辔。离愁渐远渐无穷,迢迢不断如春水。　寸寸柔肠,盈盈粉泪,楼高莫近危阑倚,平芜尽处是春山,行人更在春山外。"试想,这样难舍难分的夫妻,离别之后,怎能不"私书"不断?怎能不梦寐以思?心有所思,夜有所梦,真乎幻乎,梦耶非耶,两实难分。"杳难分"三字,逼真地显示了诗人梦归后将醒未醒时的情态和心理。

后二句大意是说:梦醒后推窗一看,只见桐叶凋落,池荷谢尽,已下了一夜秋雨,但自己沉酣于梦境之中,竟充耳不闻。李商隐《夜雨寄北》诗云:"君问归期未有期,巴山夜雨涨秋池。何当共剪西窗烛,却话巴山夜雨时。""西窗"二字即暗用李诗情事。言外之意是:何日方能归家,与妻室共剪西窗之烛,共话今日云梦馆夜雨之情事乎?

这首诗,虽然运用了李商隐的诗意,但能运用入妙,不着痕迹,既亲切自然,又增益了诗的内涵。唐顺之说:"盖文章稍不自胸中流出,虽若用别人一字一句,只是别人字句……若自胸中流出,则炉锤在我,金铁尽熔,虽用他人字句,亦是自己字句"(《与洪州书》)。可用此话理解本诗用典借词之妙。

(傅经顺)

怀嵩楼新开南轩与郡僚小饮

原文

绕郭云烟匝几重,昔人曾此感怀嵩。

霜林落后山争出,野菊开时酒正浓。

解带西风飘画角,倚栏斜日照青松。

会须乘兴携佳客,踏雪来看群玉峰。

鉴赏

欧阳修贬滁州已经三个年头了。滁州山水,蔚然深秀。唐代诗人韦应物、名相李德裕均曾仕宦此地。诗题中的"怀嵩楼",就是李德裕为滁州刺史时所建。李本籍赵郡(今河北赞皇),自其父李吉甫为相,已把洛阳当作第二故乡。德裕两度分司东都,曾在洛阳伊阙(今龙门)附近营治名园平泉别墅,广搜天下奇花异石于其中。后来他出将入相,总难忘情此地。在他留下的诗作中,不少怀念嵩洛之作。因此,他把在滁州修建的这座楼名为"怀嵩",而且还写了《怀嵩楼记》。欧阳修年轻时候,也曾在洛阳为钱惟演幕中推官,常与梅尧臣、尹师鲁辈畅游伊阙、嵩山,他后来也常常想起这段壮游,对嵩洛有极深的感情。此刻,他登上怀嵩楼,想起"昔人"(德裕)怀归嵩洛那份深情,更引发了自己怀人追往的感慨。再说,德裕一代英才,功业赫然,不幸陷于朋党之祸,先贬滁州,终窜珠崖,客死南海。他曾作《朋党论》,力摒众议,风骨铮铮。现在,欧阳修也因推行"庆历新政"被指控与范仲淹、余靖、蔡襄等人结为朋党;他也作了一篇《朋党论》,力辨君子之朋与小人之朋的界限。历史竟如此巧合,命运遭际把他与两百年前的滁州刺史李德裕联系在一起。但是,他此刻登上斯楼,却不像李德裕那样"思解组"①,萌退志;而是以怀古发端,写眼前胜景,豫他日清游,绝无衰飒之态,在景物描绘中见出嶙峋风骨,有一种傲岸不可摧抑之气荡漾笔端。这是此诗的最大特色。

深秋霜林木落,望中景象萧疏,却有群山争出,别呈一番胜境,这不是宣告万物的生机是摧挫不了的吗? 楼前野菊丛生,迎霜竞放,正好杯酒对赏,慰此幽独。自然界的风霜,压不住野菊的蓬勃生机;政治上的风雨,又怎能抑自己情怀勃郁?"西风"往往令人感到萧瑟,画角总带几分悲哀,诗人却"解带"迎之,那胸次何等坦荡,器宇又何等轩昂!"斜日"后面便是黄昏,因此不免使人联想到迟暮。但诗中落日,正照着苍劲的青松,显示出它那不可凌迫的气概,诗人"倚栏"对赏,心与物俱,他不正是对着自己的影子沉思吗? 结联回应"山争出",悬拟来日群峰,诗情更为激越。秋肃固不足畏,冬威又安能抑己壮志? 冬天一到,定要引来更多的佳客,乘兴踏雪,欣赏那玉洁冰清的世界。这个结联,气象恢宏,一股昂扬之气,流荡在字里行间。如果说,此诗结尾与孟浩然《过故人庄》"待到重阳日,还来就菊花"出于同一机杼,那么,孟诗则仅仅以热情的向往递进一层,此诗却是以无畏的精神翻进一层。他在贬夷陵时就曾有"行见江山且吟咏,不因迁谪岂能来!"(《黄溪夜泊》),"须信春风无远近,维舟处处有花开"(《戏赠丁判官》)这样的诗句。虽一再贬斥,诗文中反映的精神状态,却总是那样乐观。那种顽强的意志,不屈的性格,总是给人以积极向上的力量。

这是这首七律最可贵的地方。

　　这首诗的好处,不止境界高远,风格遒上;即以写景而论,同样是自然流畅而又层次分明的。全诗以"感"字入题,以"兴"字结穴。"云烟"是俯瞰负郭之景,"霜林"是平视远处之景;"野菊"写楼下景物,"解带西风"写楼上风光。"斜日青松"是"倚栏"所见;踏雪看山是登临所想。前六句写所见所感,是实写;后两句设想来朝风物,是虚写。摄景的角度不断变换,或俯或仰,时远时近,有实有虚,描绘了开阔深远的画面,画幅中凝聚着傲岸昂扬的精神。无怪乎陈衍在《宋诗精华录》中评论说:"'霜林'一联极为放翁所揣摹。"放翁与欧阳修一样,有似火肝肠,如山意志。他极力揣摹的,必然是在洗炼的景物描绘中见出个人精神面貌这种高超的艺术手法。

〔注〕

①　思解组:李德裕《怀嵩楼记》起笔就说:"怀嵩,思解组也。"(《全唐文》卷七〇八)

(赖汉屏)

梦中作

夜凉吹笛千山月，

路暗迷人百种花。

棋罢不知人换世，

酒阑无奈客思家。

在古典诗歌中，写梦或梦中作诗为数不少。清赵翼在《瓯北诗话》中曾说陆游的集子里，记梦诗竟多至九十九首。这类作品有的确实是写梦，有的则是借梦来表达诗人的某种感情。

欧阳修此诗四句分叙四个不同的意境，都是梦里光景，主题不大容易捉摸，因为诗人在这里表达的是一种曲折而复杂的情怀。

首句写静夜景色。从"凉""月"等字中可知时间大约是在秋天。一轮明月把远近山头照得如同白昼，作者在夜凉如水、万籁俱寂中吹笛，周围的环境显得格外恬静。"千山月"三字，意境空阔，给人一种玲珑剔透之感。

次句刻画的却是另一种境界。"路暗"，说明时间也是在夜晚，下面又说"百种花"，则此时的节令换成了百花争妍的春天。这里又是路暗，又是花繁，把春夜的景色写得如此扑朔迷离，正合梦中作诗的情景。此二句意境朦胧，语言幽隽，对下二句起了烘托作用。

第三句借一个传说故事喻世事变迁。梁代任昉在《述异记》中说：晋时王质入山采樵，见二童子对弈，就置斧旁观。童子给王质一个像枣核似的东西含在嘴里，就不觉得饥饿。等一盘棋结束，童子催归，王质一看，自己的斧柄也已经朽烂。既归，亲故都已去世，早已换了人间。这句反映了作者超脱人世之想。

末句写酒兴已阑，思家之念不禁油然而生，表明作者虽想超脱，毕竟不能忘情于人世，与苏东坡《水调歌头》所说的"我欲乘风归去，又恐琼楼玉宇，高处不胜寒"，意境相似。

四句诗虽是写四个不同的意境，但合起来又是一个和谐的统一体，暗寓作者既想超越时空而又留恋人间的仕与隐的矛盾思想。

"诗言志"，读完全诗，寓意就逐渐明朗了。诗人的抑郁恍惚，与他当时政治上的不得志有关。这诗在《居士集》卷十二，它前后的二首目录原注都标明为皇祐元年（1049），可能为同时所作。这时欧阳修还在颍州，尚未被朝廷重用。所以这四句是在抒发心中的感慨，它的妙处是没有把这种感慨直接说出。这种意在言外的手法，要仔细体察才能明其究竟。

明代杨慎在《升庵诗话》中曾对此诗作过分析。他认为古人绝句诗一般有两种不同特点：一种是一句一绝，四句诗是四个不同的独立意境，如古时的《四时咏》："春水满四泽，夏云多奇峰。秋月扬明辉，冬岭秀孤松"；杜甫《绝句》："两个黄鹂鸣翠柳，一行白鹭上青天。窗含西岭千秋雪,门泊东吴万里船";以及欧阳修这诗都属此类。另一种是"意连句圆",四句意思前后相承,紧密相关,如金昌绪的《春怨》即是。这首《梦中作》,确如升庵所说,写的乃是秋夜、春宵、棋罢、酒阑等四个不同的意境,但又是浑然天成,所以陈衍说:"此诗当真是梦中作,如有神助。"(《宋诗精华录》)

这诗另一个特点是,对仗工巧,天衣无缝,前后两联字字相对。这显然是受了杜甫《绝句》诗的影响。

(曹中孚)

词

ci

采桑子

原文

轻舟短棹西湖好,绿水逶迤,芳草长堤,隐隐笙歌
处处随。

无风水面琉璃滑,不觉船移,微动涟漪,惊起沙禽
掠岸飞。

鉴赏

欧阳修《采桑子》共十三首,其中联章歌咏颍州西湖景物者十首。颍州治所汝阴,在今安徽阜阳。北宋仁宗皇祐元年(1049),欧公四十三岁时曾移知颍州,"爱其民淳讼简而物产美,土厚水甘而风气和,于时慨然已有终焉之意也"(《思颍诗后序》)。二十二年之后,神宗熙宁四年(1071),欧公六十五岁,以观文殿学士、太子少师致仕,归颍州私第居住,果如所愿。颍州西湖在北宋时曾是清澈幽美的。据明代《正德颍州志》卷一:"西湖在州西北二里外。湖长十里,广三里。相传古时水深莫测,广袤相齐。……湖南有欧阳文忠公书院基。"熙宁五年,"正值柳绵飞似雪"的暮春季节,老同事赵概由南京应天府(今河南商丘)远道相访,高谊雅兴,传为文坛佳话。《蔡宽夫诗话》云:"文忠与赵康靖公概同在政府,相得欢甚。康靖先告老,归睢阳(商丘);文忠相继谢事,归汝阴(颍州)。康靖一日单车特往过之,时年几八十矣。留

51

剧饮逾月,日于汝阴纵游而后返。前辈挂冠后,能从容自适,未有若此者。"(《苕溪渔隐丛话后集》卷二十三引)欧公这一组十首《采桑子》,从内容看非写一时之景;词前《西湖念语》云"并游或结于良朋,乘兴有时而独往",盖是通其前后诸胜游的感受以入词,又不止与赵概同乐之事了。词成,并在盛大的宴会上令官妓歌唱以佐清欢。此词就是这组歌词的第一阕。

作者用轻松淡荡的笔调,描绘了在春色怀抱中的西湖。轻舟短棹,一开头就给人以悠然自在的愉快感觉。不仅是"春草碧色,春水渌波",跟绵长的堤影掩映着,看到的是一幅淡远的画面;而且在短棹轻纵的过程里,随船所向,都会听到柔和的笙箫,隐隐地在春风中吹送。这些乐曲处处随着词人的船,仿佛是为着词人而歌唱。这么短短的几笔,就把读者带进了一个可爱的冶春季节的气氛中。下片着重描写湖上行舟、波平如镜的景色。西湖是上下空明,水天一色的,用琉璃来比拟它的滑溜和澄澈,再也贴切不过。"不觉船移"四字,更是语妙天下。正因为春波之滑,所以不待风吹,而船儿已自在地漾去。联系上片的"笙歌处处随"来看,船是不断地在前移,歌声也就不住地在后随,词人是觉到的,偏说是不觉,就有力地显示了水面琉璃之滑。但船移毕竟不可能绝不触动水波,于是,下文就递到"微动涟漪",词人的观察力和艺术构思,可算是细入毫芒。最后,"惊起沙禽掠岸飞"这一动态,划破了境界的宁静,使全幅画面都跳动起来,更显得词心的活泼泼地。

北宋前半时期的小令,语言比较清新自然。这词清空一气,正如素面佳人,不施粉黛,便能动人。南宋后期那些用浓艳的藻彩去涂抹湖山的作品,倒不免是唐突西施了。

（钱仲联）

采桑子

原文

画船载酒西湖好,急管繁弦,玉盏催传,稳泛平波任醉眠。

行云却在行舟下,空水澄鲜,俯仰留连,疑是湖中别有天。

鉴赏

　　"西湖好",是欧阳修十首《采桑子》所要表现的共同主题,所以第一句都以这三个字结尾。但每一首词表现的角度不同,本词描写的是"画船载酒"游西湖的情景。

　　乘坐彩绘的游船,饮着美酒,荡漾于湖光山色之间,是多么惬意啊!再加上音乐助兴,使这种欢乐更达到了高潮。管乐的声音高亢嘹亮,节奏急促;弦乐纷然齐鸣,紧和着管乐的节奏。"急管繁弦",这一"急"一"繁",将音乐欢快、热烈的气氛和节奏渲染出来了。在这样的乐声中,人的情绪更加高涨,朋友间频频举杯,行令助饮,你斟我劝。"玉盏催传"的"催"字,形象地传达出了主人、客人亲密无间、开怀畅饮的情态。这样的豪饮,自然是"一醉方休"。湖上风平浪静,尽可以放心地躺在船上,任船儿在水上自由漂行。

上片写饮酒游湖之乐,下片写醉后观湖之乐。俯视湖水,只见白云朵朵,飘于船下。船在移动,云也在移动,似乎人和船在天上飘飞。这自然是一时产生的错觉。"空水澄鲜"一句,本于谢灵运《登江中孤屿》诗"云日相晖映,空水共澄鲜",言天空与湖水同是澄清明净。这一句是下片的关键。兼写"空""水",绾合上句的"云"与"舟",下两句的"俯"与"仰"、"湖"与"天",四照玲珑,笔意俱妙。虽借用成句,而恰切现景,妥帖自然,如自己出。"俯仰留连"四字,又是承上启下过渡之笔。从水中看到蓝天白云的倒影,他一会儿举头望天,一会儿俯首看水,被这空阔奇妙的景象所陶醉,于是怀疑湖中别有一个天宇在,而自己行舟在两层天空之间。"疑是湖中别有天",与这组词的上一首"兰桡画舸悠悠去,疑是神仙",同用"疑是"语,上一首取其意态为喻,这一首则就其形貌为说,与李白《望庐山瀑布》诗"飞流直下三千尺,疑是银河落九天"的手法相近。说"疑"者非真,说"是"者诚是,"湖中别有天"的体会,自出心裁,给人以活泼清新之感。一首好的诗词,贵在真切地传达出特殊环境中的特殊感受。欧词和李诗,可说是春兰秋菊,各极一时之秀。

(陈华昌)

采桑子

原文

群芳过后西湖好，狼籍残红，飞絮濛濛，垂柳阑干尽日风。

笙歌散尽游人去，始觉春空，垂下帘栊，双燕归来细雨中。

鉴赏

这首词写出作者晚年居住的颍州西湖的暮春景象，从而表现了作者异常的、幽微的心理状态。

西湖花时过后，残红狼籍，常人对此，当是无限惋惜，而作者却赞赏说"好"，确是异乎常情的。首句是全词的纲领，由此引出"群芳过后"的西湖景象，及词人从中领悟到的"好"的意味。词的上半阕所写，为"群芳过后"的湖上一片实景，笼罩在这片实景上的是寂寞空虚的气氛。试看，落红零乱满地，杨花漫空飞舞，使人感觉春事已了。"垂柳"句与上二句相联系，写出了栏畔翠柳柔条斜拂于春风中的姿态；单是这风中垂柳的姿态，本来是够生动优美的，然而著以"尽日"二字，联系白居易《杨柳枝》"永丰西角荒园里，尽日无人属阿谁"来体会，整幅画面上一切悄然，只有柳条竟日在风中飘动，其境地之寂静可以想见。在词的上阕里所接触

55

到的，只是物象，没有出现任何人的活动。眼前的自然界，显得多么令人意兴索然！

下阕"笙歌散尽"，虚写出过去湖上游乐的盛况；游人去后，"始觉春空"，点明从上面三句景象所产生的感觉。谭献说，"'笙歌散尽游人去'句，悟语是恋语"（谭评《词辨》），此语道出了作者复杂微妙的心境。"始觉"是顿悟之辞，这两句是从繁华喧闹消失后清醒过来的感觉，繁华喧闹消失，既觉有所失的空虚，又觉获得宁静的畅适。首句说的"好"即是从这后一种感觉产生，只有基于这种心理感觉，才可解释认为"狼籍残红"三句所写景象的"好"之所在。

最后二句，写室内景，从而使人揣想，前面所写一切，都是词人在室外凭栏时的观感。末两句是倒装。本是开帘待燕，"双燕归来"才"垂下帘栊"。着意写燕子的活动，反衬出室内一片清寂气氛。"细雨"字还反顾到上阕的室外景。落花飞絮，着雨更见得春事阑珊。本词从室外景色的空虚写到室内气氛的清寂，通首体现出词人生活中的一种静观自适的情调。

这首词是欧阳修颍州西湖组词《采桑子》十首的第四首。诸词抒写作者以闲退之身恣意游赏的怡悦之情，呈现的景物都具有积极的美的性质，如"芳草长堤""百卉争妍""空水澄鲜"等等，独此首所赏会的是"狼籍残红"。整组词描写的时节景物为从深春到荷花开时，"狼籍残红"自然是这段时节过程中应有的一环。如果说诸词表现了词人作为"闲人"对各种景物的"欢然会意"（见组词前"致语"），本词却不自觉地透露出他此时的别样情绪。作者这时是以太子少师致仕而卜居颍州的。他生平经历过不少政治风浪，晚年又值王安石厉行新法，而不可与争，于是以退闲之身放怀世外,这组词确是总的体现了他这种无所牵系的闲适心情。但人情往往也有这样矛盾,解除世纷固觉轻快,而脱去世务又感空虚,本词"笙歌散尽游人去,始觉春空",确实极微妙地反映出了这种矛盾心情。结末"垂下帘栊"二句,乃极静的境界中着以动象,觉余情袅袅,亦如辛弃疾《摸鱼儿》中所云:"算只有殷勤,画檐蛛网,尽日惹飞絮。"表现出对春的留连眷恋意识,不免微露怅惘的情绪。

　　小令在北宋前期有代表性的作家如晏殊、欧阳修笔下所写出的,虽多为当筵命笔以付歌儿的抒写男女之情的作品,仍袭花间余风,然亦时有流连光景之作,于时节风物的怅触中融入人生感慨,这种感慨,莫可指实,细加体味,总觉其中有物。这乃是因为某种情绪蕴蓄胸中,往往触发于不自知,读来似觉有所寄托。在冯延巳的《阳春集》中,这类作品颇多,而晏、欧亦复不少。晏、欧俱为旧属南唐的江西人,自易承受冯延巳的词风影响,尤其是他们皆身处显位,学养深厚,故词风极为相近,有如清人刘熙载所说:"冯延巳词,晏同叔得其俊,欧阳永叔得其深。"(《艺概》卷四)在北宋词人中,他们的这类作品,属辞精雅,意象空灵,成为小令的典范。欧阳修的这组《采桑子》,即是足以显示这类词风的名作。

　　　　　　　　　　　　　　　　　　　　　　　(胡国瑞)

采桑子

原文

天容水色西湖好，云物俱鲜，鸥鹭闲眠，应惯寻常听管弦。

风清月白偏宜夜，一片琼田，谁羡骖鸾，人在舟中便是仙。

鉴赏

这首《采桑子》是写泛舟夜游西湖的感受。浩渺澄彻的湖上，"天容水色"浑然一体，云彩风物都令人感到清新鲜美。词一开始，作者便充满喜悦之情衷心赞美西湖。湖上的"鸥鹭闲眠"，表明已经是夜晚。宋代士大夫们游湖，习惯带上歌妓，丝竹管弦，极尽游乐之兴。鸥鹭对于这些管弦歌吹之声，早已听惯不惊。这一方面表明欧公与好友——当时颍州地方长官吕公著等经常这样玩乐，陶醉于湖光山色间；另一方面也间接表现了欧公退隐之后，已无机心，故能与鸥鹭相处。相传古时海边有个喜爱鸥鸟的人，每天早上到海边，鸥鸟群集，与之嬉戏。欧公引退之后，欢度晚年，胸怀坦荡，与物有情，故能使鸥鹭忘机。词的上片粗略地勾画了西湖的景物，草草两笔已把握住西湖的特点。词的下片写夜泛西湖的欢悦之情。虽然西湖之美多姿多态，无论"春深雨过""群

芳过后""清明上巳""荷花开后"都异样美丽,但比较而言要数
"风清月白偏宜夜",最有诗意了。这时泛舟湖心,天容水色相映,
月光皎洁,广袤无际,好似"一片琼田"。"琼田"即神话传说中的
玉田,此处指月光照映下莹碧如玉的湖水。作者另有句云"渺渺
平湖碧玉田"(《祈雨晓过湖上》),亦指此。这种境界会使人感到
远离尘嚣,心旷神怡。人在此时此境中,很易联想到韩愈的诗句
"远胜登仙去,飞鸾不暇骖"(《送桂州严大夫》),谁也不希望作骖
鸾腾天的仙人了,"人在舟中便是仙"。后来张孝祥过洞庭湖作
《念奴娇》云"玉界琼田三万顷,着我扁舟一叶。素月分辉,明河共
影,表里俱澄澈",且曰"妙处难与君说",同此境界,同此会心。

　　欧阳修从中年以后开始有意地转变词风,尤其在晚年作词多
用作诗的表现方法,明显出现以诗为词的倾向。这首《采桑子》意
群之间缺乏紧密联系,有一定程度的跳跃,句式也像诗句似的爽
健,很能代表欧词后期风格。作者对西湖夜色的描写,疏疏着笔,
将夜色表现得优美可爱,每个句子都流露出从内心发出的赞叹之
声,体现了对景物和现实人生的无限热爱和眷恋。这是一首思想
情调健康积极的好词,反映了欧公晚年乐观旷达的人生态度。作
《采桑子》几个月之后,欧公便下世了。

　　　　　　　　　　　　　　　　　　　　　　　(谢桃坊)

采桑子

残霞夕照西湖好，花坞蘋汀，十顷波平，野岸无人舟自横。

西南月上浮云散，轩槛凉生，莲芰香清，水面风来酒面醒。

欧阳修在颍州西湖写下了十首充满清兴雅趣的《采桑子》。这是其中的第九首。

"残霞夕照"是天将晚而未晚、日已落而尚未落尽的时候。"夕阳无限好"，古往今来不知有多少诗人歌咏过这一转瞬即逝的黄金时刻。"落日熔金，暮云合璧"（《永遇乐》），李清照用的是浓重色彩；欧阳修没有直写景物的美，而是说"霞"已"残"，可见已没有"熔金""合璧"那样绚丽的色彩了。但这时的西湖，作者却觉得"好"。好在何处，下边叙写出来："花坞蘋汀"。在残霞夕照下所看到的是种在凹地里的花，长在水边或小洲上的蘋草，从字面上看，无一字道及情，但情却寓于景中了。"十顷波平"，这层意思，正是欧阳修在另一首《采桑子》里写的"无风水面琉璃滑"。波平如镜，而且这"镜面"浩渺无边。"野岸无人舟自横"，这句出自韦应物《滁州西涧》诗"野渡无人舟自横"。作者改"渡"为"岸",从字面上看是说此处无渡口,自然也就不会有渡人。但作者的意思并不在此,而是说明"舟自横"是由于当日的游湖活动结束了。因此这"无人"而"自横"的"舟",就更衬托出了此刻"野岸"的幽静沉寂。

上阕的一切景物好像都不带有感情,其实,词人在这里借这些淡素之景,来发遣他那幽寂的情怀。"情寓景中,神游象外"(《诗法萃编》),只是写来不见痕迹罢了。

时间的脚步在静悄悄地前进着……

"西南月上",残霞夕照已经消失。月自西南方现出,显然不是满月,那么虽在"浮云散"之后,这月色也不会十分皎洁。这种色调与前面的淡素画图和谐融洽,见出作者用笔之细。"轩槛凉生",这是人的感觉。直到这时才隐隐映现出人物来。至此可知,上阕种种景物,都是在这"轩槛"中人的目之所见,显然他在这里已经有好长一段时间了。诗词中表示幽静的情趣总是用动态来映衬,这里,作者却以静写静,一切都是静悄悄的,一点声音也没有,但同样地也收到了词以静胜的艺术效果,使人们仿佛置身红尘之外,人间的一切喧嚣声都消敛了。

"莲芰香清,水面风来酒面醒。""水面风来",既送来莲香,也吹醒了人的醉意。直到最后才明确表示"此中有人"。他吃醉了酒,西湖的轩槛内只剩下他一个人,就这么长时间地悄无声息地沉浸在"西湖好"的美景中。"归来恰似辽东鹤,城郭人民,触目皆新,谁识当年旧主人。"(《采桑子》)曾任颍州知州、退休后又在此卜居的欧阳修,他并没有像王维那样"晚年唯好静,万事不关心"(《酬张少府》),这位颍州西湖的"旧主人"怀着无限深情,奏出了一曲又一曲动人肺腑的清歌。

(艾治平)

采桑子

原文

平生为爱西湖好，来拥朱轮，富贵浮云，俯仰流年二十春。

归来恰似辽东鹤，城郭人民，触目皆新，谁识当年旧主人？

鉴赏

这是《采桑子》第十首。与前九首主要写景物、叙游赏不同，这一首主要是抒情，而且抒发的感情已不限于"西湖好"。它既像是颍州西湖组词的抒情总结，又蕴含着更大范围的人生感慨。

欧阳修一生，和颍州的关系很深。宋仁宗皇祐元年（1049）二月，他从扬州移知颍州，翌年秋离任。到神宗熙宁四年（1071），又再次因退休而归颍。词的开头两句，就是追述往年知颍州的这段经历。古代太守乘朱轮车，"拥朱轮"即指担任知州的职务。这里特意将知颍州和"爱西湖"联系起来，是为了突出自己对西湖的爱，很早就有渊源，故老而弥笃；也是为了表现自己淡泊名利、寄情山水的夙志，为下面的抒情蓄势。

"富贵浮云，俯仰流年二十春。"接下来两句，突然从过去"来拥朱轮"一下子拉回到眼前。从作者初知颖州之日到写这首词的时候,已经流逝了二十多年岁月。这二十来年中,他从被贬谪外郡到重新起用、历任要职(担任过枢密副使、参知政事等高级军政、行政职务),到再度受黜,最后退居颖州,不但个人在政治上屡经升沉,而且整个政局也有很大变化,因此他不免深感功名富贵正如浮云变幻,既难长久,也不必看重了。"富贵浮云"用孔子"富贵于我如浮云"之语,这里兼含变幻不常与视同身外之物两层意思。一个像他这样思想、经历都比较丰富复杂的高级官员,当他回顾二十多年的生活时,是很容易产生世事沧桑之感的。从"来拥朱轮"到"俯仰流年二十春",时间跨度很大,中间种种,都只用"富贵浮云"一语带过,其中蕴含了词人在长期政治生活中、人生道路上许多难以明言、也难以尽言之意。

"归来恰似辽东鹤",过片点明视富贵如浮云以后的"归来",与上片起首"来拥朱轮"恰成对照。"辽东鹤"用丁令威化鹤归来的传说,事见《搜神后记》。"城郭人民,触目皆新,谁识当年旧主人?"这三句紧承上句,一气直下,尽情抒发世事沧桑之感。在原来的故事中,"城郭如故"是为了反衬"人民非",以引出"何不学仙"的主旨;这里活用故典,改成"城郭人民,触目皆新",与刘禹锡贬外郡二十余年后再至长安时诗句"不改南山色,其余事事新",用意相同,以突出世情变化,从而逼出末句"谁识当年旧主人"。欧阳修自己,是把颖州当作第二故乡的。他在《再至汝阴三绝》中曾说:"朱轮昔愧无遗爱,白首重来似故乡。"可见他对颖州和颖州人民确实怀有亲切感。但人事多变,包括退居颖州后"谁识当年旧主人"的情景,又不免使他产生一种陌生感,产生某种怅惘与悲凉。

这首词的内容,不过是抒写词人二十年前知颍及归颍而引起的感慨,这在五七言诗中,是极常见的。但在晚唐五代以来的文人词中,却几乎是绝响。在欧阳修之前,范仲淹的边塞词《渔家傲》,已经有诗化的趋势,欧阳修的这首词,可以说是完全诗化了。特别是下片,运用故典,化用成语,一气蝉联,略无停顿,完全是清新朴素自然流畅的诗歌语言。这种清疏隽朗的风格,对后来的苏词有明显影响。

(刘学锴)

采桑子

十年前是尊前客，月白风清，忧患凋零，老去光阴速可惊。

鬓华虽改心无改，试把金觥，旧曲重听，犹似当年醉里声。

欧阳修有《采桑子》十三首，是他在宋神宗熙宁四年退居颍州以后所作。前十首专咏西湖风光，像一组清新流丽的小诗。后三首均述身世之慨，是一组凄壮激越的慷慨悲歌。这一首是后三首中的代表之作。

词中以在颍州的时间为断限，将十年前后作一鲜明的对比，写来自然真切，浑融一体。清人冯煦评欧阳修词云："其词与元献（晏殊）同出南唐，而深致则过之。"（《蒿庵论词》）就此词而言，风格已逐渐摆脱南唐影响，沉郁豪放，自成一体。此词开头回忆。十年以前，是一个概数，泛指他五十三岁以前的一段生活。那一时期，他曾出守滁州，徜徉山水之间，写过著名的《醉翁亭记》，说是："太守与客来饮于此，饮少辄醉，而年又最高，故自号曰醉翁也。"后来移守扬州，又常常到竹西、昆冈、大明寺、无双亭等处嘲风咏月、品泉赏花。

特别是仁宗嘉祐中,很顺利地由礼部侍郎拜枢密副使,迁参知政事,最后又加了上柱国的荣誉称号。这一切,他只以"月白风清"四字概括。"月白风清"四字,色调明朗,既象征处境的顺利,也反映心情的愉悦,绝不止是说在饮酒时碰上了月白风清的良夜。它给人的想象是美好、广阔的。至"忧患凋零"四字,猛一跌宕,展现十年以后的生活。这一时期,他的好友梅尧臣、苏舜钦相继辞世。"自从苏梅二子死,天地寂默收雷声。"(《感二子》诗)友朋凋零,引起他的哀痛。英宗治平二年,他又患了消渴疾(糖尿病)。老病羸弱,更增添他的悲慨。后来英宗去世,神宗即位,他被蒋之奇诬陷为"帷薄不修","私从子妇";又因对新法持有异议,受到王安石的弹劾。这对他个人来说,可谓种种不幸,接踵而来。种种不幸,他仅以"忧患凋零"四字概之,以虚代实,颇有感情色彩。接着以"老去光阴速可惊",作本片之结,语言朴质无华,斩截有力。此时此刻,词人回首前尘,如同昨梦,怎能不感到人生易老,光阴易逝?"速可惊"三字,完全是从肺腑间流出!

　　清人周济说:"吞吐之妙,全在换头煞尾。古人名换头为过变,或藕断丝连,或异军突起,皆须令读者耳目振动,方成佳制。"(《宋四家词选目录序论》)此实道出词家结撰之甘苦,以之分析此词,亦颇中肯綮。此词下片承前片意脉,有如藕断丝连;但感情上骤然转折,又似异军突起。时光的流逝,不幸的降临,使得词人容颜渐老,但他那颗充满活力的心,却还似从前一样,于是他豪迈地唱道"鬓华虽改心无改"! 我们看到前片末二句,觉得凄然欲绝,情绪低沉;但一读后片首二句,便觉精力弥满、笔势劲挺。玩其辞气,似在自我安慰,自我排解。他是把一腔忧愤深深地埋藏在心底,语言虽豪迈而感情却很沉郁,在这里,词人久经人世沧桑、历尽宦海浮沉的老辣性格,似乎隐然可见。在他的《六一词》中,像这种慨叹年华的句子颇多,如另两首《采桑子》云："去年绿鬓今年白，不觉衰容。""白首相逢，莫话衰翁，但斗尊前笑语同。"《浣溪沙》云："白发戴花君莫笑，六幺催拍盏频传，人生何处似尊前?"但它们都有一个共同的结论，即以纵酒寻欢来慰藉余年，其中渗透着人生无常、及时行乐的思想感情。这首词也不例外，接下去就说"试把金觥"。金觥，大酒杯。《诗·周南·卷耳》："我姑酌彼兕觥，维以不永伤。"本来就有销愁的意思在。但此词着一"把"字，便显出豪迈的气概。词人有《浪淘沙》词云："把酒祝东风，且共从容。"可谓各极其妙。

结尾二句紧承前句。词人手把酒杯，耳听旧曲，似乎自己仍陶醉在往日的豪情盛慨里。这个结尾正与起首相互呼应，相互补充。起首只讲自己是"尊前客"，字面上只能看出当时他在饮酒，至于赏音听曲，则未正面描写。在这里词人说"旧曲重听，犹似当年醉里声"，便补足了前面的意思。其法如常山之蛇，首尾相应，运转自如，于是便构成了统一的艺术整体。曲既旧矣，又复重听，一个"旧"字，一个"重"字，便把词人的感情和读者的想象带到十年以前的环境里。然而这毕竟是矛盾的：人已衰老，曲似当年，持酒重听，情何以堪！词人正是在矛盾冲突中刻画自己的心境，所以词中充满了郁勃之气，慷慨之音。

这首词中绝少景语，基本上以情语取胜。即使谈到十年前后的景况，也是在抒发感情时自然而然地带出来的。因而情感充沛，有一气呵成之势；又沉郁顿挫，极一唱三叹之致。其风格与《朝中措·送刘仲原甫出守维扬》相似，在《六一词》中属于豪放一路。冯煦说欧阳修词，"疏隽开子瞻，深婉开少游"（《蒿庵论词》）。如果说欧词对东坡产生影响的话，此篇乃是其中之一。

（徐培均）

朝中措

原文

送刘仲原甫出守维扬

平山阑槛倚晴空，山色有无中。手种堂前垂柳，别来几度春风。

文章太守，挥毫万字，一饮千钟。行乐直须年少，尊前看取衰翁。

鉴赏

叶梦得《避暑录话》卷一说："欧阳文忠公在扬州作平山堂，壮丽为淮南第一，堂据蜀冈，下临江南数百里，真、润、金陵三州，隐隐若可见。"仁宗嘉祐元年（1056）刘原甫（名敞）出守维扬，词人写这首词饯行，便联系自己守扬时有关景物，致其拳拳之意。古人送友赴任，通常是写诗，欧阳修以词送人赴任，无异是将历来被视为"艳科"的小词提高到与诗同等的地位，在词史上是一个创举。就此词风格而言，在欧阳修《六一词》中也是特殊的。《六一词》多承南唐余绪，深情婉曲，酷似冯延巳。像《蝶恋花》《阮郎归》的某些篇章，置之《阳春集》中，几不可辨。然而此词却没有像冯延巳那样写风花雪月，没有写儿女柔情，没有用绮靡的情调去表现内心的细微活动。它写景物，抒感慨，不加藻饰，直诉怀抱，大起大落，大开大阖。这种写法在艺术风格上属于疏宕一路。它在北宋豪放词的发展中是不可缺少的一个环节。

这首词一发端即带来一股突兀的气势，笼罩全篇。读了"平山阑槛倚晴空"一句，顿然使人感到平山堂凌空矗立，其高无比。其实到过扬州的人都知道此堂并不太高，只因位于一个高冈（蜀冈）上，四望空阔，故而显得较为突出。但是经词人这一吟咏，便在读者的头脑中留下雄伟的印象，在美学上不妨称做崇高美。由于这一句写得气势磅礴，便为以下的抒情定下了疏宕豪迈的基调。接下去一句是写凭阑远眺的情景。据宋王象之《舆地纪胜》记载，登上平山堂，"负堂而望，江南诸山，拱列檐下"。则山之体貌，应该是清晰的，但词人却偏偏说是"山色有无中"。这是因为受到王维原来诗句的限制，还是当年词人的实感果真如此？曾有人说欧阳修患"短视"，故云"山色有无中"。"苏东坡笑之，因赋《快哉亭》道其事云：'长记平山堂上，欹枕江南烟雨，杳杳没孤鸿。认取醉翁语，山色有无中。'盖'山色有无中'，非烟雨不能然也。"（见《苕溪渔隐丛话后集》卷二十三引《艺苑雌黄》）平山堂上是"晴空"，不妨江南诸山之有烟雨，东坡为欧公解嘲，不知能得其本意否？但从扬州而望江南，青山隐隐，自亦可作"山色有无中"之咏。近者大者可见，而远者小者若无，借用王维诗句，也能融化无迹，自然贴切，固不必以"烟雨"或"短视"为说也。

以下二句，描写更为具体。庆历八年（1048），欧阳修出守扬州，凡事谨慎，一仍韩琦之旧，没有什么突出的政绩，但他修建了平山堂，并在堂前手植杨柳，却传为千古佳话。此刻当送刘原甫出守扬州之际，词人情不自禁地想起平山堂，想起堂前的杨柳。"手种堂前垂柳，别来几度春风"，多么深情，又多么豪放！其中

"手种"二字,看似寻常,却是感情深化的基础。因为按照常情,凡是自己劳动的成果,都是分外关切的。词人在平山堂前种下杨柳,不到一年,便离开扬州,移任颍州。在这几年中,杨柳长高了多少?憔悴了还是茂盛了?枝枝叶叶都牵动着词人的感情。杨柳本是无情物,但在中国传统诗词里,却与人们的思绪紧密相连。《诗经·采薇》不是说"昔我往矣,杨柳依依"吗?刘禹锡《竹枝词》不是也说"长安陌上无穷树,只有垂杨管别离"吗?何况这垂柳又是词人手种的呢。可贵的是,词人虽然通过垂柳写深婉之情,但婉而不柔,深而能畅。特别是"几度春风"四字,更能给人以欣欣向荣、格调轩昂的感觉,读后久久萦怀而不可或释。

过片三句写所送之人刘原甫,与词题相应。据《宋史》卷三百十九《刘敞传》记载,刘敞"为文尤赡敏,掌外制时,将下直(犹今语下班),会追封王、主九人,立马却坐,顷之,九制成。欧阳修每于书有疑,折简(写信)来问,对其使挥笔,答之不停手,修服其博"。九制,是指九道敕封郡王和公主的诏书,刘原甫立马却坐,一挥而就,可见其才思的敏捷。此词云"文章太守,挥毫万字",不仅表达了词人"心服其博"的感情,而且把刘敞的倚马之才,作了精确的概括。缀以"一饮千钟"一句,则添上一股豪气,于是乎一个气度豪迈、才华横溢的文章太守的形象,便栩栩如生地站在我们面前。词人秦少游对此三句非常激赏,他在《望海潮·广陵怀古》中曾经写道:"最好挥毫万字,一饮拚千钟!"

词的结尾二句,先以劝人,又回过笔来写自己。清人黄了翁评曰:"感慨之意,见于言外。"又解释说:"君子进德修业,欲及时也,无事不须在少年努力者。现身说法,神采奕奕动人。"(《蓼园词选》)其目的在于鼓励人们及早图谋上进,无可非议,但所云并不符合词人原意。欧阳修几经贬谪，历尽宦海浮沉，此时虽在京师供职，然已两鬓萧萧，心情不畅。因此饯别筵前，面对知己，一段人生感慨，不禁冲口而出。无可否认，这两句是抒发了人生易老，必须及时行乐的消极思想。但是由于豪迈之气，通篇流贯，词写到这里，并不令人感到低沉，无形之中却有一股苍凉郁勃的情绪，在搏动人们的心弦。这是跟他在一开头时定下的基调分不开的。

总之，这首词从平山堂写到堂前垂柳，从被送者写到送者，层层转折，一气呵成，不落一般酬赠之作的窠臼，确是一首成功之作。

（徐培均）

诉衷情

原文

清晨帘幕卷轻霜，呵手试梅妆①。都缘自有离恨，故画作远山长。

思往事，惜流芳，易成伤。拟歌先敛，欲笑还颦，最断人肠。

〔注〕

① 梅妆：《太平御览》卷三十《时序部》引《杂五行书》："宋武帝女寿阳公主人日（正月初七）卧含章殿檐下，梅花落公主额上，成五出花，拂之不去。皇后留之，看得几时，经三日，洗之乃落。宫女奇其异，竞效之，今梅花妆是也。"

鉴赏

这首小词，写一位歌女的生活片段。

上片叙事，从一天的清晨写起：帘幕卷，暗示她已起床；轻霜，气候只微寒；因微寒而呵手，想见她的娇怯；梅妆，是一种美妆，始于南朝宋寿阳公主；试梅妆，谓试着描画梅花妆，如是，更突出她的秀慧俏丽。在梳妆中，她把眉儿画得又细又长，作者领会出,她这样做是有意的,因为她本有离愁别恨,所以把眉画得很长,眉黛之长,象征水阔山长。用远山比美人之眉,由来已久。托名汉伶玄《飞燕外传》:"女弟合德入宫,为薄眉,号远山黛。"又托名刘歆《西京杂记》卷二:"卓文君姣好,眉色如望远山。"在诗词中,常被引用。

下片抒情,从举止、容色中,作者窥测她有感伤的情绪,大概她正在思量着难追的往事,惋惜着易逝的芳年。由于她有感伤,触处皆愁,所以欲歌之际,却先敛容不欢;将笑之时,也还带恨含颦。她诚于中而形于外,人则见其外而知其中,故此情此态,最得知心者怜爱而为之魂销,因魂销乃至肠断。

在这首词中,作者笔下出现一位娇柔羞涩的少女,她工愁善感,敏慧多情,这些,都没有作正面交待,却从侧面点拨,使读者从她的梳妆、歌唇、颦笑中想象而得,而她的形象栩栩如生、呼之欲出。"拟歌"两句,曲折而含蓄,不但现出人物的姿态,而且传出人物的神情,周邦彦的"欲说又休,虑乖芳信,未歌先咽,愁转《清商》"(《风流子》),即脱胎于此。虽然,她所透露的伤离感旧之情,只是淡薄的、微婉的,可是留给我们的印象,却深刻而难忘。

(黄清士)

踏莎行

候馆梅残,溪桥柳细,草薰风暖摇征辔。离愁渐远
渐无穷,迢迢不断如春水。

寸寸柔肠,盈盈粉泪,楼高莫近危阑倚。平芜尽处
是春山,行人更在春山外。

在婉约派词人抒写离情的小令中,这是一首情深意远、柔婉
优美的代表性作品。

上片写离家远行的人旅途中所见所感。开头三句是一幅洋
溢着春天气息的溪山行旅图:旅舍旁的梅花已经开过了,只剩下
几朵残英,溪桥边的柳树刚抽出细嫩的枝叶。暖风吹送着春草的
芳香,远行的人就在这美好的环境中摇动马缰,赶马行路。梅残、
柳细、草薰、风暖,暗示时令正当仲春。这正是最易使人动情的季
节。在这种环境下行路,不但看到春的颜色,闻到春的气味,感到
春的暖意,而且在心里也荡漾着一种融怡的醉人的春意。从"摇
征辔"的"摇"字中可以想象行人骑着马儿顾盼徐行的情景。

融怡明媚的仲春风光,既令征人欣赏流连,却又很容易触动
离愁。因为面对芳春丽景,不免会想到闺中人的青春芳华,想到

自己孤身跋涉，不能与对方共赏春光。而梅残、柳细、草薰、风暖等物象又或隐或显地联系着别离，因此三、四两句便由丽景转入对离情的描写："离愁渐远渐无穷，迢迢不断如春水。"因为所别者是自己深爱的人，所以这离愁便随着分别时间之久、相隔路程之长越积越多，就像眼前这伴着自己的一溪春水一样，来路无穷，去程不尽。上文写到"溪桥"，可见路旁就有清流。这"迢迢不断如春水"的比喻，妙在即景设喻，触物生情，亦赋亦比亦兴，是眼中所见与心中所感的悠然神会。从这一点说，它比李煜的"问君能有几多愁？恰似一江春水向东流"显得更加自然。

"寸寸柔肠，盈盈粉泪。"过片两对句，似乎由陌上行人转笔写楼头思妇。其实，整个下片，都是行人对居者的想象。上下片的关系不是并列，而是递进。上片结尾已经讲到自己的离愁迢迢不断，无穷无尽，于是这位深情的主人公便不由得进而想象对方此刻也正在凭高远望，思念旅途中的自己。这正是所谓透过一层，从对面写来的手法。"柔肠"而说"寸寸"，"粉泪"而说"盈盈"，显示出女子思绪的缠绵深切。从"迢迢春水"到"寸寸肠""盈盈泪"，其间又有一种自然的联系。

接下来一句"楼高莫近危阑倚"，是行人在心里对泪眼盈盈的闺中人深情的体贴和嘱咐。你那样凭高倚阑远望，又能望得见什么呢？这就很自然地引出了结拍两句。

"平芜尽处是春山，行人更在春山外。"补足"莫近危阑倚"之故，也是行人想象闺中人凭高望远而不见所思的情景：展现在楼前的，是一片杂草繁茂的原野，原野的尽头是隐隐春山，所思念的行人，更远在春山之外，渺不可寻。这两句不但写出了楼头思妇凝目远望、神驰天外的情景，而且透出了她的一往深情，正越过春山的阻隔,一直伴随着渐行渐远的征人飞向天涯。行者不仅想象到居者登高怀远,而且深入到对方的心灵对自己的追踪。这正是一个深刻理解所爱女子心灵美的男子,用体贴入微的关切怀想描绘出来的心画。

这首词所写的是一个常见的题材,但却展现出一片情深意远的境界,让人感到整首词本身就具有一种"迢迢不断如春水"式的含蓄蕴藉,令人神远。这固然首先取决于感情本身的深挚,但和构思的新颖、比喻的自然、想象的优美也分不开。上片写行者的离愁,下片写行者的遥想,这遥想实际上是离愁的深化,它使整个词境更加深远。而上下片结尾的比喻和想象所展示的情意和境界,更使人感到词中所展示的画面虽然有限,情境却是无限的。俞平伯说下片结尾两句"似乎可画,却又画不到"(《唐宋词选释》),这画不到处不只是春山外的行人,更是那悠远的情境。

(刘学锴)

望江南

江南蝶，斜日一双双。身似何郎全傅粉，心如韩寿爱偷香，天赋与轻狂。

微雨后，薄翅腻烟光。才伴游蜂来小院，又随飞絮过东墙，长是为花忙。

欧阳修这首咏蝴蝶的小令是咏物词中上乘之作。

开头两句写双双对对的江南蝴蝶在傍晚的阳光下翩翩飞舞。"身似何郎全傅粉"，何郎，何晏。《世说新语·容止》："何平叔（晏）美姿仪，面至白，魏明帝疑其傅粉，正夏月与热汤饼，既啖，大汗出，以朱衣自拭，色转皎然。"此句以人拟蝶，以何郎傅粉喻蝶的外形美。蝶翅和体表生有各色鳞片和丛毛，形成各种花斑，表面长着一层蝶粉，仿佛是经过精心涂粉装扮的美男子。"心如韩寿爱偷香"，据《世说新语·惑溺》与《晋书·贾充传》载，韩寿美姿容。贾充辟为司空掾。充少女贾午见而悦之，使侍婢潜通音问，厚相赠结，寿逾垣与之通。午窃充御赐西域奇香赠寿。充僚属闻其香气，告于充。充乃考问女之左右，具以状对。充秘之，遂以女妻寿。此处也是以人拟蝶，以韩寿偷香喻指蝴蝶依恋花

77

丛、吸吮花蜜的特性。典故随意拈来,妙笔天成,运用得极其生动、贴切。"傅粉""偷香",从"身"(外形)与"心"(内质)两方面概写了蝴蝶的美貌与特性,这两句可以说是整首词的词眼。接着一句"天赋与轻狂",挽住上片,又启迪下片。"轻狂"者,情爱不专一、恣情放浪也。欧阳修《洞天春》词云:"燕蝶轻狂,柳丝撩乱,春心多少。"可相印证。

下阕就"轻狂"二字生发。傍晚下了一场小雨,雨一停,浪蝶便度翠穿红地忙乎起来。"薄翅腻烟光"一句体物入微,状写精妙,选词用字准确、熨帖。蝴蝶的粉翅是薄而有些透明的,当它沾上雨水之后,翅上的"粉"仿佛黏糊糊地变"腻"了。这是在雨过天晴,透过斜日余晖的照射,才呈现出来并使人感触到的。"烟光"指的是雨后的晚晴夕照。斜阳透过沾水发腻的粉翅,自然就显得朦朦胧胧,宛似笼罩在一片缥缈的烟雾之中了。

轻狂的蝴蝶自有轻狂的朋侣"游蜂""飞絮"相伴。蜂与蝶向来并称为狂蜂浪蝶。飞絮杨花,向被人目为自然界中的水性之物。蝴蝶伴随狂蜂,飞絮到处宿粉栖香,游荡不定——"长是为花忙"。结句回应了上片的"天赋与轻狂",以"为花忙"的具体意象点出"轻狂"。"花"的意蕴双关,亦物亦人。全词一纵一收,上下关合,联密而自然。

欧阳修这首咏蝴蝶词,既切合蝶的外形与内质,又不单单滞留在蝶的本身,而是以拟人化手法,将蝶加以人格化,亦蝶亦人,借蝶咏人,通过两个切题的典故——何郎傅粉与韩寿偷香,惟妙惟肖地把蝶与人的"天赋与轻狂""长是为花忙"的特点巧妙地绾合起来,将何郎、韩寿的禀赋一股脑儿倾注在专以粉翅煽情、以恋花吮蜜为营生的浪蝶身上,把自然的动物性与社会的人性融合为一体,在蝴蝶的形象上集中了风流浪子眠花卧柳、寻欢作乐的种种属性,蝶就成为活脱脱的轻狂男子的化身。反过来,作者又含蓄地讽刺了那些轻狂男子身上过多的动物属性。试想,如果这首词抽去了何郎与韩寿两个典故,它仅止于表面的咏蝶而已,失去任何内涵寓意,自是淡乎寡味了。

五代毛文锡有《纱窗恨》云:"双双蝶翅涂铅粉,咂花心。绮窗绣户飞来稳,画堂阴。 二三月爱随飘絮,伴落花、来拂衣襟。更剪轻罗片,傅黄金。"可以看到毛词咏蝶仅止于蝶而已,虽然在艺术技巧上也有某些可取处,但比之欧词,在思想艺术境界、审美情趣与价值上自然要逊色得多了。汤显祖评《纱窗恨》词云:"'咂'字尖,'稳'字妥,他无可喜句。"(汤显祖评本《花间集》卷二)显然,其所以"无可喜句",主要是不如欧词之有寄托。蒋敦复说:"词原于诗,即小小咏物,亦贵得风人比兴之旨。"(《芬陀利室词话》)欧词咏物而又咏怀,这是取得成功的重要原因吧。

(吴翠芬)

生查子

原文

去年元夜时，花市灯如昼。月上柳梢头，人约黄
昏后。

今年元夜时，月与灯依旧。不见去年人，泪满春
衫袖。

鉴赏

此词作者，或作朱淑真，或作秦观。但南宋初曾慥所编《乐府
雅词》作欧阳修，当较为可信。词作通过主人公对去年今日的往
事回忆，写物是人非之感，其语言通俗可谓到口即消，其内容情事
几乎一目了然，但构思巧妙，饶有新意，这集中表现在词的分
片上。

词的上片写"去年元夜"情事。"元夜"今称元宵节，自唐时起
即有观灯闹夜的风俗："谁家见月能闲坐？何处闻灯不看来？"（崔
液《上元夜》）"火树银花合，星桥铁锁开"，"金吾不禁夜，玉漏莫
相催"（苏味道《正月十五夜》）。这些诗句正是写"花市灯如昼"
的情景，此"花"乃"火树银花"之"花"。这金吾不禁之夜，不但是
观灯赏月的好时节，也给予恋爱的青年男女以良好时机。或于人
众稠密处眉目传情，或在灯光阑珊处秘密相会。此处所写的大抵

属于后一种情况。"月上柳梢头"分明不像闹市区，"人约黄昏后"是观花灯去么？这一结恰如水穷云起，言有尽而意无穷。虽未像下片那样明确表情，一种"月出皎兮，佼人僚兮"（《诗·陈风·月出》）的甜情蜜意却溢于言表。下片写"今年元夜"情景。"月与灯依旧"虽只举月与灯，实应包括上片二三句花、柳、灯、月而言，是说闹市佳节良宵与去年完全一样。言景物"依旧"，暗逗下句"不见去年人，泪满春衫袖"，表情极明显，与上片对比更觉有味。一个"满"字，将物是人非、旧情难续的感伤表现得很充分。

上片说去年，下片说今年，元夜、灯、月、人等字面互相关照。两片文义并列，基本重叠，但颇寓变化。诗歌重叠方式运用于全章的，《诗经》国风比比皆是，每章字句大同小异，或易词申意（如《郑风·褰裳》），或循序递进（如《周南·芣苢》），回旋往复的音节对于简朴的歌词颇有增强表情的功用。双调的词有重头（不换头）与换头之分，重头的词上下片字句调式全同，《生查子》即属此类。作者根据词调特点采取文义并列的分片结构，就形成章的重叠，颇类歌曲反复一遍，有回旋咏叹之致。

作者大约受到唐人崔护《题都城南庄》诗的启发。此后词人亦多效此法。如王迈《南歌子》上片写"家里逢重九"，下片写"官里逢重九"；吕本中《采桑子》上片说"恨君不似江楼月"，下片说"恨君却似江楼月"；辛弃疾《采桑子》上片写"少年不识愁滋味"，下片写"而今识尽愁滋味"：均是此法的运用或翻新。而此词具有风诗那种明快、浅切、自然的民歌风味，则为诸词所未备的。

（周啸天）

生查子

原文

含羞整翠鬟，得意频相顾。雁柱十三弦，一一春莺语。

娇云容易飞，梦断知何处？深院锁黄昏，阵阵芭蕉雨。

鉴赏

　　此词《类编草堂诗余》卷一、《草堂诗余隽》、《蓼园词选》均误作张先词，《全宋词》列为欧阳修作，今从之。词中以男子口吻，写一女子弹筝，并结合爱情与离愁，写得声情并茂，是一首意味隽永的词中小品。

　　上片描写从前女子在与情郎相聚时弹筝的情景。起首一句好似一个特写镜头，先画出这位女子的娇容美态。此时她仿佛坐在筝前，旁边站着一位英俊少年。在弹筝之前，她娇羞怯怯，理了理头发。"含羞"二字，令人想象到她的两颊此刻正泛起朵朵红云。"整翠鬟"三字则把她内心深处一股难以名状的激动感情恰当地反映出来。唐宋词中往往以这类细节的描写揭示人物的内心活动，如冯延巳《谒金门》云"闲引鸳鸯香径里，手挼红杏蕊"，秦观《浣溪沙》云"照水有情聊整鬓，倚阑无语更兜鞋"，既形象，又具体。人物内心尽管难堪、难耐、百无聊赖,但若不通过"手挼红杏""照水整鬟""倚阑兜鞋"这些细微的充满生活气息的动作,就不足以显示出来。因此前人对这种写法评价极高,说是"即令闺人自模,恐未到"(《续草堂诗余》)。下面"得意频相顾"一句,是写这女子弹筝弹到高潮,她的感情已和筝声融为一片,忘记了方才的羞怯,不时地回眸一顾,看看身旁的少年。读至此处,那女子弹筝的动作以及得意的神情,似乎跃入我们的眼帘。她那频频回顾的眼波,似乎在观察那位少年是否知音,是否知己。用现在的话说,这是用白描的手法表现了演奏者与欣赏者的感情交流,写得非常准确而生动。

词至"雁柱"二句,始具体地描写筝声。唐宋时筝有十三弦,每弦用一柱支撑,斜列如雁行,故称"雁柱"。"一一春莺语",系以莺语拟筝声。白居易《琵琶行》云:"间关莺语花底滑。"韦庄《菩萨蛮》云:"琵琶金翠羽,弦上黄莺语。"似为此句所本。前一句以"雁行"比筝柱,这一句以"莺语"状筝声,无论在视觉和听觉上都给人以美感。而"十三""一一"两组数字,又使人觉得女子的十指在一一按动筝弦,轻拢慢撚,很有节奏。随着十指的滑动,弦上发出悦耳的曲调,有如"呖呖莺声溜的圆"(《牡丹亭》)。在这里,词人着一"语"字,又进一步拟人化,好像这弦上发出的声音在倾诉女子的心曲。而这心曲又是愉悦的,象征着他们的爱情十分美满。

下片写而今两情隔绝,凄苦难禁。"娇云"二句,语本宋玉《高唐赋》:"旦为朝云,暮为行雨;朝朝暮暮,阳台之下。"暗示他们在弹筝之后曾有一段幽会。然而好景不长,他们很快分离了。着以"容易"二字,说明他们的分离是那样的轻易、那样的迅速,其中充满了懊恼与怅恨，也充满了怜惜与怀念之情。"梦断知何处"，表明他们的欢会像阳台一梦。从语气上可以看出，此刻的男子似乎在寻寻觅觅，企图重温旧梦，然而鸳魂缥缈，旧梦依稀，一觉醒来，仍被冷冷清清的氛围所笼罩。这就逗出了意境悠远的结句。

结尾二句，写男子深院独处，黄昏时刻，谛听着窗外的雨声。雨打芭蕉，诗词中常用以衬托愁苦。这是从字面上理解。若从全词意脉来看，实际上是虚拟筝声。清人黄了翁云："次一阕写别后情怀，无限凄苦，胥以筝寓之。"（《蓼园词选》）说得非常正确。阵阵急雨，敲打芭蕉，这是男子在回忆中产生的错觉，也是他迫促烦躁心情的写照，同时又表现了孤栖时刻幽寂凄清的况味。这样的筝声，最易触动愁绪，所以黄了翁又说："凡遇合无常，思妇中年，英雄末路，读之皆堪泪下。"（同上）

这首词在艺术上具有很多特点。一是巧妙地运用了哀乐对比。上片充满了欢乐的气氛、明快的节奏；下片则情深调苦，表现了孤单寂寞的悲哀。以乐景反跌哀情，故哀情更为动人。二是虚实相应。词中正面描写弹筝的女子，而以英俊少年作侧面的陪衬，上片中写这男子隐约在场，下片中则写女子在回忆中出现，虚实相间，错综叙写，词中的感情就不会变得单调。三是善于运用比喻，如以"雁行"比筝柱，以"莺语"拟筝声，以"娇云"状远去的弹筝女子，以雨打芭蕉喻筝中的哀音，或明比，或暗喻，都增加了词的形象性和感染力。最后一点是采取了跳跃的过渡形式。按照生活逻辑，上下片之间，应该有欢会，有饯别，可是词人却一笔带过，没有正面描写。他所着力刻画的只是初会和别后两个阶段，因而显得笔酣墨畅，婉曲动人。这些技巧，都是值得借鉴的。

（徐培均）

蝶恋花

越女采莲秋水畔。窄袖轻罗，暗露双金钏。照影摘花花似面。芳心只共丝争乱。

鸂鶒滩头风浪晚。露重烟轻，不见来时伴。隐隐歌声归棹远。离愁引著江南岸。

欧阳修的《六一词》，有的是自我抒情的，如同小诗；有的是用以应歌的，如他在《采桑子·西湖念语》中所说："因翻旧阕之辞，写以新声之调，敢陈薄伎，聊佐清欢。"这首词写越女采莲，当系依古乐府《采莲曲》的旧题写成，以供演唱。以词的形式写采莲的，在《花间集》中有皇甫松的《采莲子》、李珣的《南乡子》，但前者是七言绝句体，中间伴以"举棹""年少"作为和声；后者才是长短句，但只单片。南唐冯延巳有《菩萨蛮》"欹鬟堕髻摇双桨，采莲晚出清江上"一首，分上下片，情节已稍丰富。欧阳修此首，其曲折深婉，又过于冯词，可以看出唐、五代至宋词的发展。

由于题材的规定，此词的特点是形象鲜明，语言通俗，节奏明快，动作性强，极适于歌女们载歌载舞。起首三句即点明人物身分和活动环境，仿佛令人看到一群少女在美丽的荷塘里，用灵巧的双手采撷莲花。她们的衣着颇与文献记载相符，据马端临《文献通考》卷一四六《乐考》云：宋时教坊有采莲舞队，舞女们均"衣红罗生色绰子（套衫），系晕裙，戴云鬟髻，乘彩船，执莲花"。这里词人只是抓住舞女服饰的一部分，便把她们的绰约丰姿、婀娜舞态勾勒出来，笔法至为简练。"暗露双金钏"一句写得更好，意境如同牛峤《女冠子》的"臂钏透红纱"。它们都富有一种含蓄的美、朦胧的美。玉腕上的金钏时隐时露，闪闪烁烁，便有一种妙不可言的美感。若是完全显露出来，即毫无意味了。以下两句分别写采莲姑娘的动作和表情，在明白晓畅的语言中蕴藏着美好的形象和美好的感情，做到语浅意深，以俗为雅。我们仿佛看到采莲女们像荷花一样娇艳，简直就如李白所说的"荷花娇欲语"，或另一位诗人所说的"乱入花丛看不见"，美丽的姑娘和美丽的荷花交叉在一起，使你分不清何者为花，何者为人。以荷花比女子，在唐宋词中屡见不鲜。李珣《临江仙》云："强整娇姿临宝镜，小池一朵芙蓉。"陈师道《菩萨蛮》云："玉腕枕香腮，荷花藕上开。"但它们都离开了荷塘的特定环境，没有具体的形象作为陪衬，而且格调不高。这里的"照影摘花花似面"，俗中见雅，形象逼真。王国维《人间词话》评欧阳修、秦观词云："词之雅郑，在神不在貌。"以之衡量本句，极为恰切。它的精神实质是较高雅的，可以娱悦和陶冶人们的性情。就意义来讲，这句话还含有多种层次：采莲女子先是临水照影，这是第一层；接着伸手采莲，这是第二层；然后感到花如人面，不忍去摘，这是第三层。由于层次多，动作性也就很强，非常适合于组织舞蹈的手势、身段，也很容易揭示人物的内在感情。"芳心只共丝争乱"一句，便是表现人物的内心矛盾。芳心，是形容姑娘们美好的心灵。"丝"字前面虽未有说明，但从上句的

"摘花"联想,人们可以理解这是采摘莲花拗断莲梗时从断口中拉出来的丝,即温庭筠《达摩支曲》所云"拗莲作寸丝难绝"的丝。随事生发,信手拈来,以此丝之乱拟彼心之乱,构想绝妙。这一句和上一句一样,都带有民歌色彩。由于感情挖得深,写得真,所以很容易化为舞蹈语言(动作)。

然而此词并不停留在舞姿的描绘和感情的刻画上,它还有简单的情节,情节还有所发展,这在一般的唐宋词中是见不到的。如果说上片是群舞,场面比较欢快;那么下片就是独舞居多,场面渐渐变得紧张。天晚了,起风了,荷塘上涌起阵阵波涛。采莲船在风浪中颠簸、挣扎,有的竟被风浪冲散,场面上似乎只剩下一个采莲姑娘。这样紧张的情节,我们都可以从"鸂鶒滩头风浪晚"七个字中体会到。鸂鶒是一种类似鸳鸯的水鸟,而色多紫,性喜水上偶游,故又称紫鸳鸯。李珣《南乡子》云:"乘彩舫,过莲塘,棹歌惊起睡鸳鸯。"情境差为近之。池塘上既有荷花,又有紫鸳鸯,再加上荷花也似的采莲姑娘,画面上真是美不胜收。如此优美的情境,忽然笼上暮色,被风浪破坏,情节自然紧张起来。于是词笔转而写采莲姑娘寻找失散的伙伴。"露重烟轻",是具体地描绘暮色。此时天幕渐渐暗下来,暮色苍茫,能见度极低,也许失散的伙伴相去不远,但采莲姑娘却找不到她们。其焦急之情,仓皇之状,令人可以想见。这里面可以产生许多寻人的动作,化成许多优美的舞蹈身段。从全词的结构来看,这一段也是情节发展的高潮。

在结尾之前,词情有一个跳跃,在章法上叫做空际转身。上面说姑娘在寻找伙伴,但到底找到了没有,词人未作具体交代。然而根据"隐隐歌声归棹远"一句来看,她们已快乐地回家,当然是找到了;而"离愁引著江南岸",则似若有所失,又像是没有找到。境界迷离惝恍，启人遐想。这在词来说，正是一个理想的结尾。谢章铤《赌棋山庄词话》云："长调要曲折矫变，短调要辞意惝恍。"沈祥龙《论词随笔》云："小令须突然而来，悠然而去，数语曲折含蓄，有言外不尽之致。"此词从广义上讲可算是短调、小令。采莲姑娘唱着采莲曲归去了，歌声伴着桨声，由近而远，悠然而去。人虽离去，莲塘上却洒下一片愁情，留下一曲优美的画外音，久久地吸引着读者。真是余音袅袅，不绝如缕；情意绵绵，牵系人心。

（徐培均）

渔家傲

原文

花底忽闻敲两桨,逡巡女伴来寻访。酒盏旋将荷叶当①。莲舟荡,时时盏里生红浪。

花气酒香清厮②酿,花腮酒面红相向。醉倚绿阴眠一晌,惊起望,船头搁在沙滩上。

〔注〕

① 当:去声,作为、代替之意,如杜甫《寒夜》:"寒夜客来茶当酒。"
② 厮:相。与下句"相"字互文同义。

鉴赏

　　这首词是作者用《渔家傲》词调谱写的六首采莲词之一,特别清新可爱,富有生活气息。它描写一群采莲姑娘,在荡舟采莲时喝酒逗乐的情景。过去文人笔下对女子的描述,总以端庄、贤淑、娇慵、多愁为主。而此作却以活泼、大胆的形象出之,所以能令人耳目一新。

　　首句"花底忽闻敲两桨","闻"字"敲"字,不写人而人自见,"桨"字不写舟而舟自在,用"花底"二字映衬出了敲桨之人,是一种烘托的手法,着墨不多而蕴藉有味。第二句"逡巡女伴来寻访",方才点明了人和人的性别。"逡巡",顷刻,显示水乡女子荡舟技巧的熟练与急欲并船相见的心情,人物出场写得颇有声势。"酒盏"句,是对姑娘们喝酒逗乐的描写,是一个倒装句,即"旋将荷叶当酒盏"的意思,倒文是为了协调平仄和押韵。这个"旋"字,与上面的"忽"字、"逡巡"字,汇成一连串快速的行动节奏,表现了姑娘们青春活泼、动作麻利的情态,惹人喜爱。

荷叶作杯,据说是把荷叶连茎摘下,在叶心凹处,用针刺破,一手捧荷叶注酒凹处以当酒杯,于茎端吸饮之,隋殷英童《采莲曲》云"荷叶捧成杯",唐戴叔伦《南野》云"酒吸荷杯绿",白居易《酒熟忆皇甫十》云"寂寥荷叶杯"等,都是指此。试想在荷香万柄,轻舟荡漾中间,几个天真烂漫的姑娘,用荷叶作杯,大家争着吮吸荷杯中的醇酒,没有一点点忸怩作态的样子,这是一幅多么生动而富有乡土气息的女儿行乐图!接着轻荡莲舟,碧水微波,而荷杯中的酒,也微微摇动起来,映入了荷花的红脸,也映入了姑娘们腮边的酒红,一似红浪时生,把"芙蓉向脸两边开"(王昌龄《采莲曲》)的意境,用另一种方式细腻地表达出来,结束了上片。

下片第一、二两句"花气酒香清厮酿,花腮酒面红相向"是从花、酒与人三方面作交错描述。花的清香和酒的清香相互混合,花的红晕和脸的红晕相互辉映。花也好,人也好,酒也好,都沉浸在一片"香"与"红"之中了。把热闹的气氛,推向了高潮。然而第三句"醉倚绿阴眠一晌"笔锋一转,热闹转为静止,把读者刚刚起步的想象,突然提携到另一种意境中去。又拈出一个"绿阴"的"绿"字来,使人在视觉和听觉上产生一种强烈的色彩和音响的对比。从而构成了非凡的美感。下面两句笔锋又作一层转折,从

"眠"到"醒";由"静"再到"动",用"惊起"二字作为转折的纽带。特别是这个"惊"字,则又是过渡到下文的纽带。为什么呢?因为姑娘们既喝醉了酒,在荷叶的绿阴中睡得正甜,然而船却因无人打桨而随风飘流起来,结果在沙滩上搁浅了。之所以"惊起",正因为是醒来看到了这个令人尴尬的场面,既坐实一个"醉"字,又暗藏一个"醒"字,并以愉快而诙谐的构思作结。起、承、转、合,脉络清晰。在诗词作法上,可以说是一篇极好的范例。而风格之清新,言语之含蓄,设色之秾艳,犹其余事。在作者的《采莲词》中多半是描写爱情的题材,惟独此词生动活泼,健康明朗,确是一篇难得的佳作。

(江辛眉)

玉楼春

原文

尊前拟把归期说，欲语春容先惨咽。人生自是有情痴，此恨不关风与月。

离歌且莫翻新阕，一曲能教肠寸结。直须看尽洛城花，始共春风容易别。

鉴赏

　　北宋初年的一些名臣，如范仲淹及晏殊、欧阳修等人，除德业文章以外，他们也都喜欢填写一些温柔旖旎的小词，而且在小词的锐感深情之中，更往往可以见到他们的某些心性品格甚至学养襟抱的流露。就欧阳修而言，则他在小词中所经常表现出来的意境，可以说乃是一方面既对人世间美好的事物常有着赏爱的深情，而另一方面则对人世间之苦难无常也常有着沉痛的悲慨。这一首《玉楼春》词，可以说就正是表现了其词中此种意境的一首代表作。

　　这首词开端的"尊前拟把归期说，欲语春容先惨咽"两句，表面看来固仅是对眼前情事的直接叙写，但在其遣辞造句的选择与结构之间，欧阳修却已于无意间显示出了他自己的一种独具的意境。首先就其所用之语汇而言，第一句的"尊前"，原该是何等欢乐的场合,第二句的"春容"又该是何等美丽的人物,而在"尊前"所要述说的却是指向离别的"归期",于是"尊前"的欢乐与"春容"的美丽,乃一变而为伤心的"惨咽"了。在这种转变与对比之中,虽然仅只两句,我们却隐然已经能够体会出欧阳修词中所表现的对美好事物之爱赏与对人世无常之悲慨二种情绪相对比之中所形成的一种张力了。

其次再就此二句叙写之口吻而言,欧阳修在"归期说"之前,所用的乃是"拟把"两个字;而在"春容""惨咽"之前,所用的则是"欲语"两个字。曰"拟"、曰"欲",本来都是将然未然之辞;曰"说"、曰"语",本来都是言语叙说之意。表面虽似乎是重复,然而其间却实在含有两个不同的层次,"拟把"仍只是心中之想,而"欲语"则已是张口欲言之际。二句连言,不仅不是重复,反而更可见出对于指向离别的"归期",有多少不忍念及和不忍道出的宛转的深情。其间固有无穷曲折吞吐的姿态和层次,而欧阳修笔下写来,却又表现得如此真挚,如此自然,如此富于直接感发之力,所以即此二句,实在便已表现了欧词的一种特美。

至于下面二句"人生自是有情痴,此恨不关风与月",则似乎是由前二句所写的眼前的情事,转入了一种理念上的反省和思考,而如此也就把对于眼前一件情事的感受,推广到了对于整个人世的认知。所谓"人生自是有情痴"者,古人有云"太上忘情,最下不及情,情之所钟,正在我辈"。所以况周颐在其《蕙风词话》中就曾说过"吾观风雨,吾览江山,常觉风雨江山之外,别有动吾心者在"。这正是人生之自有情痴,原不关于风月。李后主的《虞美人》词曾有"春花秋月何时了,往事知多少? 小楼昨夜又东风,故国不堪回首月明中"之句,夫彼天边之明月与楼外之东风,固原属无情,何干人事? 只不过就有情之人观之,则明月东风遂皆成为引人伤心断肠之媒介了。所以说"人生自是有情痴,此恨不关风与月",此二句虽是理念上的思索和反省,但事实上却是透过了理念才更见出深情之难解。而此种情痴则又正与首二句所写的"尊前""欲语"的使人悲惨呜咽之离情暗相呼应。所以下半阕开端乃曰"离歌且莫翻新阕,一曲能教肠寸结",再由理念中的情痴重新返回到上半阕的尊前话别的情事。"离歌"自当指尊前所演唱的离别的歌曲,所谓"翻新阕"者,殆如白居易《杨柳枝》所云"古歌旧曲君休听,听取新翻杨柳枝",与刘禹锡同题和白氏诗所云"请君莫奏前朝曲,听唱新翻杨柳枝"。欧阳修《采桑子》组词前之《西湖念语》,亦云"因翻旧阕之词,写以新声之调"。盖如《阳关》旧曲,已不堪听,离歌新阕,亦"一曲能教肠寸结"也。前句"且莫"二字的劝阻之辞写得如此叮咛恳切,正以反衬后句"肠寸结"的哀痛伤心。

　　写情至此,本已对离别无常之悲慨陷入极深,而欧阳修却于末二句突然扬起,写出了"直须看尽洛城花,始共春风容易别"的遣玩的豪兴,这正是欧阳修词风格中的一个最大的特色,也是欧阳修性格中的一个最大的特色。我以前在《灵溪词说》中论述冯延巳与晏殊及欧阳修三家词风之异同时,就曾指出过他们三家词虽有继承影响之关系,然而其词风则又在相似之中各有不同之特色,而形成其不同之风格特色的缘故,则主要在于三人性格方面的差异。冯词有热情的执著,晏词有明澈的观照,而欧词则表现为一种豪宕的意兴。欧阳修这一首《玉楼春》词,明明蕴含有很深重的离别的哀伤与春归的惆怅,然而他却偏偏在结尾写出了"直须看尽洛城花,始共春风容易别"的豪宕的句子。在这二句中,不仅其要把"洛城花"完全"看尽",表现了一种遣玩的意兴,而且他所用的"直须"和"始共"等口吻也极为豪宕有力。然而"洛城花"却毕竟有"尽","春风"也毕竟要"别",因此在豪宕之中又实在隐含了沉重的悲慨。所以王国维在《人间词话》中论及欧词此数句时,乃谓其"于豪放之中有沉着之致,所以尤高"。其实"豪放中有沉着之致",不仅道中了《玉楼春》这一首词这几句的好处,而且也恰好说明了欧词风格中的一点主要的特色,那就是欧阳修在其赏爱之深情与沉重之悲慨两种情绪相摩荡之中,所产生出来的要想以遣玩之意兴挣脱沉痛之悲慨的一种既豪宕又沉着的力量。在他的几首《采桑子》小词,都体现出此一特色。不过比较而言,则这一首《玉楼春》词,可以说是对此一特色最具代表性的作品而已。

（叶嘉莹）

玉楼春

原文

洛阳正值芳菲节，秾艳清香相间发。游丝有意苦
相萦，垂柳无端争赠别。

杏花红处青山缺，山畔行人山下歇。今宵谁肯远
相随，唯有寂寥孤馆月。

鉴赏

前人论欧词，有的说它"深婉"，有的说它"层深"，虽然赞赏的
角度不同，但都意识到了"深"是欧词艺术上的基本特色。一个深
字，看似简单，要达到却颇不容易。因为它既要求作品写得含蓄，
又要求作品能抒发作者深藏的强烈感情。没有二者和谐的统一，
就谈不上欧词的深。这首《玉楼春》正是具备了这样两个方面，所
以才显得深，才有余味。

这是一首写离别的词，开头两句点明离别的时间和地点，如
果直说，简直平淡无奇。作者采用另一种表现方法，从离人对环
境的感受来写，效果便大不一样。

洛阳在北宋称为西京，是仅次于汴京的大城市，这儿有许多
花园，到处花木繁茂，所以"洛阳花"在当时闻名全国。欧阳修抓
住这一点，也就抓住了洛阳的一个特点。刘禹锡《春日书怀》写春

色曾说:"野草芳菲红锦地",色彩很鲜明。欧阳修用"芳菲节"代替"春季"一词,用"洛阳正值芳菲节"开头,一下子就把读者带进了离人所在的满城春色的地方。但作者并不满足于此,他又用"秾艳清香相间发"来进一步渲染"芳菲节",使洛阳的春色变得更为具体可感。"秾艳"一句不仅使人想见花木繁盛、姹紫嫣红开遍的景象,而且还使人仿佛感受到了阵阵春风吹送过来的阵阵花香。接下去两句"游丝有意苦相萦,垂柳无端争赠别",粗心大意地看过去,好像是写景,但联系下阕,细心体味,便可察觉它们已暗含眷恋送别者的感情。"游丝"是蜘蛛所吐的丝,春天飘荡在空中,随处可见。庾信的《春赋》就曾用"一丛香草足碍人,数尺游丝即横路"来点染春景。至于折柳相赠的习俗,又是大家所熟知的。游丝和垂柳原是无情之物,它们是不会留人送人的,但在惜别者眼中,它们却仿佛变得有情了。作者用拟人化的手法,说游丝在这里那里苦苦地缠绕着人不让离去,又埋怨杨柳怎么没来由地争着把人送走,即景抒情,把笔锋转入抒写别离。

社会生活中的离别环境本来是千差万别的,有凄风苦雨中的离别,也有良辰美景中的离别。写凄风苦雨,固然可以烘托别离之苦;写良辰美景又何尝不能反衬离人的懊恼。这首词就是后者的例证,作者不但在上阕写了出发地的春光和离愁,而且又在下阕继续写旅途的春光和离愁,使人感到春色无边无际,愁思也无边无际,始终苦恼着离人。一篇小令当然不能把离人在长途跋涉中的事写得很多,作者选择了重点突出的写法,只写旅途一瞥,使富有特征的形象描绘产生以少胜多的艺术效果。

"杏花红处青山缺,山畔行人山下歇"是全词传神之笔。上句描写旅途中的春山。人们可以想象作者是写山口处有红杏傍路而开;也可以想象作者是写红艳艳的杏花林遮住了一大片青山,给人以那是山的缺处的感觉。总之,无论哪一种构思,都很新颖,不落陈套。就在这样的背景上,人们看到了那位离人的活动:他绕山而行,群山连绵,路途遥远,他还没有到达目的地,中途停宿在有杏花开放的驿舍里。这儿人烟稀少,和繁华的洛阳形成鲜明的对照。他感到寂寞,他夜不成眠,望月思人,终于迸发出了"今宵谁肯远相随,唯有寂寥孤馆月"的叹息,使作品所要抒发的感情得到强烈的表现,虽然不是火山爆发式的,但也有涌泉突发之势。

(吴庚舜)

玉楼春

原文

西湖南北烟波阔,风里丝簧声韵咽。舞余裙带绿双
垂,酒入香腮红一抹。

杯深不觉琉璃滑,贪看《六幺》花十八。明朝车马各
西东,惆怅画桥风与月。

鉴赏

颍州西湖在北宋时是"花坞蘋汀,十顷波平"的烟水之地。
本篇起二句以简练的笔触,概括地写出了西湖的广阔与繁华。
首句虽是平平着笔,但西湖的阔大却被写出来了,如果用纤细
的着意描画之笔,反而不能收到这样的效果。"烟波阔",一笔
渲染过去,背景是有气派的,下句如果太切近,太具体,就与首
句不称。"风里丝簧声韵咽",则是浑括不流于纤弱的句子。使
人想象到那广阔的烟波中,回荡着丝簧之声,当日西湖风光和
一派繁华景象,便如在目前。三、四句承次句点到的丝簧之
声,具体写歌舞。"舞余裙带绿双垂,酒入香腮红一抹",写的
不是丝簧高奏,舞蹈处在高潮的情景,而是舞后。但从终于静
下来的"裙带绿双垂"之状,可以想象此前"舞腰红乱旋"的翩
翩之态;从"香腮红一抹"的娇艳,可以想象酒红比那粉黛胭脂

之红更为好看,同时歌舞女子面容之白和几乎不胜酒力,也得到了传神的表现。

换头由上片点出的"酒"过渡而下,但描写的角度转移到了正在观赏歌舞的人们的一边。酒杯在手,之所以不觉酒漫杯滑的原因,是由于贪看歌舞入了迷。《六幺》是一种琵琶舞曲,花十八属于《六幺》中的一叠。因其包括花拍,与正拍相比,在表演上有更多的花样与自由,也就格外迷人。酒杯在手,连"琉璃滑"都感觉不到,又怎能去想象明朝离别的情景呢?这样,转入明朝,就跌宕得更有力了。"明朝车马各西东,惆怅画桥风与月。""明朝"不一定机械地指第二天,而是泛指日后或长或短的时间。随着人事的变化,今天沉醉不觉者会有一天被车马带向远方。那时,在异乡,甚至在无可奈何的孤独寂寞中,回首画桥风月,该是何等惆怅。

欧阳修知颍州时已经四十三岁。宦海浮沉,鬓须皆白,像早年那种"直须看尽洛城花,始共春风容易别"的情怀已大为消减(至于他第二次居颍,更在六十五岁退休之后)。词中一系列似乎很客观的描写和叙述,可能寓有多方面的情思和感触。关于西湖烟波,风里丝篁和歌舞场面的描写,似带有欣赏的意味,而车马东西,回首画桥风月的惆怅,则表现出在无可奈何之中若有所失、又若有所思的一种很复杂的情绪。

欧词在比较注意感情深度的同时,艺术表现上多数显得很蕴藉,有一种雍容和婉的风度。本篇开头两句,大笔取景,于舒缓开阔中见出气象,已经给全词定下了从容不迫的基调。结尾二句,从内容和情调上看,是大转折,大变化,但出语用"明朝"二字轻轻宕开去,没有用力扳转的痕迹,最后又收转到"画桥风月"。行文上从容承接,首尾相应,显得和婉圆融,情绪上也表现了优柔不迫的容与之态。周济说:"永叔词,只如无意,而沉着在和平中见。"(《介存斋论词杂著》)确是很中肯的评语。

(余恕诚)

玉楼春

原文

别后不知君远近，触目凄凉多少闷。渐行渐远渐

无书，水阔鱼沉何处问。

夜深风竹敲秋韵，万叶千声皆是恨。故敧单枕梦

中寻，梦又不成灯又烬。

鉴赏

词是写闺中思妇深沉凄绝的别恨。发端句"别后不知君远近"是恨的缘由。因不知亲人行踪，故触景皆生出凄凉、郁闷，亦即无时无处不如此。"多少"，"不知多少"之意，以模糊语言极状其多。三、四两句再进一层，抒写了远别的情状与愁绪。"渐行渐远渐无书"，一句之内重复叠用了三个"渐"字，将思妇的想象意念从近处逐渐推向远处，仿佛去追寻爱人的足迹，然而雁绝鱼沉，天涯何处寻觅踪影！"无书"应首句的"不知"，且欲知无由，她只有沉浸在"水阔鱼沉何处问"的无穷哀怨之中了。"水阔"是"远"的象征，"鱼沉"是"无书"的象征。"何处问"三字，将思妇欲求无路、欲诉无门的那种不可名状的愁苦，抒写得极为痛切。在她与亲人相阻绝的浩浩水域与茫茫空间，似乎都充塞了触目凄凉的离别苦况。词的笔触既深沉又婉曲。

词篇从过片以下，深入细腻地刻画了思妇的内心世界，着力渲染了她秋夜不寐的愁苦之情。"自古伤心惟远别，登山临水迟留。暮尘衰草一番秋。寻常景物，到此尽成愁。"（张先《临江仙》）风竹秋韵，原是"寻常景物"，但在与亲人远别，空床独宿的思妇听来，万叶千声都是离恨悲鸣，一叶叶一声声都牵动着她无限愁苦之情。"故欹单枕梦中寻，梦又不成灯又烬。"思妇为了摆脱苦况的现实，急于入睡成梦，故特意斜靠着孤枕，幻想在梦中能寻觅到在现实中寻觅不到的亲人，可是"千山万水不曾行，魂梦欲教何处觅？"（韦庄《木兰花》），连仅有的一点小小希望也成了泡影，不单是"愁极梦难成"（薛昭蕴《小重山》），最后连那一盏做伴的残灯也熄灭了。"灯又烬"一语双关，闺房里的灯花燃成了灰烬，自己与亲人的相会也不可能实现，思妇的命运变得像灯花一样凄迷、黯淡。词到结句，哀婉幽怨之情韵袅袅不断，给人以深沉的艺术感染。

前于欧阳修的花间派词人，往往喜欢对女性的外在体态服饰进行精心刻画，而对人物内心的思想感情则很少揭示。欧阳修显然比他们进了一大步，在这首词中，他没有使用一个字去描绘思妇的外貌形象，而是着力揭示思妇内心的思想感情，字字沉着，句句推进，如剥笋抽茧，逐层深入，由分别——远别——无音信——夜闻风竹——寻梦不成——灯又烬，将一层、一层、又一层的愁恨写得愈来愈深刻、凄绝。全词写愁恨由远到近，自外及内，从现实到幻想，又从幻想回归到现实。且抒情写景情景两得，写景句寓含着婉曲之情，言情句挟带着凄凉之景，表现出特有的深曲婉丽的艺术风格。

（吴翠芬）

南歌子

原文

凤髻金泥带，龙纹玉掌梳。走来窗下笑相扶，爱道画眉深浅入时无。

弄笔偎人久，描花试手初。等闲妨了绣功夫，笑问鸳鸯两字怎生书。

鉴赏

　　此词描写了一对青年夫妇的新婚生活。在这对新婚夫妇中，又是以女方为主。词人以细腻的笔触勾勒了她的声容笑貌和心理活动。读着这首词，仿佛在观赏一出昆曲折子戏，剧中主人翁富有生活气息的表演，给我们带来浓厚的情趣。

　　明人沈际飞评此词云："前段态，后段情，各尽，不得以荡目之。"（《草堂诗余别集》卷二）此意颇能道着，词中的新妇活泼自如，甚至有些娇纵，但不能视作放荡。在封建礼教的重重桎梏下，词人能塑造出这样一个女子，确非易事。起首二句，词人写其装束，真可谓极妍尽态，宋初作品中似不多见。作者曾在《盘车图》诗中说："古画画意不画形，梅诗咏物无隐情。忘形得意知者寡，不若见诗如见画。"由于感到忘形得意的作品知之者甚少，因而他竭力追求形似，使读者见诗如同见画。正是在这种文艺思想的指导下,他在这首词中才不厌其烦地描绘这位新嫁娘的头饰。凤髻者,状如凤凰的发型,已够华丽了;在这种发型上再束以金色的彩带,则更加华丽了。这还不算,她还在头发上插着一把玉掌梳,玉是华贵的饰物,在这饰物上再刻上龙纹,则又更加华贵了。这种写法就是人们常说的层层加码。词人采用这种层层加码法,把这位新嫁娘打扮得雍容华贵,收到了"见词如见画"的艺术效果。

但是词人并不停留在形似上,倘若如此,就只能徒有其表,没有灵魂。于是接下去两句便以轻松的笔调描绘这位新嫁娘的神态。她梳妆才罢,便轻盈地走到窗前,满面笑容地挨着她的丈夫,甜蜜地问道:"画眉深浅入时无?"这句话来自唐人朱庆余《近试上张水部》诗,原意在于试探主考官是否赏识自己的文章。这里直截用来表现爱情,显得更加自然贴切。

词的下阕写这位新嫁娘在写字绣花,虽系写实,然却富于情味。过片首句中的"久"字用得极工,非常准确地表现了她与丈夫形影不离的亲密关系,那种小鸟依人的姿态,令人感到温柔可爱。结尾二句,一承绣花,一承写字,过渡得极为自然,运笔如行云流水,恰到好处地反映了人物轻快愉悦的情绪。由于她刚刚嫁过来,第一次描花,总想试一试好身手;然而近在咫尺的新郎又像磁铁一样吸引着她,"等闲妨了绣功夫"。她只好停下绣针,拿起彩笔,问丈夫"鸳鸯"二字怎么写。鸳鸯在中国传统诗词中总是比喻夫妇和双双对对的情侣。此时新娘问此二字如何写法,心中自然充满着幸福感;对她丈夫来说,甚至带有一股挑逗的味儿。然而却较为含蓄,所谓"发乎情,止乎礼义","不得以荡目之"者是也。

前人认为欧词风格迫近花间,此词尤甚。《花间集》中写女子的装饰,错金组绣,备极华丽,然"每截取可以调和的诸印象而杂置一处,听其自然融合"(俞平伯《读词偶得》评温飞卿《菩萨蛮》),而人物的思想感情则影影绰绰,难以捉摸。欧阳修此词虽也写人物的华丽装束,但于人物的精神风貌则刻画得较为具体生动,可见在继承花间传统时有所发展。特别是此词的上下两结均出以问句,在人物内心感情的自然流露中,表现出活泼轻灵的风格,这在花间词中也是少见的。

(徐培均)

临江仙

原文

柳外轻雷池上雨,雨声滴碎荷声。小楼西角断虹
明。阑干倚处,待得月华生。

燕子飞来窥画栋,玉钩垂下帘旌。凉波不动簟纹
平。水精双枕,傍有堕钗横。

鉴赏

　　此词甚奇,奇在所取时节、景色、人物、生活,都不是一般作品
中常见重复或类似的内容,千古独此一篇,此即是奇,而不待挟山
超海、揽月驱星,方是奇也。所写是夏景,傍晚阵雨旋晴,一时之
情状,画所难到,得未曾有。柳在远处近处? 词人不曾"交待",然
而无论远近,雷则来自柳的那一边,雷为柳隔,声似为柳"滤"过,
分明已经音量减小,故是轻雷,隐隐隆隆之致,有异于当头霹雳。
雷在柳外,而雨到池中,是一是二? 亦觉不易分疏。雨来池上,雷
已先止,唯闻沙沙飒飒,乃是雨声独响。最奇者,是"雨声滴碎荷
声"。奇不在两个"声"字叠用。奇在雨声之外,又有荷声。荷声
者,其叶盖之声也。奇又在"碎"。雨本一阵,了不可分,而因荷
承,声声清晰。此为轻雷疏雨,于一"碎"字尽得风流,如于耳际
闻之。

雨本不猛,旋即放晴。"人间重晚晴",晚晴之美,无可着笔。"夕阳无限好",而断虹一弯,忽现云际,则晚晴之美,无以复加处又加一重至美,无可着笔处乃偏偏有此断虹,来为生色,来为照影。晚晴之美,至矣极矣!

断虹之美,又无可写处,难于落笔,词人又只下一"明"字,而断虹之美,斜阳之美,雨后晚晴的碧空如洗之美,被此一"明"字写尽,再无可写矣!"明"乃寻常之字,本无奇处,但细思之,此处此字,实又甚奇,因为它表现了那么丰富的光线、色彩、时间、境界!

断虹现于何处?乃在小楼西角。小楼西角,引出上片闻雷听雨之人。其人独倚画阑,领此极美的境界,久久不曾离去。久久,久久,一直到天边又见了一钩新月,宛宛而现。"月华生"三字,继"断虹明"三字,奇外添奇,美上增美,其笔致之温丽明妙,直到不可思议处,——此方是无奇处真奇,盖词人连一个生僻字、粉饰字也不曾使用,而达此极美的境界,方是高手,也是圣手。

下片词境继月华生而再进一层,写到阑干罢倚,人归帘下,天真晚矣。凉波以比簟纹,已妙极,又下"不动"字,下"平"字,力写静处生凉之境。水晶枕,加一倍渲染画栋玉钩,大似温飞卿"水晶帘里玻璃枕",皆以精美华丽之物以造一理想的人间境界。而结以钗横,后来苏东坡《洞仙歌》亦以之写夏夜:"绣帘开,一点明月窥人,人未寝,欹枕钗横鬓乱。"末四字为俗流妄用为亵词,其实坡公止是写热甚不能入寐,毫无他意。欧公此处,神理不殊,先后一揆。若作深求别解,即堕恶趣,而将一篇奇绝之名作践踏矣。

(周汝昌)

浪淘沙

原文

把酒祝东风,且共从容,垂杨紫陌洛城东。总是当时携手处,游遍芳丛。

聚散苦匆匆,此恨无穷。今年花胜去年红。可惜明年花更好,知与谁同?

鉴赏

　　此词为春日与友人在洛阳城东旧地同游有感而作。据词意,在写作此词的去年春,友人亦曾同作者在洛城东同游。仁宗天圣九年(1031)三月,欧阳修至洛阳西京留守钱惟演幕作推官,与同僚尹洙和河南县(治所即在洛阳)主簿梅尧臣等诗文唱和,相得甚欢,这年秋后,梅尧臣调河阳(治所在今河南孟州市南)主簿,次年(明道元年,1032)春,曾再至洛阳,写有《再至洛中寒食》和《依韵和欧阳永叔同游近郊》等诗。欧阳修在西京留守幕前后共三年,其间仅明道元年春在洛阳,此词当即本年所作。词中同游之人或即梅尧臣。

　　上片叙事,从游赏中的宴饮起笔。这里的新颖之处,是作者既未去写酒筵之盛,也未去写人们的宴饮之乐,而是写作者举酒向东风祝祷:希望东风不要匆匆而去,能够停留下来,参加他们的宴饮，一道游赏这大好春光。首二句词语本于司空图《酒泉子》"黄昏把酒祝东风，且从容"，而添一"共"字，便有了新意。"共从容"是兼风与人而言。对东风言，不仅是爱惜好风，且有留住光景，以便游赏之意；对人而言，希望人们慢慢游赏，尽兴方归。"洛城东"揭出地点。洛阳公私园圃甚多，宋人李格非著有《洛阳名园记》专记之。京城郊外的道路叫"紫陌"。"垂杨"同"东风"合看，可想见其暖风吹拂，翠柳飞舞，天气宜人，景色迷人，正是游赏的好时候、好处所。所以末两句说，都是过去携手同游过的地方，今天仍要全都重游一遍。"当时"就是下片的"去年"。"芳丛"说明此游主要是赏花。

　　下片是抒情。头两句就是重重的感叹。"聚散苦匆匆"，是说本来就很难聚会，而刚刚会面，又要匆匆作别，这怎能不给人带来无穷的怅恨呢！"此恨无穷"并不仅仅指作者本人而言，也就是说，在亲人朋友之间聚散匆匆这种怅恨，从古到今，以至今后，永远都没有穷尽，都给人带来莫大的痛苦。"黯然销魂者，唯别而已矣！"（南朝梁江淹《别赋》）好友相逢，不能久聚，心情自然是非常难受的。这感叹，就是对友人深情厚谊的表现。下面三句是从眼前所见之景来抒写别情，也可以说是对上面的感叹的具体说明。"今年花胜去年红"有两层意思。一是说今年的花比去年开得更加繁盛，看去更加鲜艳，当然希望同友人尽情观赏。说"花胜去年红"，足见去年作者曾同友人来观赏过此花，此与上片"当时"呼应，这里包含着对过去的美好回忆；也说明此别已经一年，这次是久别重逢。聚会这么不易，花又开得这么美好，本来应该多多观赏，然而友人就要离去，怎能不使人痛惜？这句写的是鲜艳繁盛的景色，表现的却是感伤的心情，正是清代王夫之所说的"以乐景写哀"。末两句意思更进一层:明年这花还将比今年开得更加繁盛,可惜的是,自己和友人分居两地,天各一方,明年此时,不知同谁再来共赏此花啊!再进一步说,明年自己也可能已离开此地,更不知是谁来赏此花了。杜甫《九日蓝田崔氏庄》"明年此会知谁健,醉把茱萸仔细看",立意与此词相近,可以合看,不过,杜诗意在伤老,此词则意在惜别。把别情熔铸于赏花中,将三年的花加以比较,层层推进,以惜花写惜别,构思新颖,富有诗意,是篇中的绝妙之笔。而别情之重,亦即说明同友人的情谊之深。

清人冯煦谓欧阳修词"疏隽开子瞻(苏轼),深婉开少游(秦观)"(《宋六十家词选例言》)。此词笔致疏放,婉丽隽永,近人俞陛云称它"因惜花而怀友,前欢寂寂,后会悠悠,至情语以一气挥写,可谓深情如水,行气如虹矣"(《宋词选释》),正说明它兼具这两方面的特色。

（王思宇）

浪淘沙

原文

五岭麦秋残,荔子初丹。绛纱囊里水晶丸。可惜天教生处远,不近长安。

往事忆开元,妃子偏怜。一从魂散马嵬关,只有红尘无驿使,满眼骊山。

鉴赏

　　咏史词在唐代即已产生,如窦弘余、康骈的《广谪仙怨》都是写唐明皇杨贵妃事迹的。《花间集》里,有韦庄、孙光宪的《河传》,毛熙震的《临江仙》。宋初有李冠的两首《六州歌头》,一写唐明皇、杨贵妃的爱情悲剧,一写刘邦、项羽的斗争,都是慷慨雄伟之作。欧阳修这首《浪淘沙》,承前人余绪,歌咏唐代天宝年间玄宗荒淫、杨妃专宠的史事,深寓鉴戒之意。

　　唐明皇晚年的乱政,可入题咏的事很多。一首篇幅很短的小令,不可能也不必要写许多事件。本篇集中笔墨,单就杨妃喜食鲜荔枝,玄宗命人从岭南、西蜀驰驿进献一事发抒感慨。开头三句从五岭荔枝成熟写起。首句点明产地产时,次句点明荔枝成熟,第三句描绘荔枝的外形内质,次第井然。荔枝成熟时,果皮呈紫绛色,多皱,果肉呈半透明凝脂状,这里用"绛纱囊里水晶丸"来比况,不但形象逼真,而且能引发人们对它的色、形、味的联想而有满口生津之感。

但词人的笔却就此打住,不再粘滞在荔枝上。接下来两句,承首句"五岭",专从产地之遥远托讽致慨。"可惜天教生处远,不近长安。"像是故意模拟玄宗惋惜遗憾的心理与口吻,又像是作者意味深长的讽刺,笔意非常灵动巧妙。从玄宗方面说,是惋惜荔枝生长在远离长安的岭南,不能顷刻间得到,以供杨妃之需;从作者方面说,则又隐然含有天不从人愿,偏与玄宗、杨妃作对的揶揄嘲讽。而言外又自含对玄宗专宠杨妃、为她罗致一切珍奇的行为的批判。

过片"往事忆开元"句一笔兜转,点醒上片。说"开元"而不说"天宝",纯粹出于音律上的考虑。《新唐书·杨贵妃传》:"妃嗜荔枝,必欲生致之。乃置骑传送,走数千里,味未变,已至京师。""妃子偏怜"及下"驿使"本此。这里的"偏"与上片的"天教"正形成意味深长的对照。

结尾三句"一从魂散马嵬关,只有红尘无驿使,满眼骊山"。"魂散马嵬关",指玄宗奔蜀途中,随行护卫将士要求杀死杨妃,玄宗不得已命高力士将其缢死于马嵬驿事。"红尘"用杜牧《过华清宫绝句》"一骑红尘妃子笑,无人知是荔枝来"意。驿使,指驰送荔枝的驿站官差。这三句既巧妙地补叙了当年驰驿传送荔枝的劳民之举,交待了杨妃缢死马嵬的悲剧结局,而且收归现境,抒发了当前所见所感:热闹的新丰道上,被过往行人车马扬起的红尘依然如故,但驰送荔枝的驿使却再也见不到了。当年沉醉于享乐的唐玄宗早已成为尘土,一代绝色也早已魂散马嵬,满眼中只有佳木葱茏的骊山依然长在,供后人游赏凭吊。词人对淫侈享乐、乱政误国的历史教训并不直接说出，只用"有""无"的开合相应与"满眼骊山"的景象隐隐逗露，显得特别隽永耐味。

词作为一种纯粹抒情的诗体，长于言情写景，拙于叙事。而咏史词却不可能避开对史事的叙述与议论。这首咏史词，在处理事与情、叙与议的关系上，提供了比较成功的经验。

（刘学锴）

浣溪沙

原文

堤上游人逐画船，拍堤春水四垂天。绿杨楼外出
秋千。

白发戴花君莫笑，六幺催拍盏频传。人生何处似
尊前！

鉴赏

　　欧阳修善于写一些即景抒情的小词。他往往能在很短的篇幅中，运用清丽自然的语言，描绘生动优美的景象，抒发婉曲深厚的感情，具有一种独特的风神之美，这首《浣溪沙》就是这方面的代表作之一。

　　此词大约作于知颍州（治所在今安徽阜阳）时，叙写作者春日载酒湖上的所见所感。上片描摹明媚秀丽的春景和众多游人的欢娱。"堤上游人逐画船"，写所见之人：堤上踏青赏春的人随着画船在行走。一个"逐"字，生动地道出了游人如织，熙熙攘攘，喧嚣热闹的情形。"拍堤春水四垂天"，写所见之景：溶溶春水，碧波浩瀚，不断地拍打着堤岸；上空天幕四垂，远远望去，水天相接，广阔无垠。第三句"绿杨楼外出秋千"，写出了美景中人的活动。这句中的"出"字用得极精。晁无咎说："只一'出'字，自是后人道不到处。"（吴曾《能改斋漫录》卷十六引）王国维则说："余谓此本

115

于正中(冯延巳字)《上行杯》词'柳外秋千出画墙',但欧语尤工耳。"(《人间词话》卷上)"出"字突出了秋千和打秋千的人,具有画龙点睛的作用,使人们好像隐约听到了绿杨成阴的临水人家传出的笑语喧闹之声,仿佛看到了秋千上娇美的身影,这样就在幽美的景色中,平添出一种盎然的生意。上片真切地描写出了一幅春光旖旎的图画,给人以清新迷人的美感;同时又着力渲染了春景中世人的得意欢娱,为下片写词人自己作铺垫。

下片叙写作者在画船中宴饮的情况,着重抒情。"白发戴花君莫笑","白发",词人自指。这样的老人头插鲜花,自己不感到可笑,也不怕别人见怪,俨然画出了他旷放不羁、乐而忘形的狂态。《浣溪沙》词调过片二句多用对偶句。下句"六幺催拍盏频传"和上句对仗,但对得灵活,使人不觉。"六幺"即"绿腰",曲调名。"拍",歌的节拍。此句形象地写出画船上急管繁弦,乐声四起,频频举杯,觥筹交错的场面。和上句一起描绘了一幅湖上宴乐图,作者沉醉于其间的神态,跃然纸上。歇拍"人生何处似尊前",虽是议论,但它是作者感情的升华,写得凄怆沉郁,耐人品味。至此,作品完成了对词人自我形象的塑造,这个形象正是《醉翁亭记》中那个"苍颜白发,颓然乎其间"的"太守"。欧阳修刚正不阿,忧国忧民,可是宦海浮沉,政治上多次遭受挫折。他的嗜酒耽乐正是他借以排遣苦闷的特殊方式,绝不是一般的生活放纵。

这首词上片和下片对比鲜明,上片写众人在春光中的得意欢娱,喧嚣热闹,正衬托出下片词人在画船中的酣酒耽乐,别有意趣。而在刻摹词人的自我形象,抒发作者的感慨时,既疏放清旷,又婉曲含蓄,意在言外。

（吴小林）

浣溪沙

湖上朱桥响画轮，溶溶春水浸春云，碧琉璃滑净无尘。

当路游丝萦醉客，隔花啼鸟唤行人，日斜归去奈何春。

　　欧阳修做过颍州知州，晚年又退居颍州，写过十首描写颍州西湖的《采桑子》，是一组著名的词作。这首《浣溪沙》，也是描写颍州西湖的，写湖上春景，写人们到湖上游春的景象。首句的"朱桥"和"画轮"，是经过特意装饰的字面，给读者造成了一种富丽华贵的感觉。游客们乘坐着豪华的车子，驶过那装修着朱红栏杆的桥梁，蹄声得得，轮声隆隆，来到西湖游赏春光。这一句的紧要字眼是那个"响"字，用声音表示动态，而且能够传达出一种喧阗热闹的气氛，很像庾信《春赋》里所写的"开上林而竞入，拥河桥而争渡"那种景况。第二句"溶溶春水浸春云"写湖面风光，水里映出了云的影子，云、水、天空都融在一起了。溶溶，水盛貌。春水，言水之柔和；春云，言云之舒缓。一句之中，并列两个"春"字，这倒是名副其实的"加一倍写法"，目的就是把这个字凸显出来。这句

117

里的"浸"字也用得好,把映照说成浸泡,就等于把云的影子说成是真的云,通过这种"真实感"暗中透露出湖水的清澈程度来。《浣溪沙》这个词调,上下片都是七言三句,一般的写法是,前两句要有足够的分量,到第三句,或是伸延下来作成补充的描写,或是生发开去写出转换的笔墨。欧阳修这首词的前两句就勾连得很紧密,这还不只是在于湖、桥、水三者原本就是一体,而更在于两个句子里的动词"响"和"浸"都是醒目的字眼,又都被安排在第五字的位置上,显得铢两悉称,旗鼓相当。于是,第三句就成了前两句拖下来的一条尾巴,担当着对湖水作一点补充描写的任务。作者接下来写道:"碧琉璃滑净无尘。"用尾巴作比喻,并不是说这个句子不必要,恰恰相反,写《浣溪沙》,就得这样安排章法,正像画马必须画出一条漂亮的尾巴那样。用琉璃的光洁平滑来比喻西湖的水面,可能是作者的得意之笔,因为在《采桑子》里也有同样的描写——"无风水面琉璃滑"。

下片前两句,按照此调格律的要求,是对偶句:"当路游丝萦醉客,隔花啼鸟唤行人。"这两句描写春物留人,人亦恋春,是全词的重点所在。游丝,是春季里昆虫吐出来的细丝,随风飘舞在花草树木之间,庾信《春赋》里,有"一丛香草足碍人,数尺游丝即横路"的句子,李白又加以发展,说成"见游丝之横路,网春辉以留人"(《惜余春赋》)。游丝本无情而有情,网住春光,留住游人。欧阳修接过这层意思,又把"留人"发展成"萦醉客"。游人来到西湖,或画船载酒,或茵席举觞,不觉都成了"醉客"——既是赏春纵饮,也有被美景所陶醉的意思。既来游赏了,又已"醉"了,"游丝"因何还牵住他们不放,这一点道理下面自有交代。"隔花啼鸟唤行人","唤",也是"唤住"之意,与游丝萦客同。总的是说春色无多了，何不再流连些时，这正是"惜余春"之意。明明是游人舍不得归去，却说成是游丝、啼鸟出主意挽留，这便是词体以婉曲写情的特别处。下片前两句，写得繁富饱满，字面也相当华丽，颇有点"仕女游春图"的气象。这样一来，就给末句提出了较高的要求，必须作出很好的收束。可是，末句里的"日斜归去"四字，不过是平板的叙事，至多说明西湖景色美好，让人流连，此外就没有别的意思了，所以，结句的妙处就在"奈何春"三个字了，这三字使得全词更显得精彩。第一，它生发开来，写得远。随着时间的不断推移，人既已归，春亦将归，作者想到美好的春光即将逝去，这是无可奈何的事。第二，它挖掘下去，写得深。西湖游春，度过了一天欢快，但"天下没有不散的筵席"，归去之际，不免若有所失，由欢乐而转入惆怅，这也是无可奈何的事。这首词的结尾，是用陡转直下的笔法揭示了游人内心深处的思维活动，表现了由欢快而悲凉这种两极转换的心理状态，故而能够取得含蓄蕴藉、余味不绝的艺术效果。

（王双启）

渔家傲

原文

近日门前溪水涨,郎船几度偷相访。船小难开红
斗帐,无计向,合欢影里空惆怅。

愿妾身为红菡萏,年年生在秋江上;重愿郎为花底
浪,无隔障,随风逐雨长来往。

鉴赏

欧阳修现存的词作中,《渔家傲》达数十阕,可见他对北宋民
间流行的这一新腔有着特殊爱好。其中用这一词调填的采莲词
共六首。晚唐五代以来,词中写爱情多以闺阁庭院为背景,采莲
词却将背景移到了莲塘秋江,男女主角相应地换成了水乡青年男
女,词的风格也由深婉含蓄变为清新活泼。

上片叙事,写莲塘相访而不得好合的惆怅。起二句写近日溪
水涨绿,情郎趁水涨驾船相访。男女主人公隔溪而居,平常大约
很少有见面的机会,所以要趁水涨相访。说"几度",正见双方相
爱之深;说"偷相访",则其为秘密爱情可知。这涨满的溪水,既是
双方会面的便利条件,也似乎象征着双方涨满的情愫。或者说,
由于双方常趁水涨会面,这涨满的溪水就自然引起他们心潮的
上涨。

"船小难开红斗帐，无计向，合欢影里空惆怅。"红斗帐，是一种红色的圆顶小帐。古诗《孔雀东南飞》："红罗覆斗帐，四角垂香囊。"在诗歌中经常联系着男女的好合。采莲船很小，一般仅容一人，说"难开红斗帐"自是实情。无计向，即没奈何、没办法。合欢，指并蒂而开的莲花。三句写不得好合的惆怅，说"难"，说"无计"，说"空"，重叠反复，见惆怅之深重。特别是最后一句，物我对照，触景增慨，将男女主人公对影伤神的情态生动地表现出来了。

下片抒情，写女主人公因不能合欢而产生的幻想，紧扣秋江红莲的现境设喻写情。红菡萏，即红莲花。面对秋江中因浪随风摇曳生姿的红莲，女主人公不禁产生这样的痴想：希望自己化身为眼前那艳丽的芙蓉，年年岁岁托身于秋江之上；更希望情郎化身为花底的轻浪，与红莲紧密相依，没有障隔，在雨丝风片中长相厮伴。如果说把红妆少女想象成秋江红莲并不算新鲜，那么用"红菡萏"和"花底浪"来比喻情人间亲密相依的关系，则是一种创造。妙在即景取譬，托物寓情，融写景、抒情、比兴、想象为一体，显得新颖活泼，深带民歌风味。

（刘学锴）

少年游

原文

栏干十二独凭春，晴碧远连云。千里万里，二月三月，行色苦愁人。

谢家池上，江淹浦畔，吟魄与离魂。那堪疏雨滴黄昏，更特地、忆王孙。

鉴赏

在中国古典诗歌中，离愁常用芳草来比兴，芳草萋萋往往象征着离恨悠悠。因为一则春草的滋生，标志着季节的更迭，而美好的春色，又总能逗引起闺妇思远、游子怀乡等盼望团聚的思想感情。二则芳草荣茂，伸展天外，最能表达出离愁无穷无尽的情思。欧阳修的这首词正是咏春草而兼涉离愁的。

词的起首从凭栏写入。"春"字点出季节，"独"字说明孤身一人。当春独立，人之了无意绪可知。"栏干十二"，着一"凭"字，表示凭遍了十二栏干。李清照词："倚遍栏干，只是无情绪。"(《点绛唇》)辛弃疾词："栏干拍遍，无人会，登临意。"(《水龙吟》)"倚遍""拍遍"，都是一种动作性的描绘。欧词说栏干十二，一一凭遍，说明词中人物凭眺之久长，心情之焦切。这开头一句容量不小，不只点出了时、地、人，还写了人物的处境、动作和情态。

"晴碧远连云"句是承上句凭栏所见,以"晴碧"着色,正面咏草。江淹《别赋》云:"春草碧色。"晴则色明。"远连云",是说芳草延伸,至目尽处与天相接。一以见所望之远,二以见草野之深,三则言外尚有神驰遐方之意。杜牧《江上偶见绝句》:"草色连云人去住。"可见此景确实关乎别情。

作词如作画,亦有点染之法,即先点出中心物象,然后就其上下左右着意渲染之。"晴碧"句是"点","千里"两句为"染"。"千里万里"承"远连云",从广阔的空间上加以渲染,极言春草的绵延无垠。"二月三月"应首句一个"春"字,从"草长"的时间上加以渲染,极言春草滋生之盛,由此而出现"千里万里"无处不芳草的特定景象。

"行色苦愁人",上片的煞拍极好。"行色"总括"晴碧"三句,即指芳草连天之景,远行的象征。这种景象在伤离的愁人眼中看出,倍增苦痛,因为引起了对远人的思念。此句将人、景绾合,结出不胜离别之苦的词旨,并开启了下片的抒情。

下片伊始,作者连用两个有关春草的故实来咏物抒情。"谢家池上",指谢灵运《登池上楼》中的名句"池塘生春草"。这首诗是诗人有感于时序更迭、阳春初临而发,故曰"吟魄"。"江淹浦畔",指江淹作《别赋》描摹各种类型的离别情态,其中直接写到春草的有"春草碧色,春水渌波,送君南浦,伤如之何"。因为赋中又有"知离梦之踯躅,意别魂之飞扬",所以欧词中出现"江淹浦"与"离魂"字面。以上三句写词中人由眼前的无边草色所勾引起的离恨别绪,说明愁人不堪其"苦"。

接着"那堪"一句用景色的变换,将此种不堪离愁之苦的感情再翻进一层。上片写白天的晴中之景,"疏雨滴黄昏",则是黄昏时分的雨中之景。这一句虽未有意用典,但由于情景的酷似,极容易使人联想到冯延巳的名句"细雨湿流光,芳草年年与恨长"(《南乡子》)。王国维在《人间词话》中说:"人知和靖《点绛唇》、圣俞《苏幕遮》、永叔《少年游》三阕为咏春草绝调,不知先有正中'细雨湿流光'五字,皆能摄春草之魂者也。"结拍"更特地、忆王孙","更"与"那堪"呼应,由景入情,文意连贯而下。"忆王孙"本自"王孙游兮不归,春草生兮萋萋"(《楚辞·招隐士》)。至此,词中人物身份豁然明朗,确是思妇无疑。她于当春之际,独上翠楼,无论艳阳晴空,还是疏雨黄昏,总使她别情依依,离梦缠绕,魂魄不能自已。

欧阳修的这首咏物词在表现手法上有一个显著特色,即不重写实,不对所咏物象展开多层次、多角度的细致入微的刻画,而是以写意为主,全凭涵浑的意境取胜。其所以如此,一则和小令短小的体制有关,二则与南、北宋人不同的词学观念有关。南宋人咏物,重在炼字锻句的工巧和对物象的精细勾勒,并尤重寄托。北宋人则重在自然明快的笔调和浑涵有致的意境,不太讲究寄托。如被王国维誉为咏草三绝唱的其他两首——林逋的"萋萋无数,南北东西路",梅尧臣的"满地残阳,翠色和烟老",乃至稍后韩缜《凤箫吟》咏草之"长行长在眼,更重重远水孤云"句,都在不同程度上表现了这一艺术特色。

(朱德才)

阮郎归

原文

南园春半踏青时，风和闻马嘶。青梅如豆柳如眉，日长蝴蝶飞。

花露重，草烟低，人家帘幕垂。秋千慵困解罗衣，画堂双燕栖。

鉴赏

词中伤感悲凉之音多，愉悦荣和之境少。欧阳公独有自家擅场处，即如本篇正可为例。首句点明时序。芳春过半，踏青游赏，戏罢秋千，由动境而归静境，写其季节天色之气氛，闺阁深居之感受，读之如置身风和日丽之中，而"困人天气日初长"之意味，溢于毫端，中人如醉。

以吾所感而言，次句"风和闻马嘶"五字最为一篇关键，其用笔闲闲，不扬不厉，而造境传神，良不可及。然于青年学子，"风和"自不难解，"闻马嘶"即未必尽得其理，——盖不知古时游春，车马并重，车则香车，马则宝马，雕鞍绣辔，骏足随花，读唐贤诗："大道直如发，春来佳气多；五陵贵公子，双双鸣玉珂。"想象尔时骄马贵介，为一特色；此时此境，宝马之振鬣长嘶，乃是良辰美景之一种不可或少的"声响标志"。当风日晴和中，传来声声嘶马之

125

音,顿觉春和游兴,加倍恋人矣。

时节已近暮春,青梅结子,小虽如豆,已过花时,柳尽舒青,如眉剪黛;而日长气暖,蝴蝶自来,不知从何而至,翩翩于花间草际,是又为此一季节之"动态标志"。虽曰动态,而愈令人觉其动中静极,所谓"蝴蝶上阶飞,烘帘自在垂",可以合看。

果然,过片即言"人家帘幕垂",极写静境。然而"花露重,草烟低",何也?岂亦与写静有关乎?正是,正是。花而觉其露重欲滴,草而见其烟伏不浮,非在极静之物境、心境下,不能察也。学词之人,能知蝶飞帘垂,尚易;能写露重烟低,则难。难易之间,浅深之际,最要用心寻味。

写静已至精微处,再以动态一为衬染,然亦虚笔,而非实义:出秋千,似动态矣,然已是戏罢秋千,只觉慵困,解衣小憩,已是归来之后。既归画堂,忽有双燕,亦似春游方罢,相继归来。不说人归,只说燕归,以燕衬人。然而燕亦归来,可知天色近晚,一切动态,悉归静境。结以燕归,又遥遥与开篇马嘶构成辉映。于是春景融融,芳情脉脉,毕现于毫端纸上。"状难写之景,如在目前;含不尽之意,见于言外。"古人佳作,皆到此境界,洵不虚也。

(周汝昌)

蝶恋花

庭院深深深几许？杨柳堆烟，帘幕无重数。玉勒雕鞍游冶处，楼高不见章台路。

雨横风狂三月暮。门掩黄昏，无计留春住。泪眼问花花不语，乱红飞过秋千去。

　　这首词亦见于冯延巳的《阳春集》。清人刘熙载说："冯延巳词，晏同叔得其俊，欧阳永叔得其深。"(《艺概·词曲概》)在词的发展史上，宋初词风径承南唐，没有太大的变化，而欧与冯俱仕至宰执，政治地位与文化素养基本相似。因此他们两人的词风大同小异，有些作品，往往混淆在一起。此词据李清照《临江仙》词序云："欧阳公作《蝶恋花》，有'深深深几许'之句，予酷爱之，用其语作'庭院深深'数阕。"李清照去欧阳修未远，所云当不误。

　　此词写闺怨。词风深稳妙雅。所谓深者，就是含蓄蕴藉，婉曲幽深，耐人寻味。此词首句"深深深"三字，前人尝叹其用叠字之工；兹特拈出，用以说明全词特色之所在。不妨说这首词的景写得深，情写得深，意境也写得深。

　　先说景深。词人像一位舞台美术设计大师一样，首先对女主

127

人公的居处作了精心的安排。我们读着"杨柳堆烟,帘幕无重数"这两句,似乎在眼前出现了一组电影摇镜头,由远而近,逐步推移,逐步深入。随着镜头所指,我们先是看到一丛丛杨柳从眼前移过。"杨柳堆烟",写柳枝重叠若烟。着一"堆"字,则杨柳之密,宛如一幅水墨画。随着这一丛丛杨柳过去,词人又把镜头摇向庭院,摇向帘幕。这帘幕不是一重,而是过了一重又是一重。究竟多少重,他不作琐屑的交代,一言以蔽之曰"无重数"。"无重数",即无数重。秦观《踏莎行》"驿寄梅花,鱼传尸素,砌成此恨无重数",与此同义。一句"无重数",令人感到这座庭院简直是无比幽深。可是词人还没有让你立刻看到人物所在的地点。他先说一句"玉勒雕鞍游冶处",宕开一笔,把你的视线引向她丈夫那里;然后折过笔来写道:"楼高不见章台路。"原来这词中女子正独处高楼,她的目光正透过重重帘幕,堆堆柳烟,向丈夫经常游冶的地方凝神远望。这种写法叫做欲扬先抑,做尽铺排,造足悬念,然后让人物出场,如此便能予人以深刻的印象。

再说情深。词中写情,通常是和景结合,即景中有情,情中有景,但也有所侧重。此词将女主人公的感情层次挖得很深,并用工笔将抽象的感情作了细致入微的刻画。词的上片着重写景,但"一切景语,皆情悟也"(王国维《人间词话》),在深深庭院中,人们仿佛看到一颗被禁锢的与世隔绝的心灵。词的下片着重写情,雨横风狂,催送着残春,也催送女主人公的芳年。她想挽留住春天,但风雨无情,留春不住。于是她感到无奈,只好把感情寄托到命运同她一样的花上:"泪眼问花花不语,乱红飞过秋千去。"这两句包含着无限的伤春之感。清人毛先舒评曰:"词家意欲层深,语欲浑成。作词者大抵意层深者,语便刻画;语浑成者,意便肤浅,两难兼也。或欲举其似，偶拈永叔词云'泪眼问花花不语，乱红飞过秋千去'，此可谓层深而浑成。"（王又华《古今词论》引）他的意思是说语言浑成与情意层深往往是难以兼具的，但欧词这两句却把它统一起来。所谓："意欲层深"，就是人物的思想感情要层层深入，步步开掘。且看这两句是怎样进行层层开掘的。第一层写女主人公因花而有泪。见花落泪，对月伤情，是古代女子常有的感触。此刻女子正在忆念走马章台（汉长安章台街，后世借以指游冶之处）的丈夫，可是望而不可见，眼中唯有在狂风暴雨中横遭摧残的花儿，由此联想到自己的命运，不禁伤心泪下。第二层是写因泪而问花。泪因愁苦而致，势必要找个发泄的对象。这个对象此刻已幻化为花，或者说花已幻化为人。于是女主人公向着花儿痴情地发问。第三层是花儿竟一旁缄默。花本不能语。词人说它"不语"，以见自己的苦闷无可告语。紧接着词人写第四层，花儿不但不语，反而像故意抛舍她似的纷纷飞过秋千而去。人儿走马章台，花儿飞过秋千，有情之人，无情之物对她都报以冷漠，她怎能不伤心呢？这种借客观景物的反应来烘托、反衬人物主观感情的写法，正是为了深化感情。毛先舒评曰："人愈伤心，花愈恼人，语愈浅而意愈入，又绝无刻画费力之迹，谓非层深而浑成耶？然作者初非措意，直如化工生物，笋未出而苞节已具，非寸寸为之也。"（引同上）词人一层一层深挖感情，并非刻意雕琢，而是像竹笋有苞有节一样，自然生成，逐次展开。在自然浑成、浅显易晓的语言中，蕴藏着深挚真切的感情，这是本篇一大特色。

最后是意境深。词中写了景，写了情，而景与情又是那样的融合无间，浑然天成，构成了一个完整的意境。我们读此词，总的印象便是意境幽深，不徒名言警句而已。词人刻画意境也是有层次的。从环境来说,它是由外景到内景,以深邃的居室烘托深邃的感情,以灰暗凄惨的色彩渲染孤独伤感的心情。从时间来说,上片是写浓雾弥漫的早晨,下片是写风狂雨暴的黄昏,由早及晚,逐次打开人物的心扉。过片三句,近人俞平伯评曰:"'三月暮'点季节,'风雨'点气候,'黄昏'点时刻,三层渲染,才逼出'无计'句来。"(《唐宋词选释》)暮春时节,风雨黄昏;闭门深坐,情尤怛恻。个中意境,仿佛是诗,但诗不能写其貌;是画,但画不能传其神;唯有通过这种婉曲的词笔才能恰到好处地勾画出来。尤其是结句,更臻于妙境:"一若关情,一若不关情,而情思举荡漾无边。"(沈际飞《草堂诗余正集》)近人王国维认为这是一种"有我之境"。所谓"有我之境",便是"以我观物,故物皆着我之色彩"(《人间词话》)。也就是说,花儿含悲不语,反映了词中女子难言的苦痛;乱红飞过秋千,烘托了女子终鲜同情之侣、怅然若失的神态。而情思之绵邈,意境之深远,尤令人神往。

(徐培均)

文

wen

朋党论

原文

臣闻朋党之说，自古有之，惟幸人君辨其君子、小人而已。

大凡君子与君子以同道为朋，小人与小人以同利为朋，此自然之理也。然臣谓小人无朋，惟君子则有之，其故何哉？小人所好者，利禄也；所贪者，货财也。当其同利之时，暂相党引以为朋者，伪也；及其见利而争先，或利尽而交疏，则反相贼害，虽其兄弟亲戚，不能相保。故臣谓小人无朋，其暂为朋者，伪也。君子则不然，所守者道义，所行者忠信，所惜者名节。以之修身，则同道而相益；以之事国，则同心而共济，始终如一。此君子之朋也。故为人君者，但当退小人之伪朋，用君子之真朋，则天下治矣！

尧之时，小人共工、驩兜①等四人为一朋，君子八元②、八恺③十六人为一朋。舜佐尧，退四凶小人之朋，而进元、恺君子之朋，尧之天下大治。及舜自为天子,而皋、夔、稷、契④等二十二人并立于朝,更相称美,更相推让,凡二十二人为一朋,而舜皆用之,天下亦大治。《书》曰:"纣有臣亿万,惟亿万心;周有臣三千,惟一心⑤。"纣之时,亿万人各异心,可谓不为朋矣,然纣以亡国。周武王之臣,三千人为一大朋,而周用以兴。后汉献帝⑥时,尽取天下名士囚禁之,目为党人⑦,及黄巾⑧贼起,汉室大乱,后方悔悟,尽解党人而释之,然已无救矣。唐之晚年⑨,渐起朋党之论⑩,及昭宗时⑪,尽杀朝之名士,或投之黄河⑫,曰:"此辈清流,可投浊流。"而唐遂亡矣。

夫前世之主,能使人人异心不为朋,莫如纣;能禁绝善人为朋,莫如汉献帝;能诛戮清流之朋,莫如唐昭宗之世;然皆乱亡其国。更相称美推让而不自疑,莫如舜之二十二臣,舜亦不疑而皆用之;然而后世不诮舜为二十二人朋党所欺,而称舜为聪明之圣者,以能辨君子与小人也。周武之世,举其国之臣三千人共为一朋,自古为朋之多且大,莫如周；然周用此以兴者，善人虽多而不厌也。

夫兴亡治乱之迹，为人君者可以鉴矣。

〔注〕

① 共工、驩（huān）兜：古代传说中的"四凶"，有四个恶
人，共工、驩兜是其中的两个，另外两个是三苗和
鲧（gǔn）。

② 八元：上古帝喾（kù）的八位贤臣：伯奋、仲堪、叔献、季
仲、伯虎、仲熊、叔豹、季狸。元，贤良。

③ 八恺（kǎi）：上古颛顼（zhuān xū）的八位贤臣：苍舒、隤
敳（tuī āi）、梼戭（táo yín）、大临、尨降、庭坚、仲容、叔
达。恺，和善。八恺、八元均见《左传·文公十八年》，
称"舜臣尧，举八恺、八元"。

④ 皋、夔、稷、契（xiè）：都是舜时贤臣。其中皋陶（yáo）掌
管刑狱，夔掌音乐，稷为农官，为周朝始祖，契为商朝
始祖。

⑤ "纣有臣"四句：引自《尚书·泰誓》篇，为周武王会师孟
津（今属河南）大举伐纣时所作。

⑥ 后汉献帝：刘协，东汉亡国之君。所引党人事件发生在
桓帝、灵帝时期，"献帝时"，当是作者误记。

⑦ 党人：指东汉桓、灵二朝发生的党锢之祸。汉桓帝刘
志（147—167）时，李膺、陈蕃等官员联合太学生领袖郭
泰、贾彪等反对宦官专权，被诬为"诽讪朝廷"，下狱治
罪。汉灵帝刘宏（168—184）时，捕杀李膺、杜密等百余
人，株连近千人，史称"党锢之祸"。

⑧ 黄巾：东汉末年张角等领导的农民起义，以黄巾裹头为
标志，史称"黄巾起义"。

⑨ 唐之晚年：指唐穆宗李恒（821—824）至唐宣宗李
忱（847—859）时期。

⑩ 渐起朋党之论：指唐穆宗时牛僧孺与李德裕各为一方
的朋党之争，史称"牛李党争"。这一党争延续到文宗

李昂(827—840)、武宗李炎(841—846)、宣宗李忱几朝,历时近四十年之久。

⑪　及昭宗时：昭宗李晔(889—904)为昭宣帝之误。

⑫　"尽杀朝之名士"二句：唐昭宣帝天祐二年(905),李振唆使朱全忠杀死朝臣裴枢等七人,李振说："此辈常自谓清流,宜投之黄河,使为浊流!"文中"昭宗时",系作者误记。

鉴赏

　　宋仁宗庆历三年(1043),范仲淹、富弼、韩琦等同时执政,推行政治改革,史称"庆历新政"。朝廷内部的保守派强烈反对新政,以"朋党"之名倾陷范仲淹、富弼等人。庆历四年(1044),范仲淹、富弼等先后离朝外放,新政失败。欧阳修是新政的积极支持者,在朋党之说纷然的情势下,他写了这篇有名的奏章。

　　作者针对统治者下诏戒止臣下结为朋党和客观上存在朋党的现实,在文章中不是否认朋党的存在,而是着重申说朋党的君子、小人之别。他先从社会发展的事实立论："朋党之说,自古有之"。证明朋党的存在有其历史的依据,同时也为下文征引史实下一伏笔。接着大笔一振,鲜明地提出："惟幸人君辨其君子、小人而已"。从政治角度阐明君主辨清朋党的君子、小人之分是极为重要的关键。随后,作者概括指出"同道"与"同利"是君子、小人之朋的根本区分所在,这是从正面阐说；笔锋一转,作者又翻进一层,论述小人实际上无朋,君子才能有朋,这一点远远超出一般的朋党之说。范仲淹曾对宋仁宗说过："方以类聚,物以群分,自古以来,邪正在朝,未尝不各为一党,不可禁也,在圣上鉴辨之耳!"(见《范文正公年谱》)范仲淹所讲的朋党邪正之分,也就是欧阳修所说的君子、小人之别,这是两者之所同。但欧文并不停留在这一步,而是揭示出"道"和"利"是区分朋党邪正和君子、小人之别的要素,并在此基础上深一层剖析:小人、邪者以"利"相结,同"利"则暂时为朋,见"利"则相互争竞,"利"尽则自然疏远或互相残害,从实质上看,小人无朋;与此相反,君子之朋以"道"相结,以道义、忠信、名节为重,同道、同德,自然同心,从这一意义上看,君子之朋才是真朋。两者对比鲜明,自然得出"退小人之伪朋,用君子之真朋,则天下治矣"的结论,论证十分有力,同时带起下面一大段文字。

文章的第二大部分,广泛列举史实,从各方面论证用君子之真朋则国兴,用小人之伪朋则国亡。对上文开头的"朋党之说,自古有之",是遥相呼应;对上文结尾的"退小人之伪朋,用君子之真朋,则天下治矣",是有力的补充和论证。文中援举尧时退四凶小人之朋,进八元、八恺君子之朋,使天下大治;舜连用皋、夔、稷、契等二十二人君子之朋,天下也随之大治。这些都属正面引用,阐明天下大治,必须退小人之朋,而进君子之朋。接着援举纣有臣亿万,但各怀异心,实际上是无朋,纣正因此亡国;周武王有臣三千,同道、同心,自然也就同力,实际上是一大朋,周正因此兴国。正反引用,加强对比,阐明小人无朋,君子有朋,有关国家兴亡。最后,再以东汉桓、灵时的党锢之祸、晚唐昭宣帝时朱全忠杀害名士的史实,引用反面例证,阐明迫害残杀君子之朋导致亡国的历史教训。作者或正,或反,或正反对比,反复论述君子、小人之朋的进退关系到国家的治乱兴亡,举证多样,剖析精当。

全文的第三部分,在大量援引历史例证的基础上,着重阐述迫害君子之朋则国亡,信用君子之朋则国兴的意旨。先紧接上文,从殷纣使人异心,汉末禁绝善人为朋,晚唐诛戮清流名士等反面史实,作出"皆乱亡其国"的结论。然后,以舜能明辨,信任君子之朋,周能广用、重用君子之朋的正面史实,指出舜因此称为圣者,周因此兴国的结果。全文至此,作一收束。结尾"夫兴亡治乱之迹,为人君者可以鉴矣"二句,揭明题旨,与文章开头的"臣闻朋党之说,自古有之,惟幸人君辨其君子、小人而已"几句相呼应,作者的鉴古说今的用意得到充分的强调,具有令人心折的说服力。

(钟　陵)

送杨寘序

予尝有幽忧之疾^①，退而闲居，不能治也。既而学琴于友人孙道滋，受宫声数引^②，久而乐之，不知疾之在其体也。

夫琴之为技，小矣。及其至也，大者为宫，细者为羽，操弦骤作，忽然变之：急者凄然以促，缓者舒然以和。如崩崖裂石，高山出泉，而风雨夜至也；如怨夫寡妇之叹息，雌雄雍雍之相鸣也^③。其忧深思远，则舜与文王、孔子之遗音也^④；悲愁感愤，则伯奇^⑤孤子、屈原忠臣之所叹也。喜怒哀乐，动人心深；而纯古淡泊，与夫尧舜三代之言语、孔子之文章、《易》之忧患、《诗》之怨刺无以异^⑥。其能听之以耳，应之以手，取其和者，道其堙郁，写其忧思，则感人之际，亦有至者焉。

予友杨君，好学有文，累以进士举，不得志。及从荫调，为尉于剑浦。区区在东南数千里外，是其心固有不平者。且少又多疾，而南方少医药，风俗、饮食异宜⑦。以多疾之体，有不平之心，居异宜之俗，其能郁郁以久乎？然欲平其心以养其疾，于琴亦将有得焉。故予作"琴说"以赠其行，且邀道滋酌酒进琴以为别。

〔注〕

① 幽忧之疾：过度忧劳而成的疾病。

② 受宫声数引：学得琴曲数支。

③ 雍雍相鸣：指雁鸣。《诗·邶风·匏有苦叶》："雍雍鸣雁。"

④ 舜与文王、孔子之遗音：传说这三位古代贤者都善于以琴声表达思想感情。

⑤ 伯奇：周代人。他本孝顺后母，其父却听后母之言驱逐了他，他因此悲伤，含冤投河而死。

⑥ "与夫"四句：指琴音纯古淡泊，能起到与尧舜的语言，孔子的文章，《易经》的表现忧患意识，《诗经》的抒发怨情、讽刺时政同样的作用。

⑦ 异宜：不相宜，不适应。

鉴赏

　　欧阳修爱琴，他的诗文集中收有许多关于琴的作品。他晚年自号"六一居士"。其《六一居士传》云："居士曰：'吾家藏书一万卷，集录三代以来金石遗文一千卷，有琴一张，有棋一局，而常置酒一壶。'客曰：'是为五一尔，奈何？'居士曰：'以吾一翁，老于此五物之间，是岂不为六一乎？'"这"六一"中的一项便是琴。他家里藏有三张古琴，曾作《三琴记》以志其事。记文中说，他对于琴曲"尤爱小流水"，"梦寐不忘"。但他并不孜孜于琴艺，他说过："琴曲不必多学，要于自适。"可见他爱琴在于消遣世虑，在纷繁的社会生活中借琴音以求得心理上的宁静与平衡，正如嵇康《琴赋》说的那样，取其"流楚窈窕，惩躁雪烦"，"感荡心志，发泄幽情"（《文选》）。欧阳修这篇《送杨寘序》的第一段，记述了他以琴治"幽忧之疾"的亲身经验；第二段又铺写琴的音乐特征，全文三分之二的篇幅写琴，因此文末径称为"琴说"。但这篇文章的题目终究是《送杨寘序》，而没有标为《琴说》，可见文章的主旨原不能以所占篇幅之多少来决定。

这篇序属于"赠序"，犹如今天的临别赠言。杨寘此行是"为尉于剑浦"，即到今天的福建南平一带去当个小小的县尉。那地方既僻处东南，其任官又属"荫调"——靠祖先的功劳德泽照顾他当个小官，并非出于自己的功名科第。在封建社会里，对于一个有志者来说，这是很不光彩的。杨寘处于这种境地，心里自然有很多不快，很多不平。加上他从小体弱多病，此去南边又缺医少药，那地方的语言风习也大异于中土，更将影响他的身心健康。任官本是喜事，杨寘这次任官，却仿佛是个悲剧的序曲。现在朋友分手，这篇赠序如何落笔？能不能写上一些"圣眷方隆""牛刀小试"之类的客套话，或预言其治绩，或遥祝其升迁，来安慰他寂寞的别怀？要真如此，对于作者，是虚伪冷漠；对于受者，无异于挪揄讽刺。欧阳修决不会这样。他在本文第三段满怀深情地写道："以多疾之体，有不平之心，居异宜之俗，其能郁郁以久乎？"乍读之，倒真有几分像祭吊文字。用这种话饯行，一般人看来，会以为语出不祥；但如果身历其境者读了，将忍不住潸然流下感恩知己的热泪。因为，这才是倾吐肺肝的赤诚之言，表现了两人间深刻的理解，真挚的友情。《诗·小雅·巧言》所谓"他人有心，予忖度之"；司马迁说的"人之相知，贵相知心"（《报任安书》），正是对这种互相理解、彼此关切的人际关系的赞扬。由于爱之深，乃言之悱恻，因此语无忌讳，担心他此去活不长久；又由于言之悱恻，转见爱之深沉，因此赠之以"琴说"，想借音乐的力量"平其心以养其疾"。欧阳修此文最大特点，就在于情真语切，无一浮泛应酬之辞，句句从内心流出。说到这里，也许有人要问：欧阳修为什么说得如此动情？他为什么有"幽忧之疾"？联系到他写此文时正贬谪滁州，他的处境，他的心情，又无形中与杨寘的"多疾之体""不平之心""异宜之俗"发生了微妙的关联，使读者进一步领悟到文章里"同是天涯沦落人"这样一层含蓄很深的意蕴。——当然，这是字面上未曾说出来的。

下面要说到本文另一个特点——对琴音的精微刻画。欧阳修曾以琴却病，足见他对音乐有深邃的理解。正因为如此，本文第二段写琴音最为生动、形象、深刻。这一段又可分为两层。到"伯奇孤子、屈原忠臣之所叹也"止为第一层，描绘琴声的音乐形象和音乐意境；此下为第二层，写琴声的感发力量。音乐是抒发感情的听觉艺术，乐曲中涵蕴复杂，又非常抽象，要用语言描摹，非常困难。欧阳修却能化抽象为具体，使人读其文恍如闻其声，进入音乐的意境之中。第一层先以"凄然以促"写琴曲中的快节奏，"舒然以和"写琴曲中的慢节奏，作总体勾画。然后用山崩石破，泉水从高山迸泻而下，暴风雨在黑夜降临三种自然界的音响来比喻快节奏的琴曲旋律；用怨夫寡妇的叹息，大雁雄飞雌从的和鸣描绘慢节奏的琴曲旋律，二者都着意刻画音乐形象。接下来又用"忧深思远""悲愁感愤"描写琴曲的意境。作者用文王、孔子躬行仁义、忧民伤时的崇高思想和伯奇、屈原含冤负屈的悲愤心情象征琴音,使音乐的旋律与古代哲人的思想感情融合一起,揭示出琴音中的遥深寄托,引起古今忧乐天下者的思想共鸣,因之构成了幽深肃穆的艺术境界。这比单纯的化抽象为具体、摹拟音乐形象者又高出一个层次。唐代诗人白居易的《琵琶行》,用"急雨""私语"等众多音响比拟琵琶之声,饮誉千古;欧阳修成功之处,则在于写出了音乐境界,可谓各擅胜场。第二层写琴音的感发力量。作者把音乐与儒家经典《论语》《易》《诗》启迪心智、陶冶情操的作用置于同等地位,说它们都能"动人心深",对于不幸而处抑塞偃蹇之际的人,更能"道(导)其埋郁(疏通胸中的积郁),写(泻)其幽思"。他强调听琴、奏琴能乐以忘忧,净化灵魂。这种对音乐感发力量的深刻理解,虽然不自欧阳修始,但欧阳修能结合具体对象的具体处境加以阐发,写来就不是泛泛的说理而弥见其饱含深情。

现在来看全文结构。文章用琴音能"道其埋郁,写其忧思"这层意思结住第二段,正好与第一段叙述自己以琴治好了"幽忧之疾",第三段希望杨寘用琴来"平其心以养其疾"的意思拧为一体。从这个侧面评析这篇序文,便会发现本文另外一个特色:首尾照应,通篇贯一。刘熙载《艺概·文概》说:"揭全文之指,或在篇首,或在篇中,或在篇末。在篇首则后必顾之,在篇末则前必注之,在篇中则前注之,后顾之。"欧阳修这篇序文,可谓尽得"顾注"之法。

(赖汉屏)

送曾巩秀才序

原文

广文曾生，来自南丰①，入太学②，与其诸生群进于有司。有司敛群材，操尺度，概以一法考。其不中者而弃之；虽有魁垒③拔出之材，其一累黍④不中尺度，则弃不敢取。幸而得良有司，不过反同众人叹嗟爱惜，若取舍非己事者，诿曰："有司有法，奈不中何。"有司固不自任其责，而天下之人亦不以责有司，皆曰："其不中，法也。"不幸有司尺度一失手，则往往失多而得少。

呜呼！有司所操果良法邪？何其久而不思革也？况若曾生之业，其大者固已魁垒，其于小者，亦可以中尺度；而有司弃之；可怪也！然曾生不非同进，不罪有司，告予以归，思广其学而坚其守。予初骇其文，又壮其志。夫农不咎岁而菑播⑤是勤，其水旱则已；使有一获，则岂不多邪？

曾生囊其文数十万言来京师，京师之人无求曾生者，然曾生亦不以干也。予岂敢求生，而生辱以顾予。是京师之人既不求之，而有司又失之，而独余得也。于其行也，遂见于文，使知生者可以吊有司而贺余之独得也。

〔注〕

① 广文：即广文馆。宋国子监下属学校之一，收纳四方游士到京师求试者，遇贡举之年，先补中广文馆生，然后执牒诣国子监验试，十人取一。南丰：曾巩的故乡，今属江西。

② 太学：亦宋国子监属下学校之一。学生从八品以下官员子弟和平民的优秀子弟中招收。

③ 魁垒：雄伟。

④ 累黍：累和黍是古代两种微小的重量单位。《汉书·律历志》："权轻重者不失黍絫（古"累"字）。"注："应劭曰：'十黍为絫，十絫为一铢（二十四铢为一两）。'"二字合成一词，表示极细微的分量。

⑤ 菑播：开荒播种。菑，开荒。《尚书·大诰》："厥父菑，厥子乃弗肯播。"疏："菑，耕其田，杀其草。"

鉴赏

　　这篇文章是欧阳修为曾巩参加进士考试落第而作。曾巩与欧阳修一样，也是唐宋古文八大家之一。《宋史·曾巩传》说他"生而警敏，读书数百言，脱口辄诵。年十二，试作《六论》，援笔而成，辞甚伟。甫冠，名闻四方。欧阳修见其文，奇之"。可见曾巩在青少年时代就是个才子，他的文章一开始就得到了欧阳修的赏识。这种赏识，也体现在本文欧阳修对曾巩的文章的评价中："况若曾生之业，其大者固已魁垒，其于小者，亦可以中尺度"。就是说曾文的上乘之作，已臻雄伟杰出之境；其一般水平的作品，也写得极有章法，按进士考试的录取标准衡量，是完全合格的。这样看来，曾巩就不应该落第。

然而曾巩毕竟还是落第了！这不能不引起欧阳修严肃的思考："而有司弃之，可怪也！"事情就是这样：如果被试的一方没有出问题，那么毛病肯定就出在主试的一方。按理说，主管考试的部门担当替国家选拔人才的重任，本不该出毛病，然而现在竟然出了毛病，这就是"可怪"之所在。本篇的行文脉络正是沿着这一思路展开的。

文章首先揭示了主试部门所规定的录取标尺有问题："概以一法考。其不中者而弃之。"就是说主试部门只规定了唯一的一种衡文的尺度，只要应试文章的体式风格不合这种尺度，即使内容再好，艺术成就再高，也概不入选。这必然造成一种形式主义的文风，使天下举子对此时风趋之若鹜，而真正有志于改革形式主义文风，继承韩愈、柳宗元优秀传统的真才实学之士，受到排斥废黜，从而形成考场的流弊。

但是任何原则毕竟要由人来执行，当时的主考官员又是怎样执行录取原则的呢？作者从两方面做了揭示。其一，所谓"良有司"——这种人是能够识别文章的好坏的，但他们奉"一法"为圭臬，不敢越雷池一步。只是严格选拔文章之"中尺度"者，对文章"不中尺度"的人，明知人家落第是冤枉的，也不肯录取。充其量只是表面上做出点假惺惺的同情惋惜姿态，实则把责任推得一干二净："有司有法，奈不中何。"文章惟妙惟肖、入木三分地刻画了这种人对人才所摆出的冷酷虚伪的嘴脸。但问题还不止于此,严重的是当时的社会舆论对此也不加谴责,却一味为主考官员推卸责任:"皆曰:'其不中,法也。'"这无疑进一步助长了主考官员因循守旧的陋习。其二,更不幸的是,有些主考官员连当时规定的唯一尺度也掌握不好。这样,即使是按既定尺度写应试文章的举子,也会因主考官的误判而落第,造成"不幸有司尺度一失手,则往往失多而得少"的后果。

在揭示考场流弊的基础上,作者痛切愤慨地提出质问:"有司所操果良法邪? 何其久而不思革也?"实际是否定了主管考试部门所操之"法",谴责了主考官员因循陈规陋习,不思改革的不负责任的行为。行文至此,作者才以曾巩落第为例,指出这是一种不能容忍的"可怪"的现象,既为曾巩鸣不平,也表达了他本人要求改革考场流弊的迫切愿望。事实上,欧阳修也是这样做的。《宋史·欧阳修传》载:"(欧阳修)知嘉祐二年贡举。时士子尚为险怪奇涩之文,号'太学体'。修痛排抑之,凡如是者辄黜。场屋之习,从是遂变。"

欧阳修置流俗于不顾,大胆改革考场陋习,无疑是对当时人才的解放。据《宋史·曾巩传》载,曾巩恰恰就是"中嘉祐二年进士第"的。两相对照,孰是孰非,不是再明显不过吗? 说到底,这关系到如何正确地负责任地替国家识别、选拔人才的问题。本文的价值正在于提出了这个关系到国家命运的根本大计。

正因为作者的视野开阔,立脚点高,所以在这篇送人落第归乡的文章中并没有对落第者表示廉价的同情。相反,对曾巩"不非同进,不罪有司,告予以归,思广其学而坚其守"大加赞扬:"予初骇其文,又壮其志"。这里充分表现了欧阳修对人才的严格要求。其实这才是对人才的最大爱护与扶植。作者以农夫不因遭逢灾年而中止农事为例,肯定了曾巩决定返乡,"思广其学而坚其守"的行为,并满怀信心地预言曾巩必有发达之日。这是对曾巩最大的激励。

文章的最后,追述了作者结识曾巩的始末,表达了自己发现了曾巩这样品学皆优的人才的喜悦心情,对京师之人及主考部门官员不能赏识曾巩表示了莫大的遗憾:不仅写得亲切有味,而且发人深思。结句一"吊"一"贺"这对反义词的运用,揭示了对待人才的两种截然不同的思想境界,而作者那种以赏识、扶植天下俊才为己任的文坛领袖的形象,也就在这种鲜明的对照中显现了出来。

整篇文章不仅立意高迈,而且写得极有章法。如揭示考场流弊,就用了"剥笋皮"式的层层"曝光"的方法,在内在逻辑上也就是层层推进,层层深入,然后归结到主考官员因循陋习、不思改革这一重心上来;从而和作者自己的思想态度形成反差对照,突出了全文的中心思想,即如何正确地、负责任地替国家识别与选拔人才的问题,可谓丝丝入扣,天衣无缝。

(任国绪)

送徐无党南归序

原文

　　草木鸟兽之为物，众人之为人，其为生虽异，而为死则同，一归于腐坏、澌尽、泯灭而已。而众人之中，有圣贤者，固亦生且死于其间，而独异于草木鸟兽众人者，虽死而不朽，逾远而弥存也。其所以为圣贤者，修之于身，施之于事，见之于言[①]，是三者所以能不朽而存也。

　　修于身者，无所不获；施于事者，有得有不得焉；其见于言者，则又有能有不能也。施于事矣，不见于言可也。自《诗》《书》《史记》所传，其人岂必皆能言之士哉？修于身矣，而不施于事，不见于言，亦可也。孔子弟子，有能政事者矣，有能言语者矣。若颜回者，在陋巷，曲肱饥卧而已，其群居则默然终日如愚人。然自当时群弟子皆推尊之，以为不敢望而及，而后世更千百岁亦未有能及之者。其不朽而存者，固不待施于事，况于言乎？

予读班固《艺文志》、唐《四库书目》②，见其所列，自三代、秦、汉以来，著书之士，多者至百余篇，少者犹三四十篇；其人不可胜数，而散亡磨灭，百不一二存焉。予窃悲其人，文章丽矣，言语工矣，无异草木荣华之飘风，鸟兽好音之过耳也。方其用心与力之劳，亦何异众人之汲汲营营③？而忽焉以死者，虽有迟有速，而卒与三者同归于泯灭。夫言之不可恃也盖如此。今之学者，莫不慕古圣贤之不朽，而勤一世以尽心于文字间者，皆可悲也。

东阳徐生，少从予学为文章，稍稍见称于人。既去，而与群士试于礼部，得高第，由是知名。其文辞日进，如水涌而山出。予欲摧其盛气而勉其思也，故于其归，告以是言。然予固亦喜为文辞者，亦因以自警焉。

〔注〕

① 修之于身：加强自身修养。施之于事：用来建立事功。见之于言：撰述文章以传世。

② 班固《艺文志》：即《汉书·艺文志》。唐《四库书目》：

唐代多次整理内库图书,官修目录,有《开元四库书目》
等。四库,指经、史、子、集四部。

③　汲汲营营:匆忙地、不停息地工作、谋划。

鉴赏

　　《左传·襄公二十四年》记载了穆叔与范宣子论何者为"不
朽"的一段名言。范宣子以世禄为不朽,穆叔却认为世禄不能称
为不朽。他说:"太上有立德,其次有立功,其次有立言。虽久不
废,此之谓不朽。"欧阳修这篇文章里所说的"修之于身"、"施之
于事"、"见之于言",就是指立德、立功、立言。全文用了一半篇
幅,论三者之所以为不朽,并将"修之于身"(立德)放在最高地
位,"见之于言"(立言)排在第三,这自然不无重道轻文的意思。
但这篇文章的主旨,又不在权衡文道之孰重孰轻,而另有其深
意在。

　　文章重点在第三段——论立言之不可恃。细读这段文字,会
发现文章在立论上有一个矛盾。前面说,圣贤是不同于草木、鸟
兽、众人的,这种人"虽死而不朽,愈远而弥存"。他们之所以被人
尊为圣贤,长存不朽,是由于他们曾经立德、立功、立言。这里指
明立言为三不朽之一。而第三段又说:"文章丽矣,言语工矣,无
异草木荣华之飘风,鸟兽好音之过耳也。"这不是说,立言之士,与
草木鸟兽之必然速朽没有区别吗?下文说得更明显:著作之士
"卒与三者(指草木、鸟兽、众人)同归于泯灭",岂非前后矛盾?

　　再三涵咏这段文字,就会悟出这里面有含而未申之意。这含
而未申之意,正是本文的主旨之所在。第一,古人留下的著作,大

多数仅在《汉书·艺文志》诸书中著录其书名、篇目，具体的作品则"百不一二存"。这说明，历史对立言之士的著作进行了无情的淘汰。那"百不一二存"的传世之作，是大浪淘沙剩下来的金子，是经受过时代的严格考验的，其余的早就湮没不存了。于此可见，文章难工，传世不易，后之视今，亦如今之视昔。这是作者的慨叹，既以自勉，也以之勉徐无党。其次，前两段把"修之于身""施之于事""见之于言"三者并列为"不朽"，是阐述古代经传中论道之言，反映的是书本上的人生价值观念。第三段论立言之不可恃，将与鸟兽众人同归于泯灭，是欧阳修读史自悟之理。所谓言之不可恃，就是文章著述不重于人的委婉说法。这是从历史事实中总结出来的，反映了实践中呈现的另一种价值观念。书本上的价值观念与实践中的价值观念如此不同，遂使古今无数文士为之荷笔彷徨。作者自己一生的体验，便是明证。因此，文章结尾用"亦以自警焉"，暗暗透出个中消息。由此可见，这篇文章还表明了自古以来文章之士共同的悲哀，因以之警徐无党。

这样就见出本文的第一个特点：题旨深隐。欧阳修在其《论尹师鲁墓志》一文中提出：写作应该力求"文简而意深"，并说："春秋之义，痛之益至，则其辞益深。……诗人之志，责之愈切，则其言愈缓。"他这篇《送徐无党南归序》，无愧于文简意深、爱深言切的典范之作。

全文立意，既重在表明文之难工与立言之不足恃，抒发包括自己在内的千古文章之士共同的悲慨，写来便情真语切，感慨深沉，这是本文的另一个特点。自古文士，留下来的篇章已仅"百不一二"，其余都"散亡磨灭"，是事之一可悲。留传下来的文章，"文字丽矣，语言工矣"，又"无异草木荣华之飘风，鸟兽好音之过耳",是事之二可悲。这些人士活着的时候,"汲汲营营",辛苦忙碌,呕心沥血地进行写作,才达到文丽语工的境地;而当其"忽焉以死",仍然免不了"同归于泯灭",是事之三可悲。末了写到"今之学者",穷其一生精力,孜孜于文字著作,结果是"皆可悲也"。这段文字,饱含深情,既哀人亦复自哀。那种苍茫万古之意,发而为声,则抑扬唱叹,慷慨苍凉。试诵读第三段,先用"百不一二存焉","无异草木荣华之飘风,鸟兽好音之过耳也",发出深沉的咏叹;次用"汲汲营营"一个反问句抒发感慨;再用"夫言之不可恃也盖如此"一收一顿;最后用"皆可悲也"放声长吁:语调吞吐抑扬,声情契合,不仅足以"摧其(徐无党)盛气",也足以引起后之文士读此文者无限悲怆。事之不平,积为愤懑。全篇无一愤语,却饱含愤意于笔端。

这篇文章在艺术上还有一个特点:结构非常紧凑,前呼后应,针线绵密,因此读来气势流贯,又回环往复,现出一种感情上的涡流。入手一句,先提出"草木""鸟兽""众人"三者都无法逃避同归灭亡的自然规律,然后从"众人"中引入"圣贤",说他们独异于草木、鸟兽、众人。六字扣紧首句,文境稳步推开。接下去论圣贤之所以不朽在于修身、施事、见言,将三者平列。继以比较法层层筛选,步步推出中心。首则拿"施事"与"见言"比,论见之于言者不如施之于事;再拿"施事""见言"与"修身"比,引孔子的弟子宰我、子贡善于言语,冉有、季路长于政事,都比不上能修身立德而并不长于言语、政事的颜回,突出修身为首要之道,立言居三者之末,渐渐过渡到第三段论立言之不足恃,文意暗暗逗出,又层层推进。到第三段,先说"予窃悲其人,文章丽矣,言语工矣",束以"无异草木荣华之飘风,鸟兽好音之过耳也","荣华"紧承"丽"

字,"好音"紧承"工"字,接榫紧密。又加上"方其用心与力之劳,亦何异众人之汲汲营营",使草木、鸟兽、众人汇齐,与篇首第一句"草木鸟兽之为物,众人之为人"桴鼓相应。复承以"而卒与三者同归于泯灭""今之学者,莫不慕古圣贤之不朽",再提"泯灭""不朽",首尾回环,遥相顾盼,使这篇短文在畅达中有一种遒练逆折的劲气。这些地方,都见出作者为文炼气的功力和缜密的文心。

(赖汉屏)

《梅圣俞诗集》序

原文

　　予闻世谓诗人少达而多穷，夫岂然哉！盖世所传诗者，多出于古穷人之辞也。凡士之蕴其所有而不得施于世者，多喜自放于山巅水涯之外，见虫鱼草木风云鸟兽之状类，往往探其奇怪；内有忧思感愤之郁积，其兴于怨刺，以道羁臣寡妇之所叹，而写人情之难言，盖愈穷则愈工。然则非诗之能穷人，殆穷者而后工也。

　　予友梅圣俞，少以荫补为吏[①]，累举进士，辄抑于有司，困于州县凡十余年[②]。年今五十，犹从辟书，为人之佐，郁其所蓄，不得奋见于事业。其家宛陵[③]，幼习于诗，自为童子，出语已惊其长老。既长，学乎六经仁义之说。其为文章，简古纯粹，不求苟说于世，世之人徒知其诗而已。然时无贤愚，语诗者必求之圣俞；圣俞亦自以其不得志者，乐于诗而发之。故其平生所作，于诗尤多。世既知之矣，而未有荐于上者。昔王文康公尝见而叹曰：

"二百年无此作矣④！"虽知之深，亦不果荐也。若使其幸得用于朝廷，作为雅颂，以歌咏大宋之功德，荐之清庙，而追商、周、鲁颂之作者，岂不伟欤！奈何使其老不得志，而为穷者之诗，乃徒发于虫鱼物类、羁愁感叹之言？世徒喜其工，不知其穷之久而将老也，可不惜哉！

圣俞诗既多，不自收拾。其妻之兄子谢景初，惧其多而易失也，取其自洛阳至于吴兴已来所作，次为十卷。予尝嗜圣俞诗，而患不能尽得之，遽喜谢氏之能类次也，辄序而藏之。

其后十五年，圣俞以疾卒于京师。余既哭而铭之，因索于其家，得其遗稿千余篇，并旧所藏，掇其尤者六百七十七篇，为一十五卷。呜呼！吾于圣俞诗，论之详矣，故不复云。

庐陵欧阳修序。

〔注〕

①　荫补为吏：梅尧臣少时应进士试不第，不能授官，以其叔父翰林侍读学士梅询荫，任河南县（宋西京河南府首

县)主簿,乃职品甚低之佐吏。朱熹《建宁府建阳县主簿厅记》:"县之属有主簿,秩从九品,县一人,掌县之簿书。凡户租之版,出内(纳)之会,符檄之委,狱讼之成,皆总而治之,勾检其事之稽违与其财用之亡失,以赞令治,盖主簿之为职如此。"

② 困于州县凡十余年:梅尧臣后又调任河阳县主簿,建德、襄城县令,监湖州盐酒税,金书忠武军(许州)、镇安军(陈州)节度判官等,皆州县佐职。

③ 宛陵:宣城旧称。

④ 王文康公:王曙,字晦叔,宋仁宗时官至枢密使、同中书门下平章事(宰相),卒谥文康。宋曾敏行《独醒杂志》卷一载:"王文康公晦叔,性严毅,见僚属未尝解颜。知河南(府治在今洛阳)日,梅圣俞时为县主簿。一日,袖所为诗文呈公。公览毕,次日,对坐客谓圣俞曰:'子之诗,有晋宋遗风,自杜子美没后,二百余年不见此作。'由是礼貌有加,不以寻常待圣俞矣。"

鉴赏

　　宋初诗文革新运动中,梅圣俞是欧阳修志同道合的挚友。欧阳修对梅诗非常赞赏和喜爱,屡加褒评。宋仁宗庆历六年(1046),他为梅诗初次结集而写下这篇序言的主体部分。仁宗嘉祐五年(1060),汴京大疫,圣俞于四月间病逝。次年,欧阳修亲自为梅诗整理编撰成书,并续完此序。

　　文章开头难,也最易见功力。俗话说:文章好开端,成功已一半。确有道理。优秀的古文名篇,发端总是精心结撰,气象万千,振起全文,开合自如。本篇第一段,即是工于发端的一个范例。

　　这一段的成功,首先在它提炼出"穷而后工"这样一个千古独创的命题,对后世有深远影响。类似的意思,前人也有所表述。汉司马迁《报任安书》"《诗》三百篇,大抵圣贤发愤之所为作也",唐韩愈《荆潭唱和集序》"夫和平之音淡薄,而愁思之声要妙;欢愉之辞难工,而穷苦之言易好也"等都是,但都不如"穷而后工"这样言简意赅,清楚明白。

欧阳修推出这一命题也极具匠心。他并不急于求成,一泻无遗,而是针对世情,从容曲折。文章先引述一个似是而非的世俗论调"诗人少达而多穷"作诱饵,慢慢引钓,以求大鱼。世俗所见,因为写诗,所以使人穷,唐代大诗人杜甫甚至愤懑地慨叹"文章憎命达"。"夫岂然哉",用反问句作顿挫,妙在疑似之间,而实际上已隐含否定之意,含蓄有力。接着一句:"盖世所传诗者,多出于古穷人之辞也。"写得扑朔迷离,似乎在为世俗论调作辩解,肯定其是;其实是妙语双关,为展开论述奠定根基。

论述伊始,作者用"凡"字总起,可知是考察和综合了大量诗歌现象的结果,并非一知半解或以偏概全,显示了论述的深广度。"穷"的标志是在政治遭际上的不偶,而非生活境况上的困苦——那叫做"贫"。《孟子·尽心上》:"古之人,得志,泽加于民;不得志,修身见于世。穷则独善其身,达则兼善天下。"说得很清楚。当然,政治"穷"与生活"苦",往往是一胎孪生子。所以,栖身草野或困于州县做小官,都属于不得志的"穷"。穷者为什么能"写人情之难言",而且愈穷愈工呢?因为他们具备有利的主客观条件:内心有忧思感愤,喷薄倾吐为快;外见充满生机的自然万象,尽可寄兴托意。因此,在这形象思维的沃土上,穷者能"兴于怨刺",创作出大量优秀篇章。这样的例证,历史上可以举出许多,屈原是最典型的。他的不朽长诗《离骚》,就写于被放逐以后。所以梅圣俞《答韩三子华韩五持国韩六玉汝见赠述诗》说："屈原作《离骚》，自哀其志穷。愤世嫉邪意，寄在草木虫。"如果屈原仕途得意，青云直上，岂能有《离骚》？文章在论述了"愈穷则愈工"的道理后，最后用两句作一收束："然则非诗之能穷人"，水到渠成，点出世论之误；"殆穷者而后工也"，揭出千古名言。

这一段的成功，还表现在它统摄全文，是后面展开叙述和议论的灵魂，牵一发而能动全身。没有这一段，后文将成为无源之水，无本之木，黯然失色。本文的主角梅圣俞在此只字未提，好像不着边际，然而联系下文细加吟味，方知此段议论处处影射圣俞，并非泛笔。点题而不着痕迹，确是文家上乘笔墨。

第二大段紧承上文，正写梅圣俞其人其诗。第一层承"穷"，第二层承"工"，第三层感叹其"穷而工"。

叙写梅圣俞的经历，用笔简练而语带感情，其侧重点在反映其穷。从"少"开始，到"年今五十"，其中不少时间词，概括了梅的仕历，屈身佐吏，沉沦下僚，长达近半个世纪，确是"穷之久"。"辄抑""困于""犹从"等语，字里行间透露出不平与同情。"郁其所蓄，不得奋见于事业"，这一句上结其穷，下启其诗，并与首段"士之蕴其所有而不得施于世者"相照应，相当巧妙。

梅圣俞诗之"工"，文章从多角度予以反映。首先写他从"童子"开始即有诗才。接着用其文陪衬其诗。"简古纯粹，不求苟说（悦）于世"，补出了累举进士"辄抑于有司"的原因。梅圣俞"学乎六经仁义之说"，满腹经纶，但不愿阿附世风，不以浮艳柔靡的文字去猎取功名。这句赞其文风之正，人品之高，很有分量。而"世之人徒知其诗而已"，又深深叹惜，也包含着对主考官无识的谴责。接着写他诗的内容是"不得志"，扣住"穷"字。其数量，则"于诗尤多",又为下文三、四两段的编诗张本。最后写世人对其诗的推崇。前面"然时无贤愚,语诗者必求之圣俞"是概写,以见广度;再用王文康公语作赞,是特写,以见深度。有点有面,极写梅圣俞诗之"工"。诗虽工,世虽知,竟未得其用,"未有荐""不果荐"两句感慨系之,由此引出下一层的议论和抒情。行文细针密线,极具匠心。

　　第三层就"穷"和"工"在梅圣俞身上的体现兴发感慨,写得有波折。"若使"这一长句是虚写,作者希望两全其美,即梅圣俞既能在朝廷做官,又能写歌功颂德的"雅颂"诗。但是在道理上有矛盾,即诗人倘不穷,又安能工诗?清代李扶九《古文笔法百篇》按语就说:"果其进于朝,工于铺陈功德,恐无传世行远之作矣。"其实这个道理,欧阳修何尝不知!他在《薛简叔公文集序》中说:"君子之学,或施之事业,或见于文章,而常患于难兼也。盖遭时之士,功烈显于朝廷,名誉光于竹帛,故其常视文章为末事,而又有不暇与不能者焉。至于失志之人,穷居隐约,苦心危虑,与其有所感激发愤,惟无所施于世者,皆一寓于文辞,故曰穷者之言易工也。"欧阳修的内心,只是殷切期望老友能脱穷得达,其目的如文章开头所说,是士"蕴其所有",当"得施于世",以实现其"致君泽民"的抱负,若不凭借一定的权位,就难以展其长才。为了摆脱"穷",宁愿牺牲这个"工",所以只要"得用于朝廷",然后去写些歌颂大宋功德的诗也是"岂不伟欤"的。但看来也未有"得用"的可能,所以这只是虚设一愿,从反面加强对其"不达"的愤叹之意。"奈何"句陡一转折,是实写,回到无情的现实,梅圣俞终究只能写"虫鱼物类""羁愁感叹"的穷者之诗!这感情上一扬一抑的对照,把无奈和惋惜之情表达得淋漓尽致。最后一句"世徒喜其工,不知其穷之久而将老也,可不惜哉",用"工""穷""惜"三字总束第二大段,又密切照应了首段,文情妙绝。

三、四两段写对梅圣俞诗编次的情况,谢景初编之于生前,欧阳修编之于殁后。两段不仅反映了梅圣俞诗作之多,更表达了欧阳修对他的倾慕和哀痛心情。"嗜""遽喜""辄序而藏之""哭而铭之""索""掇"等动态词的运用,准确生动,而且一往情深。前人曾论"此篇是欧公最作意文字",就其全篇感情之深、结撰之精、下语之警而言,实为笃论。

欧阳修文章与韩愈深有渊源,这篇可作显证。韩愈写过一篇《送孟东野序》,也是就诗兴感。写作的对象孟郊是"善鸣"而不得志的人,韩愈希望他得志,以"鸣国家之盛",不希望老天"穷饿其身,思愁其心肠,而使自鸣其不幸"。欧阳修在本篇中表达的对梅圣俞的感情和希望,与之有异曲同工之妙。至于韩文称"不平则鸣",欧文谓"穷而后工",两语同富有创造性,堪称工力悉敌。

(曹光甫)

《苏氏文集》序

原文

予友苏子美之亡后四年，始得其平生文章遗稿于太子太傅杜公①之家，而集录之，以为十卷。子美，杜氏婿也。遂以其集归之，而告于公曰：

"斯文，金玉也，弃掷埋没粪土，不能销蚀。其见遗于一时，必有收而宝之于后世者。虽其埋没而未出，其精气光怪已能常自发见，而物亦不能掩也。故方其摈斥摧挫、流离穷厄之时，文章已自行于天下。虽其怨家仇人，及尝能出力而挤之死者，至其文章，则不能少毁而掩蔽之也。凡人之情，忽近而贵远。子美屈于今世犹若此，其伸于后世宜如何也。公其可无恨。"

予尝考前世文章政理之盛衰，而怪唐太宗致治几乎三王之盛，而文章不能革五代之余习。后百有余年，韩、李之徒出，然后元和②之文始复于古。唐衰兵乱，又百余年而圣宋兴，天下一定，晏然无事,又几百年,而古文始盛于今。自古治时少而乱时多,幸时治矣,文章或不能纯粹,或迟久而不相及。何其难之若是欤?岂非难得其人欤?苟一有其人,又幸而及出于治世,世其可不为之贵重而爱惜之欤?嗟吾子美,以一酒食之过,至废为民,而流落以死,此其可以叹息流涕,而为当世仁人君子之职位宜与国家乐育贤材者惜也。

子美之齿③少于予,而予学古文反在其后。天圣④之间,予举进士于有司,见时学者务以言语声偶相摘裂⑤,号为时文,以相夸尚,而子美独与其兄才翁及穆参军⑥伯长作为古歌诗杂文。时人颇共非笑之,而子美不顾也。其后,天子患时文之弊,下诏书讽勉学者以近古,由是其风渐息,而学者稍趋于古焉。独子美为于举世不为之时,其始终自守,不牵世俗趋舍,可谓特立之士也。

子美官至大理评事、集贤校理⑦而废,后为湖州长史⑧以卒,享年四十有一。其状貌奇伟,望之昂然，而即之温温，久而愈可爱慕。其材虽高，而人亦不甚嫉忌，其击而去之者，意不在子美也。赖天子聪明仁圣，凡当时所指名而排斥，二三大臣而下，欲以子美为根而累之者，皆蒙保全，今并列于荣宠。虽与子美同时饮酒得罪之人多一时之豪俊，亦被收采，进显于朝廷。而子美独不幸死矣，岂非其命也。悲夫！

　　庐陵欧阳修序。

〔注〕

① 太子太傅：本为辅翊皇太子的官名，宋代作为加官，为从一品，只授给宰相本官未至仆射者和致仕的枢密使。杜公：杜衍（978—1057），字世昌，曾官枢密使并拜相，封祁国公。

② 元和：唐宪宗年号（806—820）。

③ 齿：年齿，年龄。

④ 天圣：宋仁宗年号（1023—1031）。欧阳修中进士在天圣八年。

⑤ 擿（zhāi）裂：割裂。擿，同"摘"。

⑥ 才翁：苏舜元的字。穆参军：穆修（979—1032），字伯长，大中祥符间进士，官终蔡州文学参军。

⑦ 大理评事：治狱事的官署大理寺属下官员。集贤校理：掌收掌、校勘典籍的官署集贤院属下官员。

⑧ 长史：官名，与诸州府司马、别驾称上佐官，为散官，无职掌。

苏舜钦(字子美)是北宋比较出名的作家之一,对古文、诗歌和行草书法都有很深的造诣。他和欧阳修是好友。欧阳修在苏死时写过《祭苏子美文》,说:"哀哀子美,命止斯耶? 小人之幸,君子之嗟。"皇祐三年(1051)又写这篇《〈苏氏文集〉序》,再过五年嘉祐元年(1056),又写《湖州长史苏君墓志铭》。关于苏舜钦受屈被贬的经过及原因,墓志铭和费衮《梁溪漫志》卷八所载舜钦致欧阳修信,叙述颇详。其根源涉及"庆历新政"。新政的主持者参知政事范仲淹是苏舜钦的荐举人,宰相杜衍是苏的岳父,苏舜钦又是新政的积极支持者。反对派欲扳倒范、杜等,以其方受皇帝信任而未能,乃转从苏舜钦下手,借口舜钦在集贤校理、监进奏院任上"循例祀神,以伎乐娱宾",支用了卖旧公文纸的钱,奏以"自盗"之罪。舜钦受"除名"处分,同席知名之士十余人皆被贬,反对派自喜,以为"一网打尽"。实际上,支用卖旧纸的钱是常例,算不得过错,而苏舜钦等却因此受到削除官籍,革职为民的严厉惩罚。当时欧阳修正按察河北,未能了解详情并上疏为苏辩白;且力量不及,唯有嗟叹痛惜而已。

这篇序文对苏舜钦无限惋惜,对他的不幸遭遇充满愤懑和同情。题目称"苏氏"而不像前面写祭文称苏子美,后来写墓志称其官职,这是有深意的,表示他的文章足以为苏氏之荣耀,就像韩愈夸柳宗元"众谓柳氏有子矣"一样。全文除末句外分五段。

第一段叙述文集编纂的情况,作为本文的引子。这里充满了感情,开头"予友""亡后四年始得",说明得来不易,同时时间之久,也作为下文"不能销蚀"的证据。说到"子美,杜氏婿也",这和下文子美的受冤屈又分不开。所以这一小节看似平平叙述,实际有力地笼罩全篇。

第二段用告慰杜衍的话，来申述子美文章必传于后，又分成几层论述。"斯文，金玉也"是总的评价；至"而物亦不能掩也"，都是就"金玉"为比来说的。古人认为宝物都有宝气，即使埋藏再深，宝气也要表现出来。这一层是以"金玉"作比。"故"字从金玉的比喻引到苏子美的文章，其光芒也是遮掩不了的。虽然人被除名，但"文章已自行于天下"，这和上文"不能销蚀"的比喻一致。"虽"字起又推进一层，不但"行于天下"，就连那些想置苏子美于死地的怨家仇人，也不能"少（稍）毁而掩蔽"苏的文章。这一层大为苏文吐气。以下"凡人之情"两句，是根据《汉书·扬雄传赞》"桓谭曰：凡人贱近而贵远"，曹丕《典论·论文》"常人贵远贱近，向声背实"的话变化而成的，宕开一笔，然后以"屈于今世"应"贱近"，"伸于后世"应"贵远"，拍回到苏子美：子美"屈于今世"，而其文犹能如此（已自行于天下而不能毁灭掩蔽之），那么"其伸于后世"又会如何呢？因为前面的论述已经充分，结语用"宜如何也"的虚问反诘，比直接正面陈述，更耐人寻味。"公其可无恨"一句，既回应上段"子美，杜氏婿也"，又从个人"可无恨"引出下文为国家而恨。这句话是安慰杜衍，同时也表明杜衍原来是"有恨"的。这个恨的根据就是上文的"子美屈于今世"的"屈"。

第三段是从文章和时世政治兴衰的关系，为苏子美鸣不平。文章由远及近，由抽象到具体。"予尝考前世文章政理之盛衰"，从上段看，又是宕开一笔；从本段看，则为总领下文。"而怪"以下，以前世情况，引出人才难得，必当爱惜的结论。这里用"三王（夏禹，商汤，周文、武）之盛"和"五代（宋、齐、梁、陈、隋）之余习"对比。从贞观到元和又百余年，以见文章复兴之难。后人称唐代古文家以"韩柳"为宗，这里称"韩、李之徒"，是因为欧阳修从儒家道统着眼,认为李翱思想比柳宗元"醇正",而"之徒"二字就包括了另外从事古文创作的人物。"始复于古"就是后来苏轼称韩愈"文起八代之衰"的话。"始复于古"又和下文"始盛于今"相对,这样,文章便从"自古"到"唐代"到"今"。如果不会做文章的人,就会迫不及待地提到苏子美。而作者从容不迫做个小结:"自古治时少"起强调"何其难之若是",再逼出"岂非难得其人欤"的结论。这两句,一句感喟,一句反诘,极言振兴文运之难,就更加看出苏子美"屈于今世"之可惜。下面"苟"字起,又用假设语气,说明当世应该爱惜这样的人才。用"世其可不为之贵重而爱惜之欤"的语气,比直陈更富有感情。这里一字未提苏子美,但联系一、二两段,处处都是为苏子美而发。上面的文势蓄足了,然后"嗟吾子美"四字,一声长叹,使人如闻其声。"以一酒食之过,至废为民,而流落以死"和上文"贵重而爱惜"是鲜明的对照,自然应"叹息流涕",为当政者失此贤材而痛惜。这里用一个长句,和上一段"公其可无恨"的短句对照,杜衍从子美个人想可以"无恨",执政用人者从人才难得着想应该痛惜。这一段说明子美生于治世而又能文,竟然以小过而遭废黜,无限惋惜之情跃然纸上。

第四段是从上段"古文始盛于今"申说其复兴过程,强调苏子美是真正的"特立之士"。欧阳修之赞扬苏子美鄙弃时文专事古文的见识毅力,这里的两个"独"字至关重要。一是(仁宗)天圣年间,时文盛行,"而子美独与其兄才翁,及穆参军伯长作为古歌诗杂文",不顾时人的"非笑"。等到天子提倡古文,"学者"才"稍趋于古","独子美为于举世不为之时",能"始终自守,不牵世俗趋舍",真正是"特立之士"。这是从文章说到子美的精神品质,引到第五段。

第五段写其品格,深哀其不幸。作此《序》时,欧阳修还没有为苏子美写墓志,所以先用两句交代生平,看似平平,其实无限惋惜之情已从"而废""以卒"里传达出来。接着写其状貌性格,这和上段"特立之士"相呼应。"其材虽高"以下,痛斥当时的小人借打击子美以倾陷大臣的险恶用心。然后归美于"天子聪明仁圣",保全多人,使小人之意不能得逞,而主要托出"而子美独不幸死矣"。这个"独"字和上段两个"独"字相映照,悲苦尤甚。"岂非其命也。悲夫!"这是无可奈何的话。联系第三段看,这话言外对新政失败后的执政者深致不满。

这篇序文是欧阳修文章中的精品。因为苏子美是欧阳修志同道合的好友,又是极为难得的人才。这样一位有特立独行的有志之士,却横受冤屈以致罢废而死。所以为他的文集作序,先从其文章的价值说到其不幸遭遇,为其鸣不平。全文把叙事、议论、抒情融为一体。在称呼上,"予友苏子美","嗟吾子美","而子美独不幸死矣",语含悲哀,催人泪下;在结构上开合变化,一浪高似一浪,一层深似一层;在语言上,长短句、正反意,错综变化,一唱三叹,充分表现散文的音节美,值得反复吟诵玩味。

(周本淳)

《释秘演诗集》序

原文

予少以进士游京师①，因得尽交当世之贤豪。然犹以谓国家臣一四海，休兵革，养息天下以无事者四十年②，而智谋雄伟非常之士，无所用其能者，往往伏而不出，山林屠贩，必有老死而世莫见者，欲从而求之不可得。

其后得吾亡友石曼卿③。曼卿为人，廓然有大志，时人不能用其材，曼卿亦不屈以求合。无所放其意，则往往从布衣野老，酣嬉淋漓，颠倒而不厌。予疑所谓伏而不见者，庶几狎而得之，故尝喜从曼卿游，欲因以阴求天下奇士。

浮屠④秘演者，与曼卿交最久，亦能遗外世俗，以气节相高。二人欢然无所间。曼卿隐于酒，秘演隐于浮屠，皆奇男子也。然喜为歌诗以自娱，当其极饮大醉，歌吟笑呼，以适天下之乐，何其壮也！一时贤士皆愿从其游，予亦时至其室。十年之间，秘演北渡河，东之济、郓⑤，无所合，困而归。曼卿已死,秘演亦老病。嗟夫,二人者予乃见其盛衰,则予亦将老矣夫!

曼卿诗辞清绝,尤称秘演之作,以为雅健有诗人之意。秘演状貌雄杰,其胸中浩然,既习于佛,无所用,独其诗可行于世,而懒不自惜。已老,胠其橐,尚得三四百篇,皆可喜者。

曼卿死,秘演漠然无所向。闻东南多山水,其巅崖崛峍⑥,江涛汹涌,甚可壮也,遂欲往游焉,足以知其老而志在也。于其将行,为叙其诗,因道其盛时,以悲其衰。

庆历二年十二月二十八日,庐陵欧阳修序。

〔注〕

①　少以进士游京师:欧阳修于宋仁宗天圣八年(1030)中进士,时年二十四岁。
②　臣一:统一。自最后一个割据政权北汉于太平兴国四年(979)降宋,国内平定。景德元年(1004)与契丹和议成,南北罢兵,至庆历二年约四十年。
③　石曼卿(991—1041):字延年。先世为幽州人,后徙居宋城(今河南商丘)。平生豪气磊落,官至秘阁校理。文章劲健,诗辞清绝,为欧阳修所推重。
④　浮屠:即佛陀,一译作"浮图"。这里指佛教徒。

⑤　济：济州,治今山东巨野。郓：郓州,治今山东东平。

⑥　崛峍(jué lù)：崎岖陡峭。

鉴赏

　　宋仁宗康定二年(1041),欧阳修的好友石延年(曼卿)去世。庆历二年(1042),石延年的方外知交秘演离京去东南一带。临行之际,苏舜钦作《赠释秘演》长诗,欧阳修和尹洙为秘演诗集作序。就通常的序跋文字来说,是以议论评断为主,但这篇序文的重点并不是在评说秘演的诗作,而是通过叙述秘演的平生,抒写友朋间的深厚情谊和人生盛衰感慨,以及奇士贤豪不能为时所用而终致困死的郁勃之情。文中摒弃空泛浮滥的称扬谀赞,以浓墨重彩叙事写人,散发着浓郁的抒情气息,显示出作者不落凡俗的胸襟和独出机杼的文思。

　　层层铺垫,步步映衬,是本文的显著特色。未写秘演之前,先写自己渴望交结"智谋雄伟非常之士"的心情,然后写"得吾亡友石曼卿",称赏其人"廓然有大志",慨叹"时人不能用其材",以石曼卿作为写秘演的衬笔。写秘演之前,先写石曼卿,因为他们二人"交最久",石曼卿磊落不凡,秘演"亦能遗外世俗,以气节相高",表赞秘演其人。"交最久",表明二人相知之深,志趣之合,情谊之厚。石曼卿不得志而隐沉于酒,秘演也因不得志而隐伏于空门,形式上虽略有别,而奇男子不能伸其志负则是其所同。写秘演,不得不写石曼卿;写石曼卿,正是为了写出秘演。文中写到秘演诗作时,仍然以石曼卿作衬："曼卿诗辞清绝,尤称秘演之作,以为雅健有诗人之意。"用石曼卿的话代替了自己的评赞。这是因为石曼卿与秘演相交最久,知之最深,评断自然最为得当;而石曼卿本人诗作清绝,则其所称赏者定自佳妙,作者无庸再作赘言,文笔简要精妙。最后写到"曼卿死,秘演漠然无所向",始终将秘演与石曼卿绾合在一起,互为映衬,相得益彰。

按题是为秘演诗集作序,但其主要笔墨却在写人与抒情,文中反复回荡着智谋雄伟之士不能为时所用的深沉感慨。他写亡友石曼卿胸怀大志,但未得伸展,只能沉溺于酒;与石曼卿相交的秘演,也是一位奇男子,超脱世俗,"其胸中浩然,既习于佛,无所用,独其诗可行于世",满腹经纶,不能为时所用,而用以自娱的歌诗却能行之于世!言下不胜感慨。石曼卿、秘演壮年时,豪迈纵放,常常痛饮高歌,气势非凡,许多贤士豪客都愿从之游,有着广泛的影响。然而,十年之后,秘演北渡黄河,东游济、郓,期望有所遇合,但最后失望而归,石曼卿已经去世,秘演也衰老多病。作者从这两位奇男子的一生遭际,慨叹人生的盛衰浮沉。最后再以石曼卿死后,秘演极为孤寂,而有离京去东南之行,写出秘演失去好友的感伤,实际上蕴含着作者本人对亡友的深沉怀念之情。结尾以"于其将行,为叙其诗",揭示作序的背景,以"因道其盛时,以悲其衰"收合全文,感慨深沉。对于以评述、议论为主的序跋文字来说,这篇以叙事、写人、抒情取胜的序文可称"别格",但这种"别格"却真正表现了欧阳修散文摇曳多姿、情韵悠长的"六一风神"。

(钟　陵)

《新五代史·一行传》序

原文

　　呜呼！五代之乱极矣，传所谓"天地闭，贤人隐"之时欤！当此之时，臣弑其君，子弑其父，而搢绅①之士安其禄而立其朝，充然无复廉耻之色者，皆是也。吾以谓自古忠臣义士多出于乱世，而怪当时可道者何少也！岂果无其人哉？虽曰干戈兴，学校废而礼义衰，风俗隳②坏，至于如此；然自古天下未尝无人也。吾意必有洁身自负之士，嫉世远去而不可见者。自古材贤，有韫③于中而不见于外，或穷居陋巷，委身草莽，虽颜子之行，不遇仲尼而名不彰，况世变多故而君子道消之时乎？吾又以谓必有负材能、修节义而沉沦于下，泯没而无闻者。求之传记，而乱世崩离，文字残缺，不可复得，然仅得者，四五人而已。

　　处乎山林而群麋鹿，虽不足以为中道④，然与其食人之禄，俛⑤首而包羞，孰若无愧于心，放身而自得。吾得二人焉，曰郑遨、张荐明。

势利不屈其心，去就不违其义，吾得一人焉，曰石昂。

苟利于君，以忠获罪而何必自明；有至死而不言者，此古之义士也。吾得一人焉，曰程福赟。

五代之乱，君不君，臣不臣，父不父，子不子，至于兄弟、夫妇，人伦之际，无不大坏，而天理几乎其灭矣。于此之时，能以孝弟⑥自修于一乡而风行于天下者，犹或有之，然其事迹不著而无可纪次，独其名氏或因见于书者，吾亦不敢没。而其略可录者，吾得一人焉，曰李自伦。

作《一行传》。

〔注〕

① 搢绅：插笏于衣带间。搢，插；绅，大带。古仕宦者垂绅搢笏，因称士大夫为搢绅。
② 隳（huī）：毁坏。
③ 韫（yùn）：藏。
④ 中道：中庸之道。
⑤ 俛（fǔ）：同"俯"。
⑥ 弟：同"悌"。

《新五代史》是欧阳修私修的史书。其中的《一行传》是参照《后汉书·独行传》而写的合传。这类传纪撷取传主的某一方面的突出表现(一行)立传,而不像对一些重要人物那样详述功业官历。这里只选了《传》的《序》,叙述他写这篇传的缘由和主要人物。

全文除最后一句外,分五小节,共两大部分。第一节为一大部分,叙述作传的缘由,是这篇序的主体。文章纡徐委曲,一唱三叹。"呜呼"二字未言先叹,这是有道理的。五代可说是中国历史上最乱的时期。欧阳修在《本论·上》说五代"五十三年之间,易五姓十三君,而亡国被弑者八,长者不过十余岁,甚者三四岁而亡"。欧阳修的儿子欧阳发等说:"其于《五代史》尤所留心,褒贬善恶,为法精密,发论必以'呜呼',曰:'此乱世之书也。'"(《欧阳文忠公集·附录》卷五《事迹》)"五代之乱极矣",总评一句,然后引用《易·坤·文言》的话来感喟。"天地闭,贤人隐",指极端黑暗的时期,贤人潜隐不用于世,五代时正表现这个特点;句末用"欤"而不用"也",文字更为空灵。接着再用"当此之时"一提,从三方面写"乱之极矣"。这是第一层。"吾以谓"起是第二层,一波三折。"疾风知劲草,板荡识忠臣"。五代的乱极,应该忠臣义士特多,而怪其何少。"岂果无其人哉?"用虚转传神。"虽曰"与"然",又成转折,从"何少"说到应该有人。"吾意"以下提出推论的根据。从逻辑说,应该先写理由,再下判断;从文章说,往往先下判断,再申述理由,文势更有起伏。以颜子为证,说明岩穴之士没有仲尼表彰也不被人知,何况五代这样的乱世!前面用"天地闭,贤人隐",这里又用"君子道消"相呼应。这第二层主要在说必然有人,但不易发现。接着用"吾又以谓"四字和前一层对照,为第三层,认为一定有人,转入下面搜求人物事迹立传的根据。"求之传记"以下又为一层,先说世乱事湮,不可复得,然后说仅得"四五人而已",一语中,得之之难与求之之力并见。下文明明提到五人,这里为什么说四五人?这不是疏忽,看得到欧阳修造句遣词的深刻用心。下文五人,张荐明是附在郑遨传后,连类而及,五人只有四种类型,所以这样说法。以上是这篇文章的主体部分。

下面每一小节,叙述一种类型的人物。提郑遨、张荐明,采用先抑后扬的办法。先说他们"处乎山林而群麋鹿"不足为"中道",因为孔子说过"鸟兽不可与同群"的话,欧阳修是以孔子思想为指针的;但着一"虽"字,为下文的表扬伏了线。"与其""孰若"这种取舍句法,表现舍前取后。这和文章开头"搢绅之士安其禄而立其朝,充然无复廉耻之色"正相映照。《郑遨传》里说他见到世乱就入少室山做道士,唐明宗、晋高祖时用官位征召他,他都不出仕。这是"无愧于心,放身而自得"。张荐明后来也做了道士。把这两人写在前面,正是和"搢绅之士"做对照,表扬他们,也就是批评那些"俛首而包羞"的官儿。

石昂本来不求仕进。节度使符习高其行,召以为临淄令。符习入朝京师,监军太监杨彦朗代理工作。石昂因公事到府里上谒,"赞者以彦朗讳'石',更其姓曰'右'。昂趋于庭,仰责彦朗曰:'内侍奈何以私害公!昂姓"石",非"右"也。'"彦朗大为恼火,"拂衣起,去。昂即趋出,解官还于家"。而且告子孙勿出仕乱世,以己为戒。欧阳修在传里写得很详细,这里只用"势利不屈其心,去就不违其义"十二个字概括石昂的主要精神。

程福赟发现有人谋反放火,就把叛乱制止了。当时因为契丹入寇,后晋出帝出征在外,怕张扬出去,动摇民心,所以就未把此事报告天子。他的部下李殷想夺他的位置，就诬告程福赟谋反，下狱，人都以为冤枉，程却不辨白，终于被杀，欧阳修赞美这种行为称得上"古之义士"，为了国家大局，宁愿负屈而死。"忠"，在当时已非常难得；"以忠获罪，至死不言"，这就尤为难得。

李自伦的主要事迹就是"六世同居"。这个人放到最后，先把产生他的环境叙述一下：五代之乱，"人伦之际，无不大坏，而天理几乎其灭矣"。这与本篇开头"呜呼！五代之乱极矣"，"臣弑其君，子弑其父"相呼应。在这样环境下"能以孝弟自修于一乡而风行于天下"，就尤值得大书特书，所以先写环境，再提李自伦的名氏，从结构上看又很好地回应篇首。

这篇文章，于四个传主的安排煞费苦心，叙述的方式也富于变化，但是有一个句式"吾得一（二）人焉"却四次都重复使用，句式一律，以反映搜求不易。这在变化中又有不变。在行文方面，欧阳修善于把感情融合于叙事、议论之中。叙述、评议和感喟交织在一起，回环往复，一唱三叹，令读者有悠然不尽、回味无穷的感受。桐城派古文家刘大櫆评此序"慨叹淋漓，风神萧飒"，实际上这正是欧公叙事之文深得太史公笔法神理的典型作品。

（周本淳）

《新五代史·伶官传》序

原文

呜呼！盛衰之理，虽曰天命，岂非人事哉！原庄宗①之所以得天下，与其所以失之者，可以知之矣。

世言晋王②之将终也，以三矢赐庄宗而告之曰："梁③，吾仇也；燕王④，吾所立；契丹⑤与吾约为兄弟，而皆背晋以归梁。此三者，吾遗恨也。与尔三矢，尔其无忘乃父之志！"庄宗受而藏之于庙。其后用兵，则遣从事以一少牢告庙，请其矢，盛以锦囊，负而前驱，及凯旋而纳之。

方其系燕父子以组，函梁君臣之首，入于太庙，还矢先王而告以成功，其意气之盛，可谓壮哉！及仇雠已灭，天下已定，一夫夜呼，乱者四应，苍皇东出，未及见贼，而士卒离散，君臣相顾，不知所归；至于誓天断发，泣下沾襟，何其衰也！岂得之难而失之易欤？抑本其成败之迹而皆自于人欤？《书》曰："满招损，谦受益。"忧劳可以兴国，逸豫可以亡身，自然之理也。故方其盛也，举天下之豪杰莫能与之争；及其衰也，数十伶人困之，而身死国灭，为天下笑。

夫祸患常积于忽微，而智勇多困于所溺，岂独伶人也哉！作《伶官传》。

〔注〕

① 庄宗：后唐庄宗李存勖（885—926），五代后唐王朝的建立者。公元923—926年在位。

② 晋王：即李克用（856—908），唐沙陀部人。曾率沙陀兵镇压黄巢起义军，受唐封晋王。其子存勖建立后唐，他被追尊为太祖。

③ 梁：指后梁太祖朱温（852—912）。公元907—912年在位。宋州砀山（今属安徽）人。唐时曾任宣武节度使，封梁王。他是中原最大的军阀，与李克用长期争夺河北地区，结仇颇深。

④ 燕王：指刘仁恭（？—914）。唐末、五代时深州乐寿（今河北献县）人。初为幽州军校，后投李克用，旋又背叛。其子称大燕皇帝。这里称仁恭燕王是笼统的称呼。

⑤ 契丹：指契丹首领耶律阿保机。他曾与李克用约为兄弟，后背叛，与后梁通好。

鉴赏

在"序跋类"古文中，《新五代史》里的一些序，是和《史记》里的《汉兴以来诸侯年表序》《秦楚之际月表序》等同样著名的。清姚鼐《古文辞类纂序目》云："余撰次古文辞，不载史传，以不可胜录也。惟载太史公、欧阳永叔表志序论数首,序之最工者也。"其中的《伶官传序》,明代古文家茅坤推为"千年绝调",虽未免溢美,然而跌宕唱叹,情韵绵远,确乎得《史记》神髓而不袭其貌。

《新五代史》"发论必以'呜呼'",这篇《伶官传序》也不例外。为什么一上来就要"呜呼"呢?这和欧阳修所处的时代以及他的政治态度、政治遭遇有关。《欧阳文忠公集·附录》卷五载欧阳修的儿子欧阳发等所述《事迹》中有云:"先公……自撰《五代史》七十四卷……褒贬善恶,为法精密。发论必以'呜呼',曰:'此乱世之书也。'其论曰:'昔孔子作《春秋》,因乱世而立治法。余述本纪,以治法而正乱君。'此其志也。"

《东皋杂志》的作者曾说:"神宗问荆公(即王安石):'曾看《五代史》否?'公对曰:'臣不曾仔细看,但见每篇首必曰"呜呼",则事事皆可叹也。'余谓公真不曾仔细看;若仔细看,必以'呜呼'为是。"认为五代之事可叹,故多用"呜呼",这是搔到了痒处的;但还忽视了更重要的一面。

五代是中国历史上出名的乱世。北宋王朝建立以后,生产得到了恢复和发展,社会得到了暂时的相对稳定。然而紧接着,统治者日益荒淫腐化,社会矛盾日益扩大加深。到了仁宗庆历初年,以王伦、李海等为首的人民暴动接踵而起,西夏又侵扰西北边境,屡败宋军。欧阳修、范仲淹等人针对当时的弊政,力图实行政治改革,以挽救北宋王朝的危机,却接二连三地遭到当权派的打击。在这种情况下,欧阳修忧心忡忡,很耽心五代惨痛历史即将重演。而宋太祖时薛居正奉命主修的《旧五代史》又"繁猥失实",无助于劝善惩恶。于是自己动手,撰成了七十四卷的《新五代史》,通过对五代政治与历史人物的记述、描写和批判,表现了他对北宋王朝的忧虑和对当时弊政和当权派的不满。这篇《伶官传序》，和《宦者传论》《唐六臣传论》等一样，既是史评，也可以说是针对北宋的现实而发的政论。它以"呜呼"开头，并非无病呻吟，而是寓有无穷的感慨的。

《伶官传序》是冠于《伶官传》前的短序，旨在说明写《伶官传》的意图。很明显，有关伶官的事实，自然应该写在传里。事实上，关于后唐庄宗（李存勖）宠幸伶官景进、史彦琼、郭门高等，任其败政乱国的史实，正是写进了《伶官传》里的。那么，既要写明作传意图，又要避免和传文重复，就难免概念化。欧阳修的这篇短序之所以写得好，就在于既避免了和传文重复，又说明了作传意图，而文字生动，形象鲜明，毫无概念化的毛病。

"呜呼！盛衰之理，虽曰天命，岂非人事哉！"文章劈头就讲大道理；而"呜呼"与"哉"相呼应，却造成极其浓烈的抒情气氛。"盛衰"二字是全篇眼目，"虽曰天命"一纵，"岂非人事哉"一擒，"天命"是宾，"人事"是主。从感慨万千的叹息声中，读者已不难觉察：有些人忽略"人事"而将国家的"盛衰"委于"天命"，正是作者所痛心的。而他的写作意图，也已经呼之欲出。

论点一经提出，即须摆出事实来。"原庄宗之所以得天下，与其所以失之者，可以知之矣"，便是过渡到摆事实的桥梁。桐城派古文家刘大櫆认为此句较弱，拟删去。在全文中，这一句的确弱一些。然而起势横空而来，此后叙事的一段又笔笔骞举；在二者之间，还是需要有这么个文气迂缓的句子调剂一下的。一张一弛，也适用于文章作法。何况，"庄宗之所以得天下"，应"盛"，"所以失之者"，应"衰"；而下文将要写什么，也交代得一清二楚。有了它，文章的脉络就更加分明了。

接下去，自然要先写"庄宗之所以得天下"。而庄宗李存勖得天下的全部过程，已经写入《唐本纪》了。何况，即使冒重复之嫌，在这里写出李存勖得天下的经过，也必将造成文势的拖沓，且不合"序"的体制。那又怎么办呢？

写一部书，像缝一套衣服一样，如何剪裁，是要作全盘考虑的。仅从这篇小序着眼，已经可以看出欧阳修在全书的总的构思方面，付出了多少心血！遍读《新五代史》，就会发现：此下所写的关于李存勖得天下的事实，不仅在《唐本纪》和《伶官传》里都没有写，而且在其他任何篇里也不曾涉及。这大约有两个原因。其一是：在通盘考虑之后，觉得这些事实留在这里写最合适，因而在其他篇里不写。其二是：这些事实本身的真实性还有问题，不便写入有关的"纪""传"；但其精神还是符合晋王（李克用）和庄宗的情况的，因而写在这篇"序"里，"虚寄之于论以致慨"。看来这二者都有，而后者的成分更大。所以先用"世言"二字冒下。

比欧阳修早生五十多年的王禹偁在《五代史阙文》中写道："世传武皇（李克用）临薨，以三矢付庄宗曰：'一矢讨刘仁恭；汝不先下幽州，河南未可图也。一矢击契丹……阿保机与吾把臂而盟，约为兄弟，誓复唐家社稷，今背约附梁，汝必伐之。一矢灭朱温。汝能成吾志，死无憾矣！'庄宗藏三矢于武皇庙庭。及讨刘仁恭，命幕吏以少牢告庙，请一矢，盛以锦囊，使亲将负之以为前驱；及凯旋之日，随俘馘纳矢于太庙。伐契丹、灭朱氏亦如之。"开头用"世传"二字，也见出王禹偁的严肃态度。对于这些事实，司马光在《资治通鉴考异》卷二十八中通过考证，作了这样的结论："庄宗初嗣世……未与契丹及守光（燕王）为仇也。此盖后人因庄宗成功，撰此事以夸其英武耳。"胡梅磵则认为："晋王实怨燕与契丹,垂殁以属庄宗,容有此理。"姑无论这些事本身可信不可信,而李存勖"英武"是真实的,后来也确曾"系燕父子以组,函梁君臣之首"。因而写进这篇序里,并没有什么不可以。而且,这些本来用以夸赞李存勖"英武"的情节,正适合于说明他所以"盛"全在于"人事"。

"世言"两字,直冒到"及凯旋而纳之"。事实根据王禹偁的记载,而文字却更精练、更生动、更传神。其中写李克用临终之言和"与尔三矢"的动作,真是绘声绘色!简短的几句话,说得很急促,很斩截;追述已往的恨事,激励复仇的决心,如闻切齿之声,如见怒目之状。写李存勖受父命,只一句:"受而藏之于庙"。而"受而藏"的行动,却既表现了他的坚定意志,也流露出他的沉重心情。而这,又为后面杀敌致胜的描写和"忧劳可以兴国"的论断埋下了伏线。

从"晋王之将终"到"及凯旋而纳之","庄宗得天下"似乎已经写完了。但在这里,关于李存勖复父仇的事未免写得太简括,不足以落实那个"盛"字。然而别忙!看来这是作者有意安排的。用"及凯旋而纳之"一收,却立刻用"方其……"承上提起,作了追叙;并在追叙的基础上作出判断,表明了作者的态度。由几个既对偶又错落的短句构成的长句,一口气读下去,有如迅雷猛击、暴雨骤至、烈风巨浪相激搏。就李存勖说,"其意气之盛,可谓壮哉";就作者的行文说,也是"其意气之盛,可谓壮哉"!

从"及仇雠已灭"到"何其衰也"写"失天下",夹叙夹议,极概括而又不乏形象性。读之只觉阴风飒飒,冷雨凄凄,与前一段形成鲜明的对照:就史实说,一"盛"一"衰";就文势说,一扬一抑。两相激射,而作者肯定什么,否定什么的情绪,也洋溢于字里行间,给读者以强烈的感染。

　　光看这一段文字,对李存勖失天下的具体过程自然还不甚了了。但这不能责怪作者,因为那些事实全写入了《伶官传》。作为《伶官传》的序,只要提几笔就够了。

　　接下去,用"岂得之难而失之易欤? 抑本其成败之迹而皆自于人欤"两个反诘语一宕,既承上,又转下。前一句照应"得失""天命",是陪笔;后一句照应"岂非人事",是主意。"《书》曰"以下,紧承第二个反诘语,用"'满招损,谦受益。'忧劳可以兴国,逸豫可以亡身,自然之理也"几句,充实开头提出的论点,揭示李存勖得天下与失天下的根源。"故方其盛也……"与"及其衰也……"两层,回应"盛""衰",先扬后抑,一唱一叹。如李恖伯所说:"虽仍就后唐之盛衰反复咏叹,而神气已直注于结末三句。"

　　作者通过李存勖得天下与失天下的事实,阐明了"满招损,谦受益","忧劳可以兴国,逸豫可以亡身"的"自然之理",从而有力地体现了他的写作意图(在《伶官传》里,便着重写李存勖得天下以后溺于伶人,如何"满"、如何"逸豫"的事实)。行文至此,似乎可以收束了。但他还嫌不够,又推开一步,提出更有普遍性的两个问题感慨作结。从文意上说,更见得语重心长;从文势上说,也显得烟波不尽:真有"篇终接混茫"之妙。而其所以语重心长,正由于作者忧国情深。当时的北宋王朝,表面上虽称"盛世",但其实已经危机四伏。"祸患常积于忽微",难道不应该及早注意,防微杜渐吗? 当时的北宋统治者,固然不像李存勖那样溺于伶人;然而"智勇多困于所溺",足以溺人者,"岂独伶人也哉"! 难道不应该提高警惕,居安思危吗? 作者写这篇文章,分明是痛恨当时统治者的"满""逸豫"和溺于奸邪小人,希望他们从李存勖那里吸取历史教训的。

这篇用以"序"《伶官传》的文章,实质上是论说文,所以不少人管它叫《伶官传论》;但又和非文艺性的论说文不同。写李克用愤恨填膺,须眉皆动;写李存勖始而英毅,继而衰飒,神态如生:极富形象性,而又跌宕唱叹,情深韵远,于尺幅短章中见萦回无尽之意。《文章精义》的作者曾说欧阳修的文字"遇感慨处便精神"。这里所谓"精神",除了语言的平易畅达、富有音乐感而外,最基本的因素,恐怕就和这"感慨"有关。而欧阳修的感慨,则如前面所说,来自北宋王朝的危机,来自他为争取实行政治改革而受到的政治打击。

(霍松林)

读李翱文

原文

予始读翱《复性书》三篇,曰:此《中庸》之义疏尔。智者诚其性,当读《中庸》;愚者虽读此不晓也,不作可焉。又读《与韩侍郎荐贤书》,以谓翱特穷时愤世无荐己者,故丁宁如此;使其得志,亦未必。然以韩为秦汉间好侠行义之一豪俊,亦善论人者也。最后读《幽怀赋》,然后置书而叹,叹已复读,不自休。恨翱不生于今,不得与之交;又恨予不得生翱时,与翱上下其论也。

凡昔翱一时人,有道而能文者,莫若韩愈。愈尝有赋矣,不过羡二鸟之光荣,叹一饱之无时尔。此其心使光荣而饱,则不复云矣。若翱独不然,其赋曰:"众嚣嚣而杂处兮,咸叹老而嗟卑;视予心之不然兮,虑行道之犹非。"又怪神尧①以一旅取天下,后世子孙不能以天下取河北,以为忧。呜呼,使当时君子皆易其叹老嗟卑之心为翱所忧之心,则唐之天下岂有乱与亡哉!

然翱幸不生今时，见今之事，则其忧又甚矣，奈何今之人不忧也！余行天下，见人多矣，脱有一人能如翱忧者，又皆贱远^②，与翱无异；其余光荣而饱者，一闻忧世之言，不以为狂人，则以为病痴子，不怒则笑之矣。呜呼，在位而不肯自忧，又禁他人使皆不得忧，可叹也夫！

景祐三年十月十七日，欧阳修书。

〔注〕

① 神尧：指唐高祖李渊，他的谥号为"神尧皇帝"。
② 贱远：指职位低微、被朝廷贬斥在远方的人。这里暗指范仲淹等。

鉴赏

《读李翱文》是一篇读后感。李翱为中唐散文家、哲学家，韩愈的学生，在当时颇有文名。这篇文章是写读了李翱之文后的感想慨叹。清人林云铭说："是篇虽赞李翱，却是借李翱作个引子，把自己一片忧时热肠血泪，向古人剖露挥洒耳。文之曲折感怆，能令古今来误国庸臣无地生活。"（《古文析义》二编卷七）这段话很好地道出了此文思想和艺术的特点。

文章借题发挥，用心良苦。它作于宋仁宗景祐三年（1036）。

其时,主张改革弊政的范仲淹因触怒宰相吕夷简而遭贬谪,朝臣纷纷论救,唯独谏官高若讷含糊不言,事后反而落井下石,诋毁范氏,以为有罪当贬。欧阳修出于义愤,写信给高若讷,斥责他"不复知人间有羞耻事",后高把此信上奏给宋仁宗,欧阳修因此而被贬为夷陵(今湖北宜昌)令。这篇文章就是在赴夷陵途中写的,它的本意和侧重点并不在于评价李翱之文,而只是借着谈李翱的文章,赞李翱的为人,把自己当时对时世的忧念和对保守派阻挠革新的愤懑倾泄出来。

欧阳修的散文以委婉曲折、平易柔美著称。"纡徐委备,往复百折,而条达疏畅,无所间断;气尽语极,急言竭论,而容与闲易,无艰难劳苦之态"(苏洵《上欧阳内翰书》),这种特色,在此文中表现得很典型。作者在全文三大段中,运用多种手法,由远及近,曲折写来,逐渐把文章推向高潮,突现主旨。

第一段用欲扬先抑法。所谓"读李翱文",主要是写读了李翱的《幽怀赋》后的所感所叹,但文章在此以前作了层层铺垫,对比映衬。作者先说读了李翱的《复性书》的看法。《复性书》是李翱的代表性文章,有上中下三篇,内容是以《中庸》为理论根据,提出人有性和情两个方面,认为"情有善有不善,而性无不善也",要求去情复性。作者认为该文写得不好,只是给《中庸》作注释而已,理解能力强的人可以不读它而直接读《中庸》,理解能力弱的人则读它也读不懂,这样的文章可以不写。此纯为"抑"。次说读了李翱的《与韩侍郎荐贤书》的看法。作者认为李翱不得志时愤于当世无肯荐拔自己的人,故说这番话,如果得志就未必如此;但又说信中对韩愈的"好贤",仅比之于"秦汉间好侠行义之一豪俊"之所为,评论得很恰当。此为"抑"中有"扬",以"抑"为主。最后才写到读了《幽怀赋》后的赞赏,并为自己和李翱生不同时而嗟叹不已。经过这样的先抑后扬,蓄势衬托,再来表现对李翱的钦佩之情和知己之感,就显得更加深挚浓烈。

第二段用抑彼扬此法。这段开始并不直接承继上文,一下子写明《幽怀赋》的什么内容感动了自己,而是先插入韩愈文章以为对照,似断而实连。韩愈是欧阳修倾心推崇的人物,这里就肯定地说:"凡昔翱一时人,有道而能文者,莫若韩愈。"可是对他写的《感二鸟赋》则不以为然。韩愈的这篇赋作于唐德宗贞元十一年(795),当时他仕途失意,三次给宰相上书自荐,都未被理睬,后在离长安东归的路上看到"笼白鸟、白鹦鹆"西行进献天子者,就有感而作此赋。赋中说:"感二鸟之无知,方蒙恩而入幸。唯进退之殊异,增余怀之耿耿。"作者认为韩愈的赋只是为自己不得志发牢骚而已,如果他当时能如二鸟之"光荣而饱",得意作官,就不会写这篇赋了。此处抑韩文的目的是为了扬李赋,所以接着说:"若翱独不然。"笔锋一转,就引出李翱赋中使作者产生共鸣的那几句话:"众嚣嚣而杂处兮,咸叹老而嗟卑;视予心之不然兮,虑行道之犹非。"并肯定李翱为河北藩镇割据的严重局势而引起的忧时之心。欧阳修自己也是个以天下为忧的人,他不满意那种叹老嗟卑,仅仅为个人遭遇发泄不平的诗文,所以把不以个人进退出处为念,唯忧国家治乱安危的李翱引为同调,并结合李翱当时的政治情况,提到系乎有唐一代存亡的高度来加以赞颂。由于文章采取了这种抑彼扬此、对照烘托的手法,使行文更加曲折,而对李翱的称颂也境界更高,分量更重。

第三段则用以古联今法。此文不是为写读后感而写读后感。作者惜唐是为了悲宋,赞李翱之赋是为了抒自己之情,所以这段一开始就承接前文,由李翱所处的时代联系到北宋当时的现状:"然翱幸不生今时,见今之事,则其忧又甚矣。奈何今之人不忧也!"作者生活的仁宗时期比李翱所处的唐代中叶,内忧外患的严重程度有过之无不及,可是作者认为当权者中没有人忧虑时局,不仅自己不忧时,还讥笑打击忧念国运、改革弊政的人,"不以为狂人,则以为病痴子"。作者揭露批判此种"光荣而饱"的人物的行为心态,锋芒尖锐而用笔含蓄。最后,作者愤激地说:"呜呼,在位而不肯自忧,又禁他人使皆不得忧,可叹也夫!"千回百折逼出的这两句话是文章的点睛之笔,也是题旨所在。明代茅坤评得好:"其结胎全在感当时事上,归重于愤世。"(《唐宋八大家文钞·欧阳文忠公文钞》卷三十二)全文如此曲折跌宕,层层递进,由彼及此,由古及今,将作者的忧时之心、愤世之意,尽情吐泄,显得情辞悲怆,感慨浓烈,收到了极好的艺术效果。

这篇读后感属议论文字,言辞也很尖锐犀利,鲁迅就说此文末尾"呜呼"云云几句话"悻悻得很",并把它作为"指斥当路"的"古人并不纯厚"的例子之一加以肯定(《花边文学·古人并不纯厚》)。宋代李涂说:"论及时政,子厚发之以愤激,永叔发之以感叹。"(《文章精义》二〇)还说欧阳修许多文章,"有'呜呼'二字,固是世变可叹,亦是此老文字遇感慨便精神"(同书五一)。这篇文章里就蕴积着他的深沉感叹,作者忧世而不能的愤慨和对守旧的当权派的指斥,表达得柔中见刚,诗意盎然,能引起读者的深长回味。

(吴小林)

记旧本韩文后

予少家汉东[1],汉东僻陋无学者,吾家又贫无藏书。州南有大姓李氏者,其子尧辅颇好学。予为儿童时,多游其家。见有弊筐贮故书在壁间,发而视之,得唐昌黎先生文集六卷,脱落颠倒,无次序,因乞李氏以归。读之,见其言深厚而雄博,然予犹少,未能悉究其义,徒见其浩然无涯,若可爱。是时天下学者,杨、刘[2]之作,号为"时文"。能者取科第,擅名声,以夸荣当世,未尝有道韩文者。予亦方举进士,以礼部诗赋为事[3]。年十有七,试于州,为有司所黜[4]。因取所藏韩氏之文复阅之,则喟然叹曰:"学者当至于是而止尔。"因怪时人之不道,而顾己亦未暇学,徒时时独念于予心。以谓方从进士干禄以养亲,苟得禄矣,当尽力于斯文,以偿其素志。后七年,举进士及第,官于洛阳[5],而尹师鲁[6]之徒皆在,遂相与作为古文。因出所藏昌黎集而补缀之,求人家所有旧本而校

191

定之。其后天下学者亦渐趋于古，而韩文遂行于世。至于今，盖三十余年矣，学者非韩不学也，可谓盛矣。

呜呼！道固有行于远而止于近，有忽于往而贵于今者，非惟世俗好恶之使然，亦其理有当然者。而孔、孟惶惶于一时，而师法于千万世。韩氏之文，没而不见者二百年，而后大施于今。此又非特好恶之所上下，盖其久而愈明，不可磨灭，虽蔽于暂而终耀于无穷者，其道当然也。予之始得于韩也，当其沉没弃废之时，予固知其不足以追时好而取势利，于是就而学之，则予之所为者，岂所以急名誉而干势利之用哉？亦志乎久而已矣。故予之仕，于进不为喜、退不为惧者，盖其志先定而所学者宜然也。

集本出于蜀，文字刻画，颇精于今世俗本，而脱谬尤多。凡三十年间，闻人有善本者，必求而改正之。其最后卷帙不足，今不复补者，重增其故[7]也。予家藏书万卷，独昌黎先生集为旧物也。呜呼！韩氏之文之道，万世所共尊，天下所共传而有也。予于此本，特以其旧物而尤惜之。

〔注〕

① 汉东：汉水以东，指随州（今湖北随州）。欧阳修四岁丧父往随州依靠叔父生活。

② 杨、刘：杨亿、刘筠。其文华靡，石介《怪说》评为"穷妍极态，缀风月，弄花草，淫巧侈丽，浮华纂组"。

③ 以礼部诗赋为事：宋代进士科考试由礼部主持，试策论与诗赋，而以诗赋为主。

④ 为有司所黜：欧阳修于天圣元年(1023)应随州州试，因赋不合官韵，被黜落。

⑤ 举进士及第，官于洛阳：欧阳修于天圣八年赴礼部试，翰林学士晏殊主试，获第一。御试中甲科第十四名，授将仕郎、试秘书省校书郎、充西京(洛阳)留守推官。

⑥ 尹师鲁：欧阳修好友尹洙，字师鲁。

⑦ 重增其故：此句文字疑有讹误。一说保持其原貌，不肯轻率地增补原本。重，难。一说增为"赠"之误。重赠其故，原因是珍重李氏的赠书。

鉴赏

这是一篇书跋文字，以获得一部旧本韩文的始末为中心线索，叙述了三十余年间韩文由埋没不显而至于学者非韩不学的文学风气的变化，并连带而及自己不满意时文，学习韩文，以至"作为古文"，天下学者也"渐趋于古"的过程，实际上也就勾画了北宋古文运动的发展历史。

跋文的第一部分，叙写旧本韩文获得的经过，从时文与韩文的盛衰演变，反映古文运动的产生及其发展。作者先从童年家贫在李氏破旧筐中获得旧本韩愈文集写起，记叙第一次阅读韩文留下的印象和体会：虽限于年幼和理解不深，但已感到韩文"其言深厚而雄博"，"浩然无涯"。在当时的情势下，"未尝有道韩文者"，是因为杨亿、刘筠为代表的骈俪文风行一时，成为天下学者追逐的"时文"，并以此去获取科第，争得仕途出身和名誉地位，与之大相径庭的韩文自然遭到冷落。接着作者叙写自己科举考试不中之后，第二次阅读韩文，对照当时流行的时文，认识和体会比第一次深刻得多，心情也比较复杂。他一方面感叹：学者应当以韩文作为奋斗的目标；另一方面却因为求得仕途出身，养活家口，只能学习时文，而将学习韩文的愿望推迟到科举得中之后。这里道出了科举制度对当时文风的深刻影响，同时也反映了作者对韩文价值的认识，和"尽力于斯文，以偿其素志"的决心，从中也不难发现欧阳修的文学思想的渊源和唐宋古文运动之间的继承关系。作者第三次阅读韩文，则是在他进士及第、为官洛阳之后，也正是他得禄可以养亲、能够偿其尽力于韩文的素志之时，何况还有尹洙等志同道合的好友相互学习琢磨。北宋古文运动由此诞生，而韩愈文章也随之受到越来越多的重视，以至到了"学者非韩不学"的地步。"可谓盛矣"，既写出天下学习韩文的风气，实际上也就道出了北宋古文运动的蓬勃发展和辉煌胜利。作者叙写自己三读韩文的过程，在不经意之间，概括描述了三十余年间的北宋文坛变化，展示了时文与韩文的沉显盛衰的交替，委婉地写出自己与北宋古文运动的产生及其发展的关系、影响，以小见大，寓深意于平常之中。

　　跋文的第二部分,紧接上文的具体叙述发抒感慨。先作一般性的泛论,以圣人之道为例,往往出现当时被人忽视,不能流行,而后世反而得到珍惜并广泛流传的情况。作者认为,这不仅是客观的社会风气的影响,道本身也有一个从不被人认识、理解到逐步认识、理解的过程。孔、孟这两位圣人当年也曾因道不能实行而四处奔走游说,惶惶不安。韩愈文章的遭遇,也同样如此。但一种正确的思想、道理,是不可能磨灭的,即使是遭到埋没,也只是暂时的,时间愈久,愈能显示出它的光辉。作者联系获得旧本韩文以后的经历,回忆第一次获见韩文是它被弃废沉埋的时候,自己已认识到韩文不是用来追取利禄和趋媚时俗的工具,所以决心学习韩文,实是出于趣尚的相合。作者从韩文中更加深刻地认识韩愈的文品、人品;而自己的不屑名利、不随时好的性格、志趣,更进一步地促进自己努力学习韩文:立志与为学相互统一,相互影响。

　　跋文的最后一部分,交代旧本韩愈文集的版本情况。宋代印刷技术发达,就书籍印刷的地区而言,有所谓浙本、蜀本、建本之分,这里所说的"出于蜀",指的是四川刻印的蜀本。欧阳修知识广博,精于考古,对书籍的版本自然十分讲究。他认为这一旧本韩文的优点是文字刻画上精妙,超过流行的一般本子,但缺点是校勘不严,文字的脱落和错误甚多。基于这种情况,所以三十余年中,他听到有精善完美的本子,就极力访求来对照勘正。这个本子的最后几卷残缺不全,没有补全的原因,则是为了保持这一版本的原貌,表明欧阳修是一位精于版本的内行。文章最后写道:"予家藏书万卷,独昌黎先生集为旧物也。"点出这部旧本韩文在万卷藏书中的特殊性,突出自己的珍重、爱惜之情。其原因有二：一是"韩氏之文之道，万世所共尊，天下所共传而有也"。郑重指出韩愈文章本身所具有的文学艺术价值和思想道德价值：就时间角度说，为万世所尊崇；就空间角度说，为天下广泛传播，产生越来越深远的影响。二是"予于此本，特以其旧物而尤惜之"。则着重表明作者对这部旧本韩文有着特殊的感情，它与作者三十余年的生涯、北宋的诗文革新运动密切相连，难以分割。一"特"字，一"尤"字，突出表现了作者对这部旧本韩文的珍爱之情。

（钟　陵）

戕竹记

原文

洛最多竹，樊圃棋错。包箨榯笋之嬴，岁尚十数万缗，坐安侯利，宁肯为渭川①下。然其治水庸，任土物，简历芟养，率须谨严。家必有小斋闲馆在亏蔽间，宾欲赏，辄腰舆以入，不问辟疆，恬无怪让也。以是名其俗，为好事。

壬申之秋，人吏率持镰斧，亡公私谁何，且戕且桴，不竭不止。守都出令：有敢隐一毫为私，不与公上急病，服王官为慢，齿王民为悖。如是累日，地榛园秃，下亡有啬色少见于颜间者，由是知其民之急上。

噫！古者伐山林，纳材苇，惟是地物之美，必登王府，以经于用。不供谓之畔废，不时谓之暴殄。今土宇广斥，赋入委叠；上益笃俭，非有广居盛囿之侈。县官材用，顾不衍溢朽蠹，而一有非常，敛取无艺。意者营饰像庙过差乎！《书》不云："不作无益害有益②。"又曰："君子节用而爱人③。"

天子有司所当朝夕谋虑，守官与道，不可以忽也。推类而广之，则竹事犹末。

〔注〕

① 渭川：《史记·货殖列传》："安邑千树枣，燕、秦千树栗……渭川千亩竹……此其人皆与千户侯等。"

② 不作无益害有益：《尚书·旅獒》："不作无益害有益，功乃成。"

③ 君子节用而爱人：《论语·学而》："道千乘之国，敬事而信，节用而爱人，使民以时。"

鉴赏

　　这篇文章写的是一起戕害竹林之事。事情发生在洛阳，时间在宋仁宗明道元年（1032）。这一年八月宫中大火，烧毁了崇德、长春等八殿。为了修复宫殿，朝廷命各地供给修建材料。洛阳官吏得令后不问需要多少，迅即将所有竹林砍伐一空。作者时在洛阳任西京留守推官，记下了这件事，并就此发表了自己的见解。

　　文章从题前落笔，先写洛竹之利，养竹之艰，竹林之美，主人之好客，言简意赅，生动而具体地展现了洛阳竹林既有巨大的经济价值，又有极高的观赏价值。这就为"戕竹"——一场灾难的到来，作了有力的铺垫和反衬。

　　第二节正面写"戕竹"。先点出时间："壬申之秋"，即明道元年秋天。接着就写大砍大伐。"人吏"四句，句式由长而短，由散而整，用辞斩截，音节急促，将"戕竹"的来势之猛，行动之快，渲染得令人难以喘息。"人吏"之所以有如此来头,原来是"守都"(指河南府的主管官,即西京留守)有令。如此层层邀功,个个卖力,不几天,"樊圃棋错"的竹林,便变成处处"地榛园秃"。而百姓呢?却没有一丝吝惜之情流露于颜面。确实耐人寻味。再读下去,便深感百姓的可怜、可悲,因为他们不仅在物质上作了惨重而无益的牺牲,而且在感情上还遭到一番极大的欺骗和愚弄,则吏之可恨,自在言外。"下亡有啬色少见于颜间者,由是知其民之急上",实在是意味深长的一笔。

作者写过"戕竹"之后,引古证今,加以议论,这就是文章的最后一节。首先指出"伐山林,纳材苇"的目的是"以经于用"。在这个前提之下,地方"不供谓之畔废",但是,官府若不按一定时间采伐聚敛,则"谓之暴殄",更何况不"经于用"呢!现在疆域辽阔,年年赋敛之物积聚甚多,而仁宗亦无大建宫室园囿的奢侈之心,所以朝廷长期积压的各种材料,无不听其朽烂。但是尽管如此,只要有一点意外情况,还是一不问是否需要,需要多少;二不问时间是否合适,便打着"与公上急病"的旗号,层层加码,敛取无度,"不竭不止",结果所取又超过所需,自然又是堆积腐烂。"《书》不云"两句,以正面的教诲之词,婉转而尖锐地批评了上述行为,恰恰是以"无益"于民之举(戕竹),害于民有益之物(洛竹),无"节用爱人"之心显而易见。由记事而评论,最后上升到为官之道。至此,事已记过,理也说透,文章似乎可以结束了,出乎意料,作者又再加生发——"推类而广之,则竹事犹末"。奇峰突起,境界大开。原来"戕竹"一事,只不过是用以折射大千世界的一面小小的镜子。点睛结穴,戛然而止,是所谓实处还虚。大千世界,古往今来,究竟有多少大大小小、形形色色的"戕竹"之事?还是留给读者去思考吧。

　　这篇文章一般选本不大见,其原因大概是觉得它还不能反映欧阳修的"纡徐委备"的风格。其实,它也有值得注意之处。我们知道二十五岁的欧阳修,于天圣九年(1031)到洛阳任西京留守推官,"始从尹洙游,为古文,议论当世事,迭相师友;与梅尧臣游,为歌诗相倡和,遂以文章名冠天下"(《宋史》本传)。可见欧阳修的政治活动与文学活动基本上是同时起步的。这篇文章作于明道元年,也正是这个"起步"阶段的作品。文中所述的为官之道,与他后来主张为政宽简,注重实际,无疑是一脉相承的;那"推类而广之,则竹事犹末"的看法,正可以解释他之所以要赞助、参与范仲淹主持的革弊救民的"庆历新政"。这篇文章不仅采用散体形式,而且内容直接议论时事,干预现实,这也反映了他的进步的政治思想与进步的文学创作,在"起步"阶段就统一在他的实践中。事实证明,他后来反对为文而文,反对"弃百事不关于心"的文风,也不是偶然的;而这对于宋代古文运动的胜利,则是至关重要的一点。这篇文章还显示了这位年轻的西京留守属官欧阳修的踔厉风发、不畏权势的精神风貌,而且这种"果敢之气,刚正之节,至晚而不衰"(王安石《祭欧阳文忠公文》)。可见这篇短文,在表现上虽不能充分反映作者成熟期的文风,但对了解、研究作者思想、创作的发展,乃至作者的品格、为人,都是颇有价值的。这就是我们之所以说它值得注意的原因。

　　　　　　　　　　　　　　　　　　　(赵其钧)

醉翁亭记

　　环滁皆山也。其西南诸峰,林壑尤美。望之蔚然而深秀者,琅邪也。山行六七里,渐闻水声潺潺,而泻出于两峰之间者,酿泉也。峰回路转,有亭翼然临于泉上者,醉翁亭也。作亭者谁? 山之僧智仙也。名之者谁? 太守自谓也。太守与客来饮于此,饮少辄醉,而年又最高,故自号曰醉翁也。醉翁之意不在酒,在乎山水之间也。山水之乐,得之心而寓之酒也。

　　若夫日出而林霏①开,云归而岩穴暝,晦明变化者,山间之朝暮也。野芳发而幽香,佳木秀而繁阴,风霜高洁,水落而石出者,山间之四时也。朝而往,暮而归,四时之景不同,而乐亦无穷也。

　　至于负者歌于途,行者休于树,前者呼,后者应,伛偻提携②,往来而不绝者,滁人游也。临溪而渔,溪深而鱼肥;酿泉为酒,泉香而酒洌;山肴野蔌,杂然而前陈者,太守宴也。宴酣之乐,非丝非

201

竹；射者中③，弈者胜，觥筹交错，起坐而喧哗者，众宾欢也。苍颜白发，颓然乎其间者，太守醉也。

已而夕阳在山，人影散乱，太守归而宾客从也。树林阴翳，鸣声上下，游人去而禽鸟乐也。然而禽鸟知山林之乐，而不知人之乐；人知从太守游而乐，而不知太守之乐其乐也。醉能同其乐，醒能述以文者，太守也。太守谓谁？庐陵欧阳修也。

〔注〕

① 林霏：林中雾气。
② 伛偻：老人。提携：小孩。
③ 射者中：射，指投壶。以矢投壶中，中者胜。

鉴赏

这篇《醉翁亭记》是宋代散文名篇，历来被视为欧阳修的代表作之一。文章的语言平易明畅，写作背景却相当复杂，涵蕴也很丰厚，以致评析此文的主题时，众说纷纭，莫衷一是。

首先要弄清的是：欧阳修为什么一贬滁州，就自号"醉翁"，并以此名亭，作文为记。就这篇文章内容看，那是由于琅邪山的风景使他陶醉，人与人之间亲密淳朴的关系使他陶醉，那香而且冽的酒使他陶醉。因此有人说，欧为此文，意在寓性情于游赏。

或者说，纵情山水，表旷达自放的情怀。但是，这篇文章写于宋仁宗庆历六年（1046），时欧年四十，贬滁州已经一年。他这次被贬，由于论救推行庆历新政诸君子，得罪了守旧官僚。这些人利用他甥女张氏犯法一事，想把他牵连下狱。后来事虽大白，他还是被贬往滁州。欧阳修是个个性刚直的人，读他的《与高司谏书》可知其议论之峻切。现在邪正颠倒，他无端被诬，心中怎么能没有愤懑，又怎么能自放于山水诗酒？十年前，因为支持范仲淹，贬为夷陵县令时，他曾写信给同案被贬的尹师鲁，肯定了尹在谪迁中"益慎职，无饮酒"的自处之道，并批评了那些一遭贬逐，便"傲逸狂醉"的人。十年后的今天，写这篇《醉翁亭记》，竟然畅言饮酒，自号"醉翁"，以至苍颜白发，颓然乎众宾之间，前后矛盾，判若两人。要说这完全是出于性爱游乐，纵情山水，是很难令人信服的。

那么，是不是果如另外一些评论者说的，山水之乐无非是沉郁、压抑心情的饰容，像李白那样，以耽酒自寓其愤世傲岸之情呢？考欧阳修之为人及其所为文，可贵处在一"真"字。他决不会矫情伪饰，自欺欺人。他之所以前后矛盾，其中必有一个难以具言的心理历程。十年前，他写了那封著名的《与尹师鲁书》，透露了一点消息。那信中说，不少前代名人，包括韩愈在内，"一到贬所，则戚戚怨嗟，有不堪之穷愁形于文字，其心欢戚无异庸人。"因此告诫余靖（安道）："慎勿作戚戚之文。"他显然看不起、更不屑做那种患得患失的庸人，他的心有更宽广的天地。再说，受到打击、遭到贬谪就忧戚怨嗟，反而使那些陷害他的人弹冠相庆，无异于为敌张目。因此，他诗酒山林，随遇皆乐，显示自己绝不曾因横遭打击垂头丧气；反而意气自若，心态安怡，表现出泱泱君子的坦荡风怀,铮铮铁骨。这是他在《醉翁亭记》里强调"其乐亦无穷也"的真正原因。再说,滁州"地僻而事简",他于无意中得此闲太守,正所谓不幸中之大幸。滁州又有琅邪林泉之胜足资畅游,可以涤荡胸中积悃。来滁时过一年,朝往暮归,便渐渐得到一种翛然自适之乐,冲淡了心底的烦忧。更何况,守滁一年,能使滁州的人民"乐其岁物之丰成",又幸滁州士人"喜与予游",而"与民共乐"正是"刺史之事"(以上几处引文均见作者写于与本文同时的《丰乐亭记》),更足以使他化忧为乐。怀此乐心,以涉山林,则寓目之景色无不献美于前;以临卮酒,则入口之涓滴无不"饮少辄醉"。"饮少辄醉"也不全限于酒量的大小,而且包含有心之所乐,未饮先如醉一层意蕴。于此可知,由诚人以"无饮酒"发展到"自号醉翁",经历了一个从毋为个人忧患戚戚然借酒浇愁,变为真正"得心寓酒"的心理历程。因此说,这篇文章写作背景相当复杂,分析时不能以偏概全。

从上述分析看,这篇散文涵蕴是非常丰厚的。唯其丰厚,故耐咀嚼。但此文之所以传诵千古,又不限于涵蕴的丰厚,还因为它在艺术上确有独特的成就。欧文最长于抒情。在这篇散文里,他要抒发的是被贬滁州一年后的生活情怀。因此,题目虽是《醉翁亭记》,在"亭"字上反而着墨不多,用主要篇幅来写"醉翁"。林壑泉亭,无不是醉翁活动的衬景;"日出""云归",无不荡漾着醉翁的诗情雅意。这样安排重点,写"亭记"却突出人物,不以亭为核心,乍看似乎离了题面,其实扣紧题旨,是这篇优美的抒情散文在裁剪上独具的特色。但命题既为《醉翁亭记》,当然又不能完全不点到"亭"。这篇散文写"亭"虽只寥寥数语,构思也很具匠心。全文先用"环滁皆山也"一语喝起,写大景、全景。但这仅仅是远处环视，只可能看见一片模糊的轮廓，故泛言其为"环滁皆山"。镜头拉近到"西南诸峰"，渐渐望见那"蔚然深秀"之色；再拉近到"酿泉"，便听到了流水潺潺之声；再拉近到醉翁亭，终于看清了亭子像鸟翼一般的具体形象。这样迤逦写来，切合步行入山远近视听之理，又显得层次丰富，胜境迭陈，使读者随着作者的脚印，信步神游于楮墨画图之间，有一种"引人入胜"的艺术效果。第三段写山林中的人，先写"负者""行者"的来往游人，次写坐起喧哗的众宾，镜头拉近，头像扩大，最终写核心人物——"颓然乎其间"的太守，推出"苍颜白发"的特写镜头。后段写人禽和谐共乐，也是先写禽鸟之乐，而后写众人之乐，最后归结到太守之乐，结末一句直接点出"太守者，庐陵欧阳修也"：都是从大到小，由远而近，最后集中到醉翁一人。这种移步换形、聚焦一点的艺术手法，使全文重点突出，"醉翁"始终居于画面的中心。所写事物虽不多，却纷繁有序；林壑之胜，朝暮四时之景，休息、行走的游人，以至喧哗的众宾，幽鸣的禽鸟，这众多杂沓的物态人情，都用一个"乐"字贯串，使文意辐辏，凝而不散。特别是结处"然而禽鸟知山林之乐，而不知人之乐；人知从太守游而乐，而不知太守之乐其乐也"，四句中两用"知"与"不知"，文势遒劲，一转一深，构成螺旋式层层推进，是一篇之警策，显示出作者炼句炼意的艺术功力。

人多称赞欧阳修的散文富于诗意，誉之为"诗化的散文"。称之为诗，首先要有诗的意境。前面论析过的人与自然，人与人的心灵沟通，情景相生，意与境偕，已具诗的意境。誉之为诗，还必须具备音乐之美，要求韵律悠扬，声情契合。在这方面，本文也有戛戛独造之处。这篇文章的中心人物醉翁的心情，是翛然自适、

205

悠闲容与的。反映这种心情的句式韵律,也纡徐悠远,逸韵从容,自有诗一般的音乐境界。这就要说到本文连用"也"字的艺术效果。"也"这个助词,本多用来表判断语气,用于句末,往往表示语意顿结。欧阳修在这篇文章的许多句子里,却赋予"也"与今语"啊"字情韵相近的特殊的感叹意味,不是休止符而是一个延长音符。全文连用二十一个"也"字,构成曼声咏叹的韵致,以表现醉翁悠然自得的心态,这是欧阳修的独创。欧的史传文字,多顿挫唱叹之美;这类记游乐情怀的文字,却不取顿挫转折而专一反复咏叹。可见他的散文,因情赋声,具有多种风调,多种情韵。所谓秋虫春鸟,各有新声,不拘于一格,却无往而不近乎诗。

(赖汉屏)

相州^①昼锦堂记

原文

　　仕宦而至将相，富贵而归故乡，此人情之所荣，而今昔之所同也。盖士方穷时，困厄闾里，庸人孺子皆得易而侮之，若季子^②不礼于其嫂，买臣^③见弃于其妻。一旦高车驷马，旗旄导前而骑卒拥后，夹道之人，相与骈肩累迹，瞻望咨嗟，而所谓庸夫愚妇者，奔走骇汗，羞愧俯伏，以自悔罪于车尘马足之间。此一介之士得志于当时，而意气之盛，昔人比之衣锦之荣者也。

　　惟大丞相魏国公则不然。公，相人也。世有令德，为时名卿。自公少时，已擢高科、登显仕，海内之士闻下风而望余光者，盖亦有年矣。所谓将相而富贵，皆公所宜素有，非如穷厄之人侥幸得志于一时，出于庸夫愚妇之不意，以惊骇而夸耀之也。然则高牙大纛^④不足为公荣，桓圭衮冕^⑤不足为公贵；惟德被生民而功施社稷，勒之金石，播之声诗，以耀后世而垂无穷。此公之志，而士亦以此

207

望于公也。岂止夸一时而荣一乡哉！

公在至和中，尝以武康之节⑥来治于相，乃作昼锦之堂于后圃。既，又刻诗于石以遗相人。其言以快恩仇、矜名誉为可薄，盖不以昔人所夸者为荣，而以为戒。于此见公之视富贵为何如，而其志岂易量哉！故能出入将相，勤劳王家，而夷险一节。至于临大事、决大议，垂绅正笏⑦，不动声色而措天下于泰山之安，可谓社稷之臣矣！其丰功盛烈，所以铭彝鼎而被弦歌者，乃邦家之光，非闾里之荣也。

余虽不获登公之堂，幸尝窃诵公之诗，乐公之志有成，而喜为天下道也。于是乎书。

尚书吏部侍郎、参知政事欧阳修记。

〔注〕

① 相州：州名，宋时治所在今河南安阳。

② 季子：战国时纵横家苏秦字季子，初出游数年，大困而归，为其兄弟、妻嫂所笑。闭门读《阴符》一年后，出以合纵之说为六国诸侯所悦，并相六国，诸侯发使送之甚众。其兄弟、妻嫂俯伏一旁，苏秦谓其嫂："何前倨而后

恭也?"其嫂答称:"见季子位高金多也。"

③ 买臣:朱买臣,西汉吴县(今属江苏)人。初以樵为生,其妻嫌其贫而改嫁。后买臣官会稽太守,迎送车马百余乘,其妻与后夫亦在修路民伕之中。其妻遂羞愧自缢死。

④ 高牙大纛(dào):指旗杆上装饰象牙的大将牙旗,亦代指高位者的仪伏。

⑤ 桓圭衮(gǔn)冕:桓圭是古代公爵所执的玉制礼器,长九寸,两面各二棱。衮冕是古代帝王及诸侯大夫的礼服和礼帽。

⑥ 武康之节:武康军节度使的旌节。

⑦ 垂绅正笏(hù):指端庄严肃。绅,大带;笏,官员上朝时记事的手板。

鉴赏

　　韩琦,字稚圭,相州(今河南安阳)人。宋仁宗至和二年(1055),韩琦因病自请由并州武康军节度使改知相州,就任之后,在州署的后园中建了一座"昼锦堂"。这篇文章的开头即就堂名生发。《汉书·项籍传》说:"富贵不归故乡,如衣锦夜行。"反之,富贵归故乡,那就犹如衣锦昼行,其富贵荣华人人可见,世人亦皆以此为荣;而且,这一观念还是古今不变的,苏秦、朱买臣的经历便是人们熟知的故事。那么,怎么会形成这种风气和观念的呢?作者认为一方面是由于"士"的境遇和表现的不同——"穷"则"困厄闾里","达"则"高车驷马",衣锦昼行,唯恐亲朋故旧不知。另一方面就是世俗态度的变化——视其"穷","皆得易而侮之";见其"达",则"自悔罪于车尘马足之间"。一穷一达,一倨一卑,两两相形,便自然地渲染出落魄之悲,得志之快,所以苏秦大为感叹:"人生在世,势位富贵盍可忽乎哉!"

照此看来,韩琦如今归乡为官,并建"昼锦堂",显然也有炫耀富贵之意了? 不,"惟大丞相魏国公则不然"! 至于为什么"不然",怎样"不然",下面再细细表来。这就是前人所说的文字过脉,"贵空而不贵实"(李腾芳《山居杂著》)。这大概是因为"空"可造成悬念,引人兴味;由"空"而"实",还能造成层次,突出需要强调的内容。是的,下面就具体地回答之所以"不然"了。先说韩琦其人——第一,韩琦世代仕宦,非一介寒门之士;第二,他少年得志,仕途通达,"早有盛名……年甫三十,天下已称为韩公"(《宋史》本传)。可见他未经困厄,亦未受庸夫愚妇之侮,自然也不存在向他们夸耀富贵以雪耻报恨之心。这些都与久穷而后得志者大不相同。那么,韩公仕宦多年,历官三朝(仁宗、英宗、神宗),当然也会有他自己的荣辱观和他自己的追求,这就是"德被生民而功施社稷,勒之金石,播之声诗,以耀后世而垂无穷",并不在报个人穷通之恩仇,也不在夸一时、荣一乡。这是第三点,以韩琦的身世、经历、抱负为基础,正面阐述韩公之志。

下面再说,既然这样,那为什么要在家乡建堂而又取名"昼锦"呢? 请看文章的第三段,作者先对建堂的时间、地点略作交待,随即用"既"字引出"刻诗于石"。这"诗"是指韩琦自己写的《昼锦堂诗》。"诗"中有言:"所得快恩仇,爱恶任骄狷。其志止于此,士固不足羡。兹予来旧邦,意弗在矜炫……公余新此堂,夫岂事饮宴。亦非张美名,轻薄诧绅弁。重禄许安闲,顾己常兢战……"作者点出韩公之"诗",意在表明文中所说的:"其言以快恩仇、矜名誉为可薄,盖不以昔人所夸者为荣,而以为戒",不是作者的强为解释,更不是虚美之谀词,而是主人命名的本意——意不在"夸荣",恰恰相反,是以此为"戒"。有此境界方能成其事业,接着再转入对韩琦壮志伟业的称赞。如果说前言"德被生民而功施社稷"是虚提一笔,这里的"出将入相"云云,便是实叙功德,且为下文的"志有成"伏笔。"所以铭彝鼎"几句,既回应了"勒之金石,播之声诗",又进一步肯定了功在天下,而不在一时一乡之荣。可谓环环相扣,墨饱意足。

　　这篇文章作于治平二年(1065),不是出于"昼锦堂"的落成之时,也不是因为观赏而作,文中明言"余虽不获登公之堂",同时,亦不见韩琦请为作记的迹象。那么作者此时为何要写这篇"记"呢?文章的最后几句话就在说明作意,不过言辞甚简,似有略作剖析的必要。"尝窃诵公之诗",读其"诗"(指《昼锦堂诗》),想其"堂",思其人,当然是可以理解的;然而,"诗"早已有之,作者亦不是此时方见,所以"诗"之触发,恐怕不能说是主要的、直接的原因吧。如果说十年前从公之"诗"意"堂"名,可以看出"公之志",那么,十年过去了,韩琦已于嘉祐三年(1058)入朝为相,嘉祐八年仁宗去世,曹太后与英宗失睦,随之治平二年朝廷"濮议"之争兴起,作为宰相的韩琦在这种多事之秋处境是可以想象的,要拿出自己的见解、办法支撑朝政,就需要有不计个人安危得失的胆识与气魄。可贵的是,韩琦做到了这一点。对此《宋史》本传也特地记下一笔:"嘉祐、治平间,再决大策,以安社稷。当是时,朝廷多故,琦处危疑之际,知无不为。或谏曰:'公所为诚善,万一蹉跌,岂惟身不自保,恐家无处所矣。'琦叹曰:'是何言邪!人臣尽力事君,死生以之。至于成败,天也。岂可豫忧其不济,遂辍不为哉!'闻者愧服。"而同样以社稷为重的欧阳修,与韩琦共事有年,曾与韩琦共同调和两宫矛盾,现又卷入"濮议"之争,这就不仅更有体会，也更能了解韩琦，而且更寄希望于韩琦。"士亦以此望于公也"，说的是过去，又何尝不包括眼前和未来呢？所以作者那么热情洋溢地说："乐公之志有成，而喜为天下道也。"这肯定与赞扬之中，蕴藏了多少期望和激励啊！这，就是作者之所以写这篇记的真正的意图吧！作品的现实意义也正在此。

王葆心说："欧文入手多配说，故逶迤不穷。相配之妙，至于旁正错出，几不可分。"（《古文辞通义·文家格法之析分》）颇有见地。这篇文章开头大谈衣锦荣归之人事、情理，说得头头是道，读下去方知作者之意，只在以世俗中两种不同人物的心态与表现，反衬出韩公超凡脱俗之大志。二者似正实反，正见出"相配之妙"。第二段写韩公其人、其志，还是"盘马弯弓惜不发"；直至第三段方入正题，揭开堂名"昼锦"之意；最后再道出作意。这种盘旋而下、层层蓄势、步步回应的章法，充分地体现了欧文委婉曲折、从容自如的特色。

（赵其钧）

王彦章画像记

太师王公,讳彦章,字子明。郓州寿张人也。事梁,为宣义军节度使,以身死国,葬于郑州之管城。晋天福二年,始赠①太师。

公在梁以智勇闻。梁、晋②之争数百战,其为勇将多矣;而晋人独畏彦章。自乾化后,常与晋战,屡困庄宗于河上。及梁末年,小人赵岩等用事,梁之大臣老将,多以谗不见信,皆怒而有怠心;而梁亦尽失河北,事势已去,诸将多怀顾望。独公奋然自必③,不少屈懈,志虽不就,卒死以忠。公既死而梁亦亡矣。悲夫!

五代终始才五十年,而更十有三君,五易国而八姓④。士之不幸而出乎其时,能不污其身,得全其节者,鲜矣!公本武人,不知书,其语质⑤,平生尝谓人曰:"豹死留皮,人死留名。"盖其义勇忠信出于天性而然。予于《五代书》,窃有善善恶恶之志⑥。至于公传,未尝不感愤叹息。惜乎旧史残略，不能备公之事。

康定元年，予以节度判官来此。求于滑人，得公之孙睿所录家传，颇多于旧史，其记德胜之战尤详。又言：敬翔怒末帝不肯用公，欲自经于帝前；公因用笏画山川，为御史弹而见废。又言：公五子，其二同公死节。此皆旧史无之。又云：公在滑，以谗自归于京师，而史云"召之"。是时，梁兵尽属段凝，京师羸兵不满数千；公得保銮⑦五百人之郓州，以力寡，败于中都。而史云将五千以往者，亦皆非也。公之攻德胜也，初受命于帝前，期以三日破敌；梁之将相闻者皆窃笑。及破南城，果三日。是时，庄宗在魏，闻公复用，料公必速攻，自魏驰马来救，已不及矣。庄宗之善料，公之善出奇，何其神哉！

今国家罢兵四十年，一旦元昊反⑧，败军杀将，连四五年，而攻守之计，至今未决。予尝独持用奇取胜之议，而叹边将屡失其机。时人闻予说者，或笑以为狂，或忽若不闻；虽予亦惑，不能自信。及读公家传，至于德胜之捷，乃知古之名将，必出于奇，然后能胜。然非审于为计者不能出奇；奇在速，速在果，此天下伟男子之所为，非拘牵常算之士⑨可到也。每读其传，未尝不想见其人。

后二年，予复来通判州事。岁之正月，过俗所谓铁枪寺者，又得公画像而拜焉。岁久磨灭，隐隐可见。亟命工完理之⑩，而不敢有加焉，惧失其真也。公尤善用枪，当时号"王铁枪"。公死已百年，至今俗犹以名其寺，童儿牧竖皆知王铁枪之为良将也。一枪之勇，同时岂无？而公独不朽者，岂其忠义之节使然欤？画已百余年矣，完之复可百年。然公之不泯者，不系乎画之存不存也。而予尤区区⑪如此者，盖其希慕之至焉耳。读其书，尚想乎其人；况得拜其像，识其面目，不忍见其坏也。画既完，因书予所得者于后，而归⑫其人，使藏之。

〔注〕

① 赠：死后追封叫"赠"。
② 晋：此"梁晋之争"的晋及下句"晋人独畏彦章"的晋与

上段"晋天福二年"的晋,所指不同。"晋天福二年"的
"晋"指五代的"后晋","梁晋""晋王"的"晋"指晋王李
存勖,灭梁之后才称帝,史称"后唐"。后文"庄宗",即
后唐庄宗李存勖。

③　奋然自必:奋起与晋争斗,毫不动摇。

④　"五代"数句:五代为后梁、后唐、后晋、后汉、后周,共五
十三年,换十三个皇帝,五次改易国号。五代中,后梁、
后汉、后晋三个皇帝各一姓;后唐三个皇帝实际上是三
姓;后周皇帝,一姓郭,一本姓柴,加起来,五代主国者
共八姓。

⑤　语质:说话朴素直率。

⑥　《五代书》:指欧阳修所著《五代史记》,今称《新五代
史》。善善恶恶:表彰好人,批揭坏人。

⑦　保銮:皇帝的禁卫军。

⑧　元昊反:指西夏主赵元昊叛宋称帝。

⑨　拘牵常算之士:被常规所束缚,办事畏首畏尾的人。

⑩　完理:修复。

⑪　区区:诚恳貌。

⑫　归(kuì):同"馈",赠送。

鉴赏

　　这是一篇题记文字,可存史料,写法却有别于史传。若按文
体的要求,只须从画像一点生发,由像及人,因人述事,缘事抒情。
但本文构思布局,另辟蹊径。先记王彦章在后梁面临败亡时的忠
义品节,最后才以寥寥数语写到画像,点题作结。如此安排材料,
很具匠心。首先,画像终归是一件微物,官宦之家类多有之,值得
记的还是像中之人。先记其人,把人的精神写足、写活,才是文章
中心,才能给读者以深刻印象;然后写得像、修像、归像,这画像才
显得珍贵。其次,写人物,写画像,目的又不全在于表彰古人的忠

勇节烈，而在于借古讽今，激劝来者。故在近尾处用"今国家罢兵四十年"一节文字，发为议论，批判"拘牵常算之士"；最后以抒情作结。把发现王彦章画像一事安排在结尾处，让议论、叙事、抒情三者汇合，在结处掀起巨大的波澜，聚光一点，映射全文，产生强烈的感发作用。

　　这篇散文不仅在材料安排上深具匠心，章法也非常严谨。首段概言人物生平，语极明洁，立即转入正面叙事。二段写后梁国势危殆，诸将顾望，王彦章在这"事势已去"的时候，独"奋然自必，不少屈懈"，突出他的忠义；三段以家传补旧史之失数事，重点记德胜之战，突出他的智勇。这两段核心文字，以"公在梁以智勇闻""晋人独畏彦章"领起，总分有序，层次分明。刘熙载《艺概·文概》以为："章法不难于续而难于断。"又说："明断，正取暗续也。"本文第三段结末处，用"惜乎旧史残略，不能备公之事"，十分自然地引出第四段"康定元年，予以节度判官来此。求于滑人，得公之孙睿所录家传，颇多于旧史"。第五段结尾，又用"每读其传，未尝不想见其人"，逗起最后一段："岁之正月，过俗所谓铁枪寺者，又得公画像而拜焉。"这些地方，"抛针掷线"，使段与段之间明断暗续，全文转换自然，如行云流水。

　　但是，构局、章法，人所能臻；韵致风神，人所难到。抑扬顿挫，跌宕唱叹，才是欧文的主要特色。这种特色，在《新五代史·伶官传序》和这篇《王彦章画像记》里，体现得最充分。第二段开头说："梁、晋之争数百战，其为勇将多矣"，接着一转："而晋人独畏彦章"。上句一开，曼声摇曳；下句一顿，斩截有声；极富抑扬顿挫之致。紧接着写道："梁之大臣老将……皆怠而有怠心"，"诸将多怀顾望"，然后又作一急转："独公奋然自必，不少屈懈"。两用"独"字,在人欲横流中突出彦章一人,大节凛然,形象鲜明夺目。复承以"公既死而梁亦亡矣。悲夫",唱叹感慨,一往情深,最见风神。写五代之际,"士之不幸而出乎其时,能不污其身,得全其节者,鲜矣",继之以"公本武人"数语,又作一顿挫;到"至于公传,未尝不感愤叹息",再用"惜乎旧史残略"一转,千回百折,起伏跌宕,读之令人无限低徊。

这种顿挫唱叹之美,集中表现在最后一段。在铁枪寺得彦章画像后,"亟命工完理之",承以"而不敢有加焉,惧失其真也",为一转折,写出对王顶礼膜拜,无限崇敬的心情。"童儿牧竖皆知王铁枪之为良将也",又承以"一枪之勇,同时岂无?而公独不朽者,岂其忠义之节使然欤?"先用反诘"岂无"作一顿,再用"岂……使然欤",故为疑问一扬,文意从匹夫之勇转进到忠义之节,境界升华;音节从上句反诘的四字短节奏一顿,变为下句疑问句式的无限延长,更见纡徐摇曳之美。"画已百余年矣,完之复可百年",是两个平缓的陈述句。接下来,"然公之不泯者,不系乎画之存不存也",再作转折,从画之不能不朽转到王之必将不朽,从画之弥足珍贵转到画之存不存无关紧要,从感情倾泻转入理性认识。下面复作一转折:"而予犹区区如此者,盖其希慕之至焉耳",又从王之精神不朽,不必以画存,转出自己一片钦慕之忱,不能不珍重这幅画像,再从理性认识转出不能自已其修像归像的感情抒发,文意回环激荡,境界愈转愈高。最后写道:"读其书,尚想乎其人",结出"况得拜其像,识其面目,不忍见其坏也",把感情的激荡更推进一步。真如沦漪层层,波澜荡漾;神韵缥缈,味之无穷。

刘熙载说:"欧阳公欲作文,先诵《史记·日者传》。"(《艺概·文概》)苏轼说:"欧阳子……记事似司马迁。"为什么欧文似司马迁之文？近代散文家梁启超自称其文"笔端常带感情"，这六个字，正道出欧阳修与司马迁散文笔意相近的根本原因，倒不在于是不是诵《史记·日者传》。由于感情强烈，爱憎分明，发而为文，臧否抑扬，感慨浩叹，不能自已。如果说，《史记》是"无韵之离骚"（鲁迅《汉文学史纲要》），欧阳修这类文字，又何尝不可称之为无韵的诗歌？

（赖汉屏）

秋声赋

原文

欧阳子方夜读书,闻有声自西南来者,悚然而听之,曰:"异哉!"初淅沥以萧飒,忽奔腾而砰湃,如波涛夜惊,风雨骤至。其触于物也,鏦鏦铮铮,金铁皆鸣;又如赴敌之兵,衔枚①疾走,不闻号令,但闻人马之行声。予谓童子:"此何声也?汝出视之。"童子曰:"星月皎洁,明河在天,四无人声,声在树间。"

予曰:"噫嘻悲哉!此秋声也,胡为而来哉?盖夫秋之为状也:其色惨淡,烟霏云敛;其容清明,天高日晶;其气栗冽,砭人肌骨;其意萧条,山川寂寥。故其为声也,凄凄切切,呼号愤发。丰草绿缛而争茂,佳木葱茏而可悦;草拂之而色变,木遭之而叶脱。其所以摧败零落者,乃其一气之余烈。夫秋,刑官也,于时为阴②;又兵象也,于行用金③。是谓天地之义气④,常以肃杀而为心。天之于物,春生秋实,故其在乐也,商声主西方之音⑤,夷则为七月之律⑥。商，伤也，物既老而悲伤；夷，戮也，物过盛而当杀。

"嗟乎！草木无情，有时飘零。人为动物，惟物之灵；百忧感其心，万事劳其形；有动于中，必摇其精⑦。而况思其力之所不及，忧其智之所不能；宜其渥然丹者为槁木⑧，黟然黑者为星星⑨。奈何以非金石之质，欲与草木而争荣？念谁为之戕贼，亦何恨乎秋声！"

童子莫对，垂头而睡。但闻四壁虫声唧唧，如助予之叹息。

〔注〕

① 衔枚：古代秘密行军时，为了保持部队肃静，常令士兵口里横衔一根小棍，以免喧哗。
② "夫秋"三句：周制，掌刑法狱讼的官称"秋官"。又，古人以阴阳配四季，春夏属阳，秋冬属阴。
③ 又兵象也，于行用金：古来征战，多在秋季。又，古人把五行分配于四季，秋天属金。
④ 义气：节烈、刚正之气。
⑤ 商声主西方之音：古代以五声配四时，商声属秋；五声和五行相配，则商声属金，主西方之音。
⑥ 夷则为七月之律：古以十二律配十二月，七月为夷则。
⑦ 必摇其精：损害精气。

⑧ 渥然丹者为槁木：红润的容貌变为苍老枯槁。

⑨ 黟然黑者为星星：乌黑的须发变成白色。

鉴赏

《秋声赋》开宋代文赋的先河，是宋文名篇。宋代文人把散文引入诗、词，也引入赋，改造了六朝以来盛行的骈赋，给这种文体注入了新的血液，使之能更自由地状物抒情。欧阳修此文既出，苏轼《赤壁赋》继响，遂成后代楷模。因此，《秋声赋》在文学史上占有重要的地位。

此赋的主旨在通过秋声摹写自然界的秋天，用以烘托作者心理上、人生旅途上的秋天。作此文时，欧阳修年五十三。他自二十九岁为范仲淹被落职事上书切责司谏高若讷，初贬夷陵；三十九岁复因论救推行庆历新政诸君子，被反对者构陷，再贬滁州；四十八岁那一年，丁母忧刚刚期满复官，又有小人诈称他奏请裁汰内侍，激怒了宦官，被诬以他事，几乎出知同州。入仕二十多年中，真可谓历尽宦海波涛。他本来体弱多病，四十岁时就白发萧疏；现在五十多岁了，身体、心态更已经进入了人生的秋天。因此，一年四季有风声，他对秋声特别敏感；秋天有各种色彩，他独独看到"惨淡"的颜色。正由于他对秋天有特殊的感受，发而为文，便秋怀满纸，秋思遥深。

但伤秋毕竟是一个古老的主题，用这个主题写出的名篇不少。"秋思遥深"，人多如此，单凭这一点，不可能使这篇文章获得那么高的声誉。它之所以脍炙人口、传诵不衰，是因为在艺术上确有人所难及的地方。

试潜心一读这篇《秋声赋》,给你的第一印象便是秋声满耳,感受到有一种充塞于天地之间的无边秋意缭绕在你身旁。这说明本文具有强大的感发力量。

写秋声而如此摇动人心,首先由于作者对秋声的质和量作了成功的描绘。他把秋声比拟为淅沥潇洒的细雨,奔腾澎湃的波涛,互相碰撞的金铁:这就使抽象的声音具有质的实感。那秋声时而小,时而大;时而显,如风雨夜惊;时而隐,像战士衔枚疾走:这就使无形的声音具有量的存在。有了质的实感和量的存在,才使读者感到秋声盈耳,秋意无边。这第一层写秋声之形,手法是化虚为实。

而后,再写秋色、秋容、秋气、秋意,用"秋之为状"写秋声之神。其中"色""容"为实,"气""意"是虚,手法是从实入虚。那秋色:轻烟飘飞不绝,薄云虽少未尽,色调是惨淡的。那秋容:晴天有日光照耀,显得凄清明朗,云薄则感到天高,天愈高则愈感空旷寥廓。那秋气:寒到刺人肌骨,自然也沁人心脾。至于秋意,则萧条寂寞,仿佛万物生意已尽,山川也神态黯然。这一层写秋之为状,好像游离于题面"秋声";其实,"写物而不滞于物",只是换了一个角度,改用烘托手法,以秋状写足秋声。因为,秋声来自秋风。风因空气流动的速度不同而有疾徐大小之别,又因流动的方向不同而有东西南北之分;如果风速风向相同,便很难说秋风与别的风有多大区别。用了"秋之为状"一加烘托,才显出秋风的独特性格,秋声的特殊情调。古人云:"山之精神写不出,以烟霞写之;春之精神写不出,以草树写之。"(刘熙载《艺概·诗概》)正是此意。

接着,笔意又变,改用刑官、兵象、音乐写秋之为心,藉秋心进一步渲染秋声。刑官古名"秋官",秋天又是用兵的季节,因此秋有一种肃杀之心。五声音阶宫、商、角、徵、羽中，与秋相应的是商声；"商""伤"通训，因此闻秋声而自伤。十二乐律中，与凉秋七月相配的是夷则。"夷"字可训为杀戮，正与物盛则衰、草茂当杀的自然规律相应。秋之为心如此，故万物逢秋而兴悲，更何况万物之灵的人类呢？这个层次用象征手法，拓开了文境，文势张扬。所用音训、义训，虽不无附会，但作者怀抱如此，转见其心中别有所会，正不必拘泥于训诂。

以上从秋声、秋状、秋心三个角度，调动了化虚为实、烘托、象征等多种艺术手段，写秋之质，摄秋之魂，进而形成了一种幽悄凄怆的意境。

写秋声、秋状，无非写景状物，何以就能形成意境呢？关键在于写景状物中融进了作者的感情，引起了读者的共鸣。举例来说，作者把秋风触物之声拟之为军士衔枚疾走，便使人联想到一场伏尸满地、流血遍野的战斗惨剧马上就要发生，读之能不紧张心悸吗？秋色"惨淡"，令人联想起孤儿寡妇无食无衣的面色，对此能不触目心伤？写秋之为心，用"刑官""兵象"作象征。刑官、兵象，带给人间的无非惨不忍睹的悲剧。至于商声，正像陶潜《咏荆轲》说的那样——"商声更流涕，羽奏壮士惊"，更令人不忍卒听。由于作者用来描摹秋声、秋状、秋心的事物，无不带有强烈的感情色彩，因此一读斯文，便如身临其境，徙倚彷徨，愀然难以为怀。客观景况融进作者的主观感情，此景此情又引起了读者的感情共鸣，歌哭随之，不能自持，进入幽悄凄怆的意境，这是本文传诵千古、魅力独具的地方。

其次，这篇文章在对比映衬的运用上，也独具匠心。写秋声，有远近、强弱、缓急的对比；写草木，用了荣枯消长的对比；特别是童子与作者形成的对比映衬，更增添了文章的情趣，突出了作者寂寞的秋心，大大增强了文字的表现力。深夜，作者正陷入思考人生、无眠叹息之中，童子却"垂头而睡"，漠然无动，这与李清照《如梦令》中主人耽心"绿肥红瘦"，而侍儿"却道海棠依旧"，有异曲同工之妙。通过对比，以童子的单纯无忧衬出主人秋怀的纷繁复杂，更显得两间一人，彷徨寂寞，不仅相映成趣，而且相得益彰。

第三，这篇文章在遣词造句上富有音乐美。欧阳修为文向来注重声情契合。他不仅在每一个文句中用音节、语词的抑扬顿挫表现感情的起伏变化，而且精心构局，使整篇文字的韵律乍起乍落，恍如游龙蜿蜒，首尾回环，极具旋律美。本文一起，万籁俱寂，只有作者一人在伏案夜读，那是极静谧的境界。忽而秋声骤起，金铁铮鸣，引进了自然界强烈的音响；再用"噫嘻悲哉，此秋声也"和"嗟乎，草木无情，有时飘零"，展开感慨抒情，表现出心理上的强烈震动。最后结以唧唧虫音，声声叹息，环境又归于沉寂。文中既有音量大起大落的动静变化，又有"淅沥""奔腾""凄凄切切""呼号奋发"等小的波澜；最后的虫声、叹息声，更显得余音袅袅，使整篇文章像一支乐曲，极具旋律变化。写秋声而具体可见可闻，已经不易；把秋声写得饱含感情，具有意境，更非寻常手眼所能及；写秋声而使整篇文字像一支旋律优美、如怨如诉的小夜曲，则更非大手笔不能到。"赋"这种文体，本来介乎诗与散文之间；欧阳修这篇《秋声赋》，可以说兼有诗与散文两者的佳胜。

至于描秋声、秋状之景，融"百忧感其心"之情，悟"天之于物，春生秋实"，"物过盛而当杀"之理，情、景、理三者水乳交融，更是欧文共同的优点，非本篇所独具。

（赖汉屏）

六一居士传

原文

　　六一居士初谪滁山，自号醉翁。既老而衰且病，将退休于颍水之上，则又更号六一居士。

　　客有问曰："六一，何谓也?"居士曰："吾家藏书一万卷，集录三代以来金石遗文一千卷，有琴一张，有棋一局，而常置酒一壶。"客曰："是为五一尔，奈何?"居士曰："以吾一翁，老于此五物之间，是岂不为六一乎?"客笑曰："子欲逃名①者乎? 而屡易其号。此庄生所诮畏影而走乎日中者也②；余将见子疾走大喘渴死，而名不得逃也。"居士曰："吾固知名之不可逃，然亦知夫不必逃也；吾为此名，聊以志吾之乐尔。"客曰："其乐如何?"居士曰："吾之乐可胜道哉! 方其得意于五物也，太山在前而不见，疾雷破柱而不惊；虽响九奏于洞庭之野③，阅大战于涿鹿之原④，未足喻其乐且适也。然常患不得极吾乐于其间者，世事之为吾累者众也。其大者有二焉，轩裳珪组⑤劳吾形于外，忧患思虑劳吾心于内，使吾形不病而已悴，心未老而先衰，尚何暇于五物哉？虽然，吾自乞其身于朝者三年矣，一日天子恻然哀之，赐其骸骨⑥，使得与此五物偕返于田庐，庶几偿其夙愿焉。此吾之所以志也。"客复笑曰："子知轩裳珪组之累其形，而不知五物之累其心乎？"居士曰："不然。累于彼者已劳矣，又多忧；累于此者既佚矣，幸无患。吾其何择哉？"于是与客俱起，握手大笑曰："置之，区区不足较也。"

已而叹曰："夫士少而仕，老而休，盖有不待七十者矣⑦。吾素慕之，宜去一也。吾尝用于时矣，而讫无称焉，宜去二也。壮犹如此，今既老且病矣，乃以难强之筋骸，贪过分之荣禄，是将违其素志而自食其言，宜去三也。吾负三宜去，虽无五物，其去宜矣，复何道哉！"

熙宁三年九月七日，六一居士自传。

〔注〕

① 逃名：避免声而不居。

② 畏影而走乎日中：《庄子·渔父》说："人有畏影恶迹而去之走者，举足愈数而迹愈多，走愈疾而影不离身。自以为尚迟，疾走不休，绝力而死。"

③ 九奏：即"九韶"，虞舜时的音乐。《庄子·至乐》："咸池九韶之乐，张之洞庭之野。"

④ 阅大战于涿鹿之原：《史记·五帝本纪》记黄帝与蚩尤战于涿鹿之野，遂擒杀蚩尤事。

⑤ 轩裳珪组：分指古代大臣所乘车驾，所着服饰，所执玉板，所佩印绶，总指官场事务。

⑥ 赐其骸骨：喻皇帝同意其告老退休。

⑦ 不待七十：古人认为，人到七十岁，便当退职；"不待七十"是说退休不一定要等到七十岁。

鉴赏

　　善于谋篇的作家，都重视文章的结尾。举凡一篇的胜义，全文的主旨，精辟的议论，乃至警策的语言，往往安排在结尾处，使人读完全文，或留下深刻的印象，或产生无穷的感慨，或引起联翩的浮想。所谓掩卷沉思，低徊击节，起坐彷徨，种种艺术效果的取得，虽不能说完全系于一结，那精警的一结却起了重要的作用。像这篇小文，以"六一"命篇，中心意旨却并不在表现作者晚年徜徉琴棋书酒之间的至乐，而在于表明亟于辞官归老的心情；结尾"三宜去"，才是一篇的归趣。前面写"六一"之乐，只是一种向往，一种追求；这种"乐"只有在辞官归老后才能变为现实。预想"六一"之乐，旨在求得"三宜去"之早日得到理解和实现；把"三宜去"安排在结尾处，才能感动人心，引起同情，求得宋神宗及其执政者"恻然哀之"。因此,文章的题面虽然是"传",其实不是一篇记叙性的传文,而是一篇藉议论以抒情的散文。

欧阳修的抒情散文,其独到之处,在于"美"而且"真"。他写这篇《六一居士传》时,已经六十四岁,自二十四岁应试及第,授西京留守推官,步入仕途,已整整四十年。他以其毕生精力献给了赵宋王朝。现在,既老且病,春蚕丝尽,蜡泪将干,应该得到休息的机会了。更何况,四十年中,群小与新党中人交相煎迫,以至三度贬官,历尽宦海风涛;到了暮年,还经历了"濮议"之争的惊涛骇浪:宋仁宗死,无子,欧阳修时在朝廷,与韩琦等议立英宗。英宗是濮安懿王赵允让的亲生子。濮王死后,英宗按例追赠尊亲。有人认为,英宗只能称生身之父允让为皇伯,不能称父。欧阳修力辟其非。御史弹劾欧阳修"首开邪议",欧阳修著《濮议》来反驳。这场宫廷风波使欧阳修"形不病而已悴,心未老而先衰",此时求去,完全是出之于至性真情。写这篇文章后一年,他才获准致仕;又过了一年,病逝颍州。他仅得一年的琴棋书酒之乐便溘然长逝。以后事证今言,再读这篇《六一居士传》,谁能不为这位老人的晚年遭际愀然动容?这便是文中真挚之情具有感发力量的明证。

这篇文章除了感情真挚动人之外,还深寓人生哲理。当作者对"客"说明更名"六一居士"的含义后,"客"指出他企图"逃名",并引《庄子·渔父篇》的话,讥诮他这样做是"畏影而走乎日中",必将"疾走大喘渴死",而名终不可逃。封建社会的知识分子,在青年时代,无不想捷高科,干名位,汲汲于事功。一旦有了高科名位,才发现名位与劳苦忧患俱来,名愈高忧劳愈甚,居位愈久愈不可自拔,真所谓春蚕作茧,徒以自缚。欧阳修在北宋中期享大名数十年,深谙个中消长盈虚之理。如何解决这种矛盾?"客"所引《庄子·渔父》那段话,还有两句没有直接说出来,这就是"处阴可以休影,处静可以息迹"。人要逃避自己的影子,最简单的办法是从阳光下站到阴处来;人要是怕见自己的脚印,只消停下来不走,那脚印自然消失。这里的"处阴""处静",隐喻息影林泉,摆脱物累世虑;对于欧阳修来说,便是辞官归田。这话虽从客人引述道家之言中隐约其辞地泄露出来,其实就是欧阳修对人生哲理的清醒体认。这段客主问答,是十分含蓄的悟道之言,妙在引而不发,言而未尽,特别引人寻绎,耐人咀嚼。

　　从上面分析过的三点——巧妙的谋篇、真挚的感情、隐寓的哲理——来看,这是一篇文思十分缜密的短文。但作者写来,似乎信笔所之,轻松疏淡,娓娓而道,绝不经意。这就是文章家常常说的"举重若轻",是欧文的一贯风格,不过在这篇《六一居士传》里体现得更为充分。文章第一段自叙其更名的因由("既老而衰且病,将退休于颍水之上"),作平静的叙述;最后一段论"三宜去",从议论中抒情。这两段文字仅占全文的四分之一;而以四分之三的篇幅设为客主问答。这种构局可谓精心结撰。客主问答的体例出于板重的汉大赋。但作者为什么要在一篇小文中采用这种形式呢?说仅仅出于模仿,那是唐突古人。试想,这一大段中包含的内容,如果不用这种设为问答的特殊形式而改用直接议论抒情,该多么板滞沉闷!用了这种形式,使文情顿生波澜,起伏荡漾,变板滞为活泼多姿,化沉闷为轻松流走,藉问答而层层推进。所谓"举重若轻""娓娓而道"的风调,不是全赖此客主问答的形式展现出来的吗?"太山在前而不见,疾雷破柱而不惊"那一段精彩的答词,连用四句作形象化的描绘以写其翛然自适的专注之情,文势多么酣畅开扬!"于是与客俱起,握手大笑曰:'置之,区区不足较也'",把一场内容严肃的对话结束得多么轻松活脱! 论古文者,向有"韩如海,柳如泉,欧如澜,苏如潮"(清俞樾《茶香室丛钞》卷八所引萧墨《经史管窥》)之喻。欧阳修的散文,确乎如沦漪层层,波澜荡漾;虽多唱叹,出以曼声,不为狂涛海啸;然疏淡安详之中,又非止水如镜,而是时有微风飘忽,吹皱一池春水。

(赖汉屏)

祭石曼卿文

原文

维治平四年七月日①，具官②欧阳修，谨遣尚书都省令史李敭③，至于太清④，以清酌庶羞之奠，致祭于亡友曼卿之墓下，而吊之以文。曰：

呜呼曼卿！生而为英，死而为灵。其同乎万物生死而复归于无物者，暂聚之形⑤；不与万物共尽而卓然其不朽者，后世之名。此自古圣贤莫不皆然，而著在简册者，昭如日星。

呜呼曼卿！吾不见子久矣，犹能仿佛子之平生。其轩昂磊落、突兀峥嵘而埋藏于地下者，意其不化为朽壤，而为金玉之精。不然，生长松之千尺，产灵芝而九茎⑥。奈何荒烟野蔓，荆棘纵横，风凄露下，走磷⑦飞萤？但见牧童樵叟，歌吟而上下，与夫惊禽骇兽，悲鸣踯躅而咿嘤⑧。今固如此，更千秋而万岁兮，安知其不穴藏狐貉与鼯鼪⑨？此自古圣贤亦皆然兮，独不见夫累累乎旷野与荒城！

呜呼曼卿！盛衰之理，吾固知其如此，而感念畴昔,悲凉凄怆,不觉临风而陨涕者,有愧乎太上之忘情⑩。尚飨⑪!

〔注〕

① 维:发语词。治平四年:公元 1067 年。治平为宋英宗年号。

② 具官:唐、宋以后,在公文函牍或其他应酬文字上,常把应写明的官爵品级简写为"具官"。

③ 尚书都省:即尚书省。都省,汉以仆射总理六尚书省,谓之都省。唐垂拱中,改尚书省曰都省。令史:指三省、六部及御史台的低级事务员。

④ 太清:地名,指永城县(今河南商丘东南)太清乡。欧阳修《石曼卿墓表》:"既卒之三十七日,葬于太清之先茔。"

⑤ 暂聚之形:躯体。

⑥ 灵芝:菌类植物。古人以为芝为瑞草,故名灵芝。古以九为极数,故九茎灵芝尤为珍贵。

⑦ 磷(lín):磷火。人与动物尸体腐烂时分解出磷质,并自动燃烧,夜间发出白色带蓝绿色火焰,俗称"鬼火"。

⑧ 咿嘤(yī yīng):象声词,鸟兽啼叫声。

⑨ 狐:狐狸。貉(hé):兽名,形似狸,锐头尖鼻,昼伏夜出。鼯(wú):鼠名,俗称飞鼠,别名夷由,形似蝙蝠,前后肢间有飞膜,能在树林中滑翔。鼪(shēng):黄鼠狼。

⑩ 太上:最上,指圣人。亦作"大上"。《左传·僖公二十四年》:"大上以德抚民。"疏:"然则大上,谓人之最大上,上圣之人也。"忘情:对喜怒哀乐之事不动感情,淡然自若。《世说新语·伤逝》记王戎丧子,悲不自胜,有人相劝,戎曰:"圣人忘情,最下不及情,情之所钟,正在我辈。"

⑪ 尚飨(xiǎng):旧时祭文通用的结语,意为希望死者来享用祭品。

233

鉴赏

　　石曼卿(994—1041)，名延年，曼卿为其字，宋州宋城(今河南商丘)人，一生怀才不遇，颓然自放。欧阳修与曼卿相识是在景祐元年(1034)，当时两人同官馆阁校勘，欧阳修二十八岁，曼卿四十岁。不到一年，他俩就分别了，一别就是四五年。再度相逢时，曼卿已心老貌癯。不久，四十七岁的曼卿就过早地去世了。欧阳修在《哭曼卿》一诗中说：“嗟我识君晚，君时犹壮夫。信哉天下奇，落落不可拘。……胸山顷岁出，我亦斥江湖。乖离四五载，人事忽焉殊。……而今壮士死，痛惜无贤愚。”可以看出欧阳修对彼此相交较晚，相聚无多，是深感遗憾的。不过这并没有影响欧阳修对他的了解和敬仰，欧阳修在《石曼卿墓表》中，就曾对他的文章、才气、奇节、伟行作了全面的称赞。治平四年，距曼卿去世已二十多年了，作者又派人祭奠墓前，并作了这篇祭文，再一次抒发了他深情的怀念。

　　应该说，作者此时此举不无自己的境遇、情绪结合在内。嘉祐八年(1063)宋仁宗去世，英宗即位，英宗乃濮安懿王允让之子。因此到了治平二年、三年，朝廷便出现了崇奉濮王典礼一事的争论，欧阳修亦因此事遭到侍御史吕诲等人的指责，说他“首开邪议，以枉道说人主”。蒋之奇赞同欧阳修的意见，而后吕诲被谪，欧阳修荐举蒋之奇为御史，这又遭到一些人的非议。蒋之奇为了洗清自己，便反过来将别人诽谤欧阳修的“帷薄不修”的流言，上告朝廷。事情虽然澄清了，蒋氏却被贬了，欧阳修也因此上表力求去职。治平三年欧阳修解去尚书左丞、参知政事等职，出知亳州(治今安徽亳州市)。这虽然符合其求退之心，然而他已是六十一岁的老人，一生刚直敢言，却累遭挫折，一旦到了亳州之后，不平之情，孤寂之境，不免使往事常常浮现，而追忆那些“同病亦同忧"的亲朋故旧,便成为一种精神上的寄托,曼卿只是其中的一位。他六月到任,七月便派人祭奠,并作了这篇为后世传诵的祭文。

祭文的第一小节,虽然是一般性的交代,但读者应从那时间、"具官"(成文是要详写职衔。欧阳修此时为观文殿学士、刑部尚书、知亳州)等词语中,领略出上述内涵。这不但有助于理解这篇祭文,也揭开了这一时期作者之所以对许多亡友(如蔡襄、丁宝臣、吴奎等)致祭的背景。

第二节进入正文。"呜呼曼卿!"一声哀唤,劈面而来,悲情浓郁,扣人心弦。紧接着便是"生而为英,死而为灵",情切语急,笔势突兀。它的完整的意思似乎是——一个高尚有为的人,不论是生还是死,总该有一个理想的境界,那就是"生而为英,死而为灵"。英,即英杰之意;灵,神灵,结合下文看,亦指由功德言行所体现出来的不逝之精神,不朽之英名。因此,人之死只不过是"暂聚之形(躯体)","复归于无物",但其身后之英名则是卓然不朽的。请看那些与日月同辉、青史名垂的圣贤豪杰,不都是这样的吗!这一节虽是泛论,实际上是将曼卿包括在内的。

第三节与上文之间的暗转之意,读者亦须填补——曼卿啊!你在我心中留下的何止是"后世之名"呢!(作者不忍以"死"相称,只以"不见"代之,深情可见)二十多年过去了,你那遇事洒脱、豪宕不拘的风格,乃至你的一言一笑,至今犹历历在目,"暂聚之形"何曾消失啊!因此,我也从不相信你那气宇轩昂的神态,坦荡磊落的心胸,优异出众的才华,会埋入地下变成腐土烂泥。我以为不化成金玉之精,也会化成千尺青松,九茎灵芝,岂能"归于无物"!可是事实不然——再以想象之辞(作者未亲临墓地)加以转折——你的墓地竟是野草遍地,荆棘丛生……现在已是如此荒凉破败,千百年之后,恐怕你的墓穴早就成了狐貉鼯鼪的栖身之处了。由墓外而墓内,由眼前而未来,愈转愈悲,愈思愈痛,如此悲痛,生者不堪,死而有灵亦不得安眠地下。文章至此如何收束得住呢?不必担心,作者忽接以"自古圣贤"两句加以逆挽,是所谓"顺其变以节其哀,故存者不至于伤生,逝者不至于甚痛"(韩愈《顺宗实录》)。开阖自如,方显得思路恢宏,文情多姿。

那么,作者的情绪是否得到一点平静了呢?没有。"盛必有衰而生必有死,物之常理也"(《祭蔡端明文》)。这道理虽然明白,但一想起当年的交往,昔日的情事,依然是悲不可抑,泪如泉涌,所谓"圣人忘情",实在是自愧不能。似了非了,余情不尽。

这篇祭文不详于叙事,诸如曼卿的家世、生平、事业等等,一概略去(因为作者前已有《石曼卿墓表》),而重在抒情,这是它在内容上的特点。如何抒情呢?作者通过物之盛衰,人之生死,形、名之存亡等等的议论,而在这些议论中,始终交织着事实与情感、常理与心理、客观与主观的矛盾,一波一折,千回百转,而终究是事不胜悲悲不已,理不解情情更伤,低回凄咽,一往情深,真可谓善于言哀。这,便是它在表现上的特点,当然,也可以作为欧阳修的"纤徐委备,往复百折"的行文风格的一个生动的例证。

(赵其钧)

尹师鲁墓志铭

原文

师鲁，河南人，姓尹氏，讳洙①。然天下之士识与不识皆称之曰师鲁，盖其名重当世；而世之知师鲁者，或推其文学，或高其议论，或多其才能。至其忠义之节，处穷达，临祸福，无愧于古君子，则天下之称师鲁者未必尽知之。

师鲁为文章，简而有法。博学强记，通知今古，长于《春秋》②。其于人言，是是非非，务穷尽道理乃已，不为苟止而妄随，而人亦罕能过也。遇事无难易，而勇于敢为，其所以见称于世者，亦所以取嫉于人，故其卒穷以死。

师鲁少举进士及第，为绛州正平县主簿③、河南府户曹参军④、邵武军判官⑤，举书判拔萃⑥，迁山南东道掌书记，知伊阳县⑦。王文康公⑧荐其才，召试，充馆阁校勘，迁太子中允⑨。天章阁待制范公贬饶州⑩，谏官御史不肯言，师鲁上书，言仲淹臣之师友，愿得俱贬，贬监郢州⑪酒税，又徙唐州⑫。

237

遭父丧，服除，复得太子中允，知河南县[13]。赵元昊[14]反，陕西用兵，大将葛怀敏[15]奏，起为经略判官。师鲁虽用怀敏辟，而尤为经略使韩公[16]所深知。其后诸将败于好水[17]，韩公降知秦州[18]，师鲁亦徙通判濠州[19]。久之，韩公奏，得通判秦州。迁知泾州[20]，又知渭州[21]，兼泾原路经略部署[22]。坐城水洛与边臣异议，徙知晋州[23]，又知潞州[24]。为政有惠爱，潞州人至今思之。累迁官至起居舍人、直龙图阁[25]。

师鲁当天下无事时，独喜论兵，为《叙燕》《息戍》二篇行于世。自西兵起凡五六岁，未尝不在其间。故其论议益精密，而于西事尤习其详。其为兵制之说，述战守胜败之要，尽当今之利害，又欲训士兵代戍卒以减边用，为御戎长久之策，皆未及施为。而元昊臣，西兵解严，师鲁亦去而得罪矣。然则天下之称师鲁者，于其才能亦未必尽知之也。

初，师鲁在渭州，将吏有违其节度者，欲按军法斩之而不果。其后吏至京师，上书讼师鲁以公使钱贷部将，贬崇信军节度副使，徙监均州[26]酒税。

得疾、无医药,舁至南阳求医。疾革,隐几而坐,顾稚子在前,无甚怜之色;与宾客言,终不及其私。享年四十有六以卒。

师鲁娶张氏某县君。有兄源,字子渐,亦以文学知名,前一岁卒。师鲁凡十年间三贬官,丧其父,又丧其兄。有子四人,连丧其三。女一适人,亦卒。而其身终以贬死。一子三岁,四女未嫁,家无余资,客其丧于南阳不能归。平生故人无远迩皆往赙之,然后妻子得以其柩归河南。以某年某月某日葬于先茔之次。

余与师鲁兄弟交,尝铭其父之墓矣,故不复次其世家焉。

铭曰:

藏之深,固之密。石可朽,铭不灭。

〔注〕

① 尹洙(1001—1047):字师鲁,河南(治今河南洛阳东)人,世称河南先生。为文简古,曾与欧阳修等倡为古文。

②　《春秋》：古编年体史书,旧传为孔子所撰,记事起鲁隐
　　公元年(前722),讫哀公十四年(前481)。为儒家经典
　　之一。

③　绛州：治今山西新绛。主簿：官名,知县的佐官。

④　河南府：治今河南洛阳。户曹参军：官名,州府属官,
　　六曹参军之一,掌户籍、赋税等。

⑤　邵武军：宋太宗时分建州置军,治今福建邵武。判官：
　　州府幕府官,掌审判案件。

⑥　书判拔萃：铨选科名。天圣七年(1029)所定试法,应试
　　选人撰判词三十道,佳者赴京试判词十道,合格者予殿
　　试,选授官职。

⑦　伊阳县：今河南汝阳。

⑧　王文康公：王曙(963—1034),字晦叔,官至枢密使同中
　　书门下平章事,卒谥文康。

⑨　太子中允：官名,属东宫官,随宜设置。

⑩　天章阁：天禧四年(1020)建,天圣八年(1030)置备皇帝
　　顾问的侍从官待制。范公：范仲淹。饶州：治今江西
　　波阳。

⑪　郢州：治今湖北钟祥。

⑫　唐州：治今河南唐河。

⑬　河南县：今河南洛阳。

⑭　赵元昊(1003—1048)：即李元昊,西夏国建立者。世称
　　夏景宗。公元1032—1048年在位。对宋多次进行战
　　争,至天授礼法延祚七年(1044)与宋约和。

⑮　葛怀敏(？—1042)：初以父荫补官,西夏进扰,除泾原
　　路副都总管,兼招讨、经略、安抚副使。后与西夏军战,
　　败死。

⑯　韩公：韩琦(1008—1075),时任陕西经略安抚副使,与
　　范仲淹等共事,指挥防御西夏战事。

⑰　好水：好水川,在今宁夏隆德西。庆历元年(1041)二
　　月,韩琦闻西夏谋攻渭州,遣任福等进击,夏兵佯败,宋
　　军被引至好水川,陷伏,任福等阵亡。

⑱　秦州：治今陕西天水。

⑲　濠州：治今安徽凤阳东北。

⑳　泾州：治今甘肃泾川。

㉑　渭州：州名，治今甘肃平凉。

㉒　泾原路：庆历元年(1041)分陕西路置泾原路经略安抚
　　使，治渭州。经略部署：官名，经略使下属的武官，掌
　　军旅屯戍、攻防等事务。

㉓　水洛：今甘肃庄浪。晋州：治今山西临汾。

㉔　潞州：治今山西长治。

㉕　起居舍人：中书省官员，当时为寄禄官，无实职。龙图
　　阁：咸平四年(1001)前建，景德元年(1004)置直龙图
　　阁，以他官兼领。

㉖　均州：治今湖北丹江口市。

鉴赏

　　欧阳修一踏上仕途，便结识了比他大六岁的尹洙，他曾在《记
旧本韩文后》中说过："官于洛阳，而尹师鲁之徒皆在，遂相与作为
古文"。应该说尹洙古峭凝练的文风，以及他的"大抵文字所忌
者，格弱字冗"(《湘山野录》卷中引)的见解，对欧阳修都是很有
启发的。两人志趣相投，情如兄弟，偶一小别，便生悬念。这从欧
阳修的诗中可以看出："追怀洛中俊，已动思归操。为别未期月，
音尘一何杳。因书写行役，聊以为君导。"(《代书寄尹十一
兄……》)因此庆历八年(1048)，欧阳修提笔写这篇《尹师鲁墓志
铭》时，其心情之沉痛是可以想见的。但是，事有意外，《墓志》写
成之后，师鲁的亲属和一些朋友却大加责难："师鲁文章不合只著
一句(即'简而有法')道了"；"铭文不合不讲德，不辩师鲁以非
罪"。这当然不是一般的意见了，所以第二年(1049)欧阳修又写
了《论尹师鲁墓志》(以下称《论墓志》)一文，对《墓志》的作意、作
法详细地申述一番，因此，将这两篇文章合读是非常必要的。

欧阳修在《论墓志》中说:"修见韩退之与孟郊联句便似孟郊诗,与樊宗师作志便似樊文,慕其如此,故师鲁之志,用意特深而语简,盖为师鲁文简而意深。"这段话值得注意,因为它很明白地告诉我们,欧阳修是在有意识地效法师鲁的文风,为师鲁写《墓志》(这做法的本身就含有敬慕与评价)。所以如何理解《墓志》,也就应该从"简而有法""简而有深意"入手。"简"不是浅显、粗疏,相反地,它要求文章以最精练的词语,最典型的题材,寄寓作者的是非褒贬之深意,而寄寓的方法,不必呼天抢地,也不必高谈阔论,滔滔不绝。请看:"《春秋》之义,痛之益至,则其辞益深……诗人之意,责之愈切,则其言愈缓。"(《论墓志》)那些对《墓志》的种种责难,正是由于不明此理,不解此法而产生的。比如《墓志》中虽然只用"简而有法"一句评论师鲁之文,但要知道"此一句在孔子六经,惟《春秋》可当之"(同上)。其用意非浅,分量非轻,单看字之多少只能是"无识者"之见。再比如《墓志》中说:"至其忠义之节……则天下之称师鲁者未必尽知之。"很显然,这是作者要着意强调之处。但尽管如此,人的一生,历事甚多,"不可遍举,故举其要者一两事以取信。如上书论范公,而自请同贬,临死而语不及私,则平生忠义可知也;其临穷达祸福不愧古人,又可知也"(《论墓志》)。具有如此高风亮节,祸福不动其心的人,"必不犯法,况是仇人所告,故不必区区曲辩也。今止直言所作,自然知非罪矣"(同上)。若再联系起来加以考察,像这样文学、才能、议论、忠义皆备之人,而最终"为仇人挟情论告以贬死",其后人又如此贫病不堪,则死者之冤屈,作者之同情,自然可知,也就"不必号天叫屈,然后为师鲁称冤也。故于其铭文但云:'藏之深,固之密,石可朽,铭不灭。'意谓举世无可告语,但深藏牢埋此铭,使其不朽,则后世必有知师鲁者,其语愈缓,其意愈切,诗人之义也。"(同上)其立意之深远,表现形式之选择,无不蕴含了作者对师鲁的敬仰,对黑暗现实的愤慨!

如果我们再看看欧阳修的其他文章,还会发现在他的理论中"简"不是孤立存在的。他还说过:《春秋》是"谨一言而信万世","及后世衰,言者自疑于不信,始繁其文"(《薛墼墓表》);"事信言文,乃能表现于后世"(《代人上王枢密求先集序书》)。可见,"简"是与"信"、与"文"相联系的,其目的在于"传"。因而作文的态度要严谨,"不虚美,不溢恶",实事求是。诚然,师鲁确实博学强记,长于古文,对宋代古文振兴确有影响。但是,"若作古文自师鲁始,则前有穆修、郑条辈,及有大宋先达甚多,不敢断自师鲁始也"(《论墓志》)。很清楚,作者既不因为与师鲁有"兄弟"之交,也不因为有人说他对师鲁称赞不够,便放弃信而实的原则,去滥作虚美之词。同时,欧阳修的这篇《墓志》在"文"的方面也是颇为用力的,且不说遣词用语之精深,选材之精当(以上分析已涉及此类问题),就是篇章结构,人物表现,也是很有讲究的。比如文章的开头,既不叙师鲁如何如何,也不抒己见如何如何,而是凌空著笔,总述"世人"对师鲁的知与不知,高屋建瓴,大有揽天下于笔底之势。其好处在于:第一,师鲁之幸与不幸,作者之胸襟识见,一寓其中;第二,那"天下之称师鲁者未必尽知之"一语,不仅领起全文,并暗示了"墓志"的重心所在;第三,它表现了作者一开始就将师鲁与"世人"联系起来,也就是将人物置于社会现实中加以考察,从而把人物塑造引向正确方向。因而,文中在写师鲁才能、议论、忠义、爱民以至其结局时,无不与现实相关联。这样,既揭示了师鲁悲剧的社会根源,也透过人物命运折射出时代面貌。"不识黄云出塞路,岂知此声能断肠?"(欧阳修《明妃曲和王介甫》)作者之所以能如此理解,并满怀深情为师鲁写出这样词简意深、章法谨严的墓志,与他自己几遭排斥的经历不无关系。"其所以见称于世者,亦所以取嫉于人",像这种深刻而辩证的判断,何尝不饱含自己的体验、自己的辛酸和悲愤呢!

如果说《墓志》,是作者撰写墓志的主张,也是他的文学主张的一次成功的实践;那么《论墓志》,则是对这一实践的意图和手法,从理论上作了具体而细致的分析。这不但有助于理解《墓志》,还可以使我们看到一个严肃的作家,在创作中是如何精心地、认真地去坚持、去实践自己的观点和理论的。不过,就《论墓志》的出现而言,读者除了感谢欧阳修,还应该向"世之无识者"致谢,因为正是他们的责难,才促成了它的诞生。

(赵其钧)

泷冈阡表

原文

呜呼！惟我皇考崇公卜吉于泷冈之六十年[①]，其子修始克表于其阡。非敢缓也，盖有待也。

修不幸，生四岁而孤。太夫人守节自誓，居穷，自力于衣食，以长以教，俾至于成人。太夫人告之曰："汝父为吏廉，而好施与，喜宾客。其俸禄虽薄，常不使有余，曰：'毋以是为我累。'故其亡也，无一瓦之覆、一垅之植，以庇而为生。吾何恃而能自守邪？吾于汝父，知其一二，以有待于汝也。自吾为汝家妇，不及事吾姑，然知汝父之能养也。汝孤而幼，吾不能知汝之必有立，然知汝父之必将有后也。吾之始归也，汝父免于母丧方逾年。岁时祭祀，则必涕泣曰：'祭而丰，不如养之薄也。'间御酒食，则又涕泣曰：'昔常不足，而今有余，其何及也！'吾始一二见之，以为新免于丧适然耳。既而其后常然，至其终身未尝不然。吾虽不及事姑，而以此知汝父之能养也。汝父为吏，尝夜烛治官书,屡废而叹。吾问之,则曰:'此死狱也②,我求其生不得尔。'吾曰:'生可求乎?'曰:'求其生而不得,则死者与我皆无恨也;矧求而有得邪!以其有得,则知不求而死者有恨也。夫常求其生,犹失之死;而世常求其死也。'回顾乳者剑③汝而立于旁,因指而叹曰:'术者谓我岁行在戌将死④,使其言然,吾不及见儿之立也,后当以我语告之。'其平居教他子弟,常用此语,吾耳熟焉,故能详也。其施于外事,吾不能知;其居于家,无所矜饰,而所为如此,是真发于中者邪⑤。呜呼!其心厚于仁者邪,此吾知汝父之必将有后也。汝其勉之!夫养不必丰,要于孝;利虽不得博于物,要其心之厚于仁。吾不能教汝,此汝父之志也。"修泣而志之,不敢忘。

先公少孤力学,咸平三年⑥进士及第,为道州判官⑦,泗、绵二州推官⑧,又为泰州判官⑨。享年五十有九,葬沙溪⑩之泷冈。太夫人姓郑氏,考讳德仪,世为江南名族。太夫人恭俭仁爱而有礼,初封福昌县太君⑪，进封乐安、安康、彭城三郡太君⑫。自其家少微时，治其家以俭约，其后常不使过之，曰："吾儿不能苟合于世，俭薄所以居患难也。"其后修贬夷陵⑬，太夫人言笑自若，曰："汝家故贫贱也，吾处之有素矣。汝能安之，吾亦安矣。"

自先公之亡二十年，修始得禄而养⑭。又十有二年，列官于朝，始得赠封其亲⑮。又十年⑯，修为龙图阁直学士、尚书吏部郎中、留守南京⑰。太夫人以疾终于官舍⑱，享年七十有二。又八年，修以非才，入副枢密，遂参政事⑲。又七年而罢⑳。自登二府㉑，天子推恩，褒其三世。故自嘉祐以来，逢国大庆，必加宠锡。皇曾祖府君累赠金紫光禄大夫、太师、中书令㉒，曾祖妣累封楚国太夫人。皇祖府君累赠金紫光禄大夫、太师、中书令兼尚书令㉓，祖妣累封吴国太夫人。皇考崇公累赠金紫光禄大夫、太师、中书令兼尚书令，皇妣累封越国太夫人㉔。今上初郊㉕，皇考赐爵为崇国公，太夫人进号魏国。

于是,小子修泣而言曰:"呜呼!为善无不报,而迟速有时,此理之常也。惟我祖考,积善成德,宜享其隆。虽不克有于其躬,而赐爵受封,显荣褒大,实有三朝㉖之锡命,是足以表见于后世,而庇赖其子孙矣。"乃列其世谱,具刻于碑。既又载我皇考崇公之遗训,太夫人之所以教而有待于修者,并揭于阡。俾知夫小子修之德薄能鲜,遭时窃位;而幸全大节,不辱其先者,其来有自。

熙宁三年㉗岁次庚戌四月辛酉朔十有五日乙亥,男推诚保德崇仁翊戴功臣、观文殿学士、特进、行兵部尚书、知青州军州事、兼管内劝农使、充京东东路安抚使、上柱国、乐安郡开国公,食邑四千三百户、食实封一千二百户㉘修表。

〔注〕

①　崇公:即崇国公。欧阳修的父亲名观,字仲宾,卒于大中祥符三年(1010),追封崇国公。泷(shuāng)冈:地名。在今江西省永丰县沙溪镇南之凤凰山。

②　死狱:谓应判处死刑的案件。

③　剑:挟抱。一本作"抱"。

④ 术者：指占卜、算命的人。岁行在戌：古代天文学有岁星纪年法。星指岁星，即木星；岁指太岁。岁星每十二年一周天，经历黄道带的十二星次，如"星纪"、"玄枵"等，至某一星次即以"岁在某某（该星次名）"纪年。但岁星运行为自西向东，与将黄道带分为由子至亥十二地支的方向相反，故另设想一个假岁星，称为"太岁"，与岁星作反方向即自东向西运行，而与十二地支方向顺序一致。《尔雅·释天》所说的"太岁在寅"、"在卯"等，用的就是太岁纪年法。"岁行在戌"，即是戌年。

⑤ 发于中：出自内心。邪：此同"也"。参王引之《经传释词》卷四引王念孙说。下句"邪"字同。

⑥ 咸平三年：公元1000年。咸平，宋真宗赵恒年号。

⑦ 道州：州名，宋属荆湖南路，治所在今湖南道县，位于湘江支流潇水流域。判官：官名。州府长官的僚属，主管文书，小州判官或兼理司法。

⑧ 泗：泗州，宋属淮南东路，治所在今安徽泗县。绵：绵州，宋属成都府路，治所在今四川绵阳。推官：与判官同为州府长官的僚属，主管司法事务。小州推官、判官不并置，或以推官兼观察支使。

⑨ 泰州：州名，宋属淮南东路，治所即今江苏泰州市。据《欧阳修年谱》载，欧阳观卒于泰州任所。

⑩ 沙溪：地名，在今江西永丰县南。

⑪ 福昌：古县名。太君：古代对官吏母亲的一种封号，有县太君、郡太君，次于太夫人。

⑫ 乐安、安康、彭城：皆古郡名。按，这些郡、县名仅作赠封的一种荣誉称号，并非实封其地。

⑬ 夷陵：县名。为荆湖北路峡州首县，治所在今湖北宜昌市东南。仁宗景祐三年（1036），范仲淹因得罪宰相吕夷简而被黜，欧阳修为之鸣不平，作《与高司谏书》，与高若讷争辩，因言辞激烈，反对坚决，遭贬夷陵县令。其母郑氏随同前往。

⑭ 得禄而养：谓做官而得俸禄以归养母亲郑氏。案欧阳修进士及第在仁宗天圣八年（1030），由此得授官食禄，上距其父死之大中祥符三年（1010），整二十年。

⑮ "又十有二年"三句：仁宗康定元年(1040)，欧阳修被召
还京，复任馆阁校勘原官，转太子中允。庆历元年
(1041)十一月，仁宗祀南郊，加恩百官，欧阳修亦得升
迁，由太常博士加骑都尉，改集贤校理。封赠其亲，当
在此年。

⑯ 又十年：即仁宗皇祐二年(1050)。

⑰ 龙图阁直学士：官号，宋代加给侍从官的一种荣誉头
衔。龙图阁，宋代收藏和管理图书典籍的官署。尚书
吏部：尚书省下属之官署名。郎中为部内各司的主
管。留守：官名。北宋时，皇帝外出巡视或亲征，每命
亲王或大臣留守京城，称东京留守，掌管宫钥及京城治
理与守卫等事。当时西京河南府、南京应天府与北京
大名府亦均各置留守，以知府兼任之。南京：真宗时，
升宋州为应天府，建为南京，治所在今河南商丘市。以
上龙图阁直学士为加衔；尚书吏部郎中为寄禄官，仅用
以定官位俸禄，无实际职掌；欧阳修此时的实职为知应
天府兼南京留守司事。

⑱ "太夫人"句：欧阳修母郑氏卒于皇祐四年(1052)。

⑲ 入：这里指进入中央最高军政机关。副枢密：即任枢
密副使。参政事：即任参知政事(副宰相)。据《欧阳
修年谱》所载，欧阳修于仁宗嘉祐六年(1061)由枢密副
使转户部侍郎参知政事。

⑳ 又七年：即英宗治平四年(1067)，欧阳修罢参知政事，
以观文殿学士、刑部尚书出知亳州。

㉑ 二府：宋以枢密院掌军事，称西府；以中书门下掌政务，
称东府。合称二府，为最高国务机关。

㉒ 累赠：陆续追赠许多官爵，其最终所封之最高官爵称累
赠。金紫光禄大夫：官名。宋制，金紫光禄大夫用作
官阶之号，为正三品文阶官。太师：官名。三师(或称
"三公")之一。宋制，以太师、太傅、太保为三师。宋代
的太师属特殊待遇之荣衔，一般只封赠少数开国元勋
或累朝元老重臣。中书令：官名，中书省长官。宋制，
中书令乃未尝真拜之赠官，一般以他官兼领此职者，均
不预政事，仅示官阶。

㉓ 尚书令：官名，尚书省长官(唐初行宰相之职)。北宋元丰年间改革官制以前，尚书令仅用以定官位俸禄，无实际职掌。

㉔ 越国太夫人：据《欧阳修行状》及《神道碑》、《墓志铭》，欧母郑氏封号均称"韩国"，不言"越国"、"魏国"。而《欧阳氏谱图系》记欧母封号唯言"魏国"，未称"越国"、"韩国"。然据下文言及其父"皇考赐爵为崇国公"，而遍查《欧阳修年谱》、《行状》、《神道碑》、《墓志铭》等，却均作"郑国公"，且崇国公实际上又是欧阳观最后之封号，是"越国太夫人"也很可能为郑氏之最后封号，诸墓志碑状均属误记。

㉕ 今上：谓神宗赵顼，在位十八年(1067—1085)。初郊：指神宗即位后举行的首次郊祀活动。郊，郊祀，封建帝王的祀天活动。

㉖ 三朝：谓仁宗、英宗、神宗三朝。

㉗ 熙宁：神宗赵顼年号，三年为公元 1070 年。

㉘ "推诚保德崇仁翊戴功臣"以下所列是欧阳修当时的全部封爵、官衔和职务。

鉴赏

《泷冈阡表》是欧阳修在其父下葬六十年之后所写的一篇追悼文章，是他精心创制的一篇力作。全文平易质朴，情真意切，如话家常，历来被视为欧文的代表作品，与唐韩愈的《祭十二郎文》、清袁枚的《祭妹文》同被称为"千古至文"。

由于欧阳修父亲亡故时，他才四岁，无法知悉亡父的生平行状，这就使他在撰述本文时遇到了困难。作者的高明之处亦即本文最大的特点之一，即是在文章中采取了避实就虚、以虚求实、以虚衬实的写作方法，巧妙地穿插了其母太夫人郑氏的言语，以她口代己口，从背面和侧面落笔。一方面以此为依据，追念和表彰其父的仁心惠政；另一方面，在表父阡的同时，也顺水行舟，同时颂扬其母德妇节，使一位贤妻良母型的女性形象，栩栩如生地凸现在读者眼前。父因母显，母受父成。文章构思高明的地方，即在于一碑双表，二水分流；明暗交叉，互衬互托。而其舒徐有致、简易平实的文风，其谦恭平和、实事求是的态度，更使一切浮华失实的诔墓文字黯然失色。诚如明人薛瑄《薛文清公读书录》所谓："凡诗文出于真情则工，昔人所谓出于肺腑者是也。如《三百篇》、《楚辞》、武侯《出师表》、李令伯《陈情表》、陶靖节诗、韩文公《祭兄子老成文》、欧阳公《泷冈阡表》，皆所谓出于肺腑者也，故皆不求工而自工。故凡作诗文，皆以真情为主。"

文章的第一段，主要交待在他父亲葬后六十年才写这篇阡表的原因，即："非敢缓也，盖有待也。"这"有待"二字极为重要，因为它是统摄全文的纲领，亦是纵观通篇的眼目。按照《宋史·职官志》关于"赠官"的规定，子孙显贵，其已亡故的父祖可有赠封赐爵的荣耀，所追封的世数（自一代至三代）和赠官阶级高低视子孙的官位而定。"待"也者，待己显贵，荣宗耀祖，然后上阡表，可以告慰于先灵。

也正因如此，文章的第二段，便拿稳"有待"二字大作文章，处处借助于太夫人口中所反复出现的一个"知"字（"知汝父之能养"，"知汝父之必将有后"），缅怀往事，追述亡父行状，如水之开闸，随势而走，分叉奔流。近代桐城派散文家、翻译家林纾评注道："文为表其父阡，实则表其母节，此不待言而知。那知通篇主意，注重即在一'待'字，佐以无数'知'字，公虽不见其父，而自贤母口中述之，则崇公之仁心惠政，栩栩如生。"（《林纾评点古文辞类纂》卷八）然而，作者并未将太夫人平日所举兼收并蓄，平铺直叙；

而是经过仔细剪裁,精心筛选,抓住了居家廉洁、奉亲至孝、居官仁厚这三方面典型事例,援证母言,来说明其父之"能养"和"必将有后",从而使篇首的"有待"二字落到了实处。诚如林云铭《古文析义》卷十四所指出的那样:"其有待处,即决于乃翁素行。因以死后之贫验其廉,以思亲之久验其孝,以治狱之叹验其仁。或反跌,或正叙,琐琐曲尽,无不极其斡旋。"而段末之"修泣而志之,不敢忘"一句,收束凝练,前呼后应,更提醒篇首的一个"教"字。同写"能养""有后",两段叙述又各自不同。比如,叙其廉洁,取典型概括法,用"故其亡也,无一瓦之覆、一垅之植,以庇而为生",简约言之,毫不拖泥带水。叙其奉亲,则取剥笋抽茧法,层层进逼,愈进愈深。而叙其居官仁厚,却取一波三折法,跌宕生姿,诚如林纾所云:"至崇公口中平反死狱,语凡数折:求而有得,是一折;不求而死有恨句,又一折;世常求其死句,又一折。凡造句知得逆折之笔,自然刺目。"(同上)文中一句"夫常求其生,犹失之死;而世常求其死也",不只传神地摹写刻画了其父断狱的谨慎和慎之又慎,而且,也是对千百年封建社会治狱官吏草菅人命的深刻概括总结,有着强烈的批判精神与社会意义。

自"先公少孤力学"至"汝能安之,吾亦安矣",行文有一个显著的特点,即叙父略,叙母详。其所以如此,乃是因为"前叙母言,即是父行,而太夫人本行未著也,故于此悉之"(浦起龙《古文眉诠》卷六十二),而且随风乘势,使人并不感觉突兀,也不感到多余。整篇文章虽因母显父,以父扬母,写来却详略得当,次序井然,不枝不蔓,融为一体,颇能显示作者谋篇布局、剪裁缝纫的老到功夫。

文章的最后两段补叙作者仕途历官,详载年数,与篇首"六十年”句首尾呼应。其次,作者也写了其先祖的“赐爵受封,显荣褒大”,并将自己“德薄能鲜”,终得“遭时窃位”而“幸全大节,不辱其先”的功劳一归于祖宗阴德。这在当时,无疑是很得体的话,毫无自矜自夸之意,一片归美先德之心。但在今天看来,作者所鼓吹的“积善成德,宜享其隆”,“善无不报,迟速有时”的因果报应观念,则有着很大的思想局限。

(聂世美)

游大字院记

　　六月之庚,金伏火见,往往暑虹昼明,惊雷破柱,郁云蒸雨,斜风酷热。非有清胜,不可以消烦炎,故与诸君子有普明后园之游。春笋解箨,夏潦涨渠。引流穿林,命席当水。红薇始开,影照波上。折花弄流,衔觞对弈。非有清吟啸歌,不足以开欢情,故与诸君子有避暑之咏。太素最少饮,诗独先成,坐者欣然继之。日斜酒欢,不能遍以诗写,独留名于壁而去。他日语且道之,拂尘视壁,某人题也。因共索旧句,揭之于版,以致一时之胜,而为后会之寻云。

　　古人历来重视自然与人生的关系。他们或视人生为自然的一部分;或把自然视为人生的同类物,因而,畅游于自然之中,在其中倾注自己的感情;或把自然作为一种感情表达的间接方式;或把自然作为人类感情的分享者。他们在自然中或寻找美的对象,或寻求感情的契合,或在大自然中找到自己的归宿。尤其是魏晋以降,随着玄学的兴盛,文人们寄情山水,清游酣咏蔚为风气。晋穆帝永和九年(353)三月三日上巳节,东晋书圣王羲之与当时名士谢安、孙统、孙绰、支遁等41人在会稽山阴(今浙江绍兴)的兰亭过修禊日,饮酒赋诗,畅叙幽情,在自然永恒的映照中,感悟人生的有限。王羲之留下了千古名作《兰亭集序》。从此,兰亭的风雅集会,一直为后代文人所艳称和仿效,充分反映历代文人士大夫的生活情趣。北宋欧阳修的《游大字院记》,就是当时文人的一次清游活动的生动记录。

这篇游记小品写于宋仁宗天圣九年(1031)。这年三月,时年25岁的欧阳修高中进士后,授将仕郎试秘书省校书郎,充西京留守推官,来到洛阳就职,开始了他的仕途生涯。当时任西京留守的钱惟演,出身世家,是吴越王钱俶之子;同时又雅好艺文,是当时著名的西昆体诗派的代表诗人之一。当时,在钱惟演的周围形成了一个文人集团,他的幕府中有尹洙、梅尧臣、欧阳修,以及本文中提到的张太素等文学之士。他们经常在一起清游酣咏,作古文歌诗相唱和。时值六月盛夏,"暑虹昼明,惊雷破柱,郁云蒸雨,斜风酷热",闷热的季节几乎没有阵阵凉风,不时却有几声惊雷,热浪翻滚,令人难耐。欧阳修和朋友们深感"非有清胜,不可以消烦炎",于是去普明后园作一次消暑之游。

呈现在作者眼前的夏日园林的景致是:"春笋解箨,夏潦涨渠","红薇始开,影照波上"。从中可以看到竹木之幽,花卉之盛,清波倒影,流水潺潺,令人凉意顿生,游兴无穷。他和朋友们在自然中寻觅到了心灵的契合,他们欣悦的心情也反映在所描绘的自然景物上。当此情景,他和朋友们也像昔日的书圣一样,"引流穿林,命席当水","折花弄流,衔觞对弈"。在夏日的园林中,席地而坐,喝喝酒,下下棋,意趣横生。文人宴游,自然不可以无诗,故"非有清吟啸歌,不足以开欢情"。他们都是作诗里手,欣然有避暑之咏。日斜酒欢,游兴已阑,遂题诗留名,"以致一时之胜,而为后会之寻云"。

中唐由韩愈、柳宗元倡导的古文运动,由于一味抛弃骈文,除了韩、柳的天才之作外,甚少创作实绩,末流则不免流于尖新艰涩,因而没有最终完成战胜骈文的任务,唐末五代文坛上仍然是骈文的一统天下。由欧阳修领导的宋代古文运动,才结束了骈文独霸文坛的历史,使古文走上了顺利发展的康庄大道。而其中成功的一个重要原因,就是欧阳修等人成功地吸取了骈文的特长并加以改造,以自己的创作实践树立了一种平易自然的范文,于是天下靡然相从。这篇小品作于欧阳修始作古文时,平易简洁,舒畅婉转,骈散结合,体现了他初期散文的特点。

（高克勤）

冯道和凝

原文

故老能言五代时事者云：冯相道[①]，和相凝[②]，同在中书。一日，和问冯曰："公靴新买，其直[③]几何？"冯举左足示和曰："九百。"和性褊急，遽回顾小吏云："吾靴何得用一千八百？"因诟责。久之，冯徐举其右足曰："此亦九百。"于是哄堂大笑。时谓宰相如此，何以镇服百僚。

——《归田录》

〔注〕

① 冯相道：冯道，字可道，自号长乐老，后唐、后晋时历任宰相；契丹灭后晋，又附契丹任太傅；后汉时任太师；后周时又任太师、中书令。
② 和相凝：和凝，字成绩，历仕梁唐晋汉周各朝，后周时任左仆射。
③ 直：同"值"。

鉴赏

在中国历史上，曾经以"长乐老"自诩的冯道，一向被认为是厚颜无耻者的典型。他生当军阀混战的五代，活到 73 岁才死，尽管军阀政权像走马灯一样更迭频繁,但他总是博得一个又一个主子的欢心,始终身居宰相高位。另一宰相和凝,也是官场上的不倒翁,只是他的寿命不如冯道长,臭名也不及冯道那样昭著。

　　本篇不足百字,故事情节极为简单,然而写封建政治的腐败,写官僚们的无聊,留给读者的印象都至为深刻。冯道的年纪比和凝大,资格比和凝老,又深知和凝是一个气量狭隘的人,有意要拿和凝寻开心。当和凝问起新买靴子的价钱时,冯道便举起左脚来说是"九百",和凝一听之下,不加思索,连忙责问小吏"吾靴何得用一千八百",然后冯道才慢吞吞地举起右脚来说"此亦九百"。很简短的几句对话,把冯道的滑稽性格与和凝的急躁情绪表现得十分生动,既引人发笑,又叫人生气。自然篇中也寄托着作者对五代时事的深沉慨叹,因为作者不仅是一位成就卓越的文学家,而且是一位见识高超的史学家。

　　　　　　　　　　　　　　　　　　　　(陈榕甫)

养鱼记

原文

折檐之前有隙地，方四五丈，直对非非堂①。修竹环绕荫映，未尝植物②。因洿③以为池，不方不圆，任其地形；不甃不筑④，全其自然。纵锸以浚之，汲井以盈之，湛乎汪洋，晶乎清明，微风而波，无波而平。若星若月，精彩下入。予偃息其上⑤，潜形于毫芒⑥，循漪沿岸⑦，渺然有江湖千里之想。斯足以舒忧隘而娱穷独也！

乃求渔者之罟⑧，市⑨数十鱼，童子养之乎其中。童子以为斗斛之水，不能广其容⑩，盖活其小者而弃其大者。怪而问之，且以是对。嗟乎！其童子无乃罟昏⑪而无识矣乎！予观巨鱼枯涸在旁，不得其所；而群小鱼游戏乎浅狭之间，有若自足焉。感之而作《养鱼记》。

——《居士外集》

〔注〕

① 非非堂：在作者衙厅西侧，作者有《非非堂记》。
② 植物：种植花草。
③ 洿（wū）：掘土为池。
④ 甃（zhòu）：指砌池壁。筑：指夯平池底。
⑤ 偃息其上：在池旁休息。
⑥ 潜形于毫芒：把自己比作微末细小之物，可以在毫芒之
　　间藏身。
⑦ 循漪沿岸：顺着池面的微波沿岸散步。
⑧ 罟（gǔ）：大的渔网。
⑨ 市：买。
⑩ 广其容：扩大容积。
⑪ 嚚（yín）昏：愚昧糊涂。

鉴赏

　　这是一篇杂文，当然属于小品。所谓"杂文"，原指作品内容驳杂，于文体不易归类，故以"杂"名之。而所谓小品文，其内容实亦属于"杂"之一类。如尺牍、题跋、随笔、日记等短文，皆在小品范畴之内，而其内容也都是无所不包的"杂拌儿"。由此可见，小品文者，第一是形式短小，第二则为内容庞杂。至于今天多称讽刺小品为杂文，此盖肇端于鲁迅的大量作品。其实讽刺小品只是杂文的一种，有些抒情小品，内容又何尝不杂！如果文中抒情与讽刺兼而有之，那恐怕更是标准的"杂"文了。

　　这篇《养鱼记》，可以说是抒情与讽刺兼而有之的杂文。题曰"养鱼"，而文章的一半篇幅都用在对鱼池的描绘上。先从位置写起，说明这小池"直对非非堂"。再写鱼池形成的原因，那是由于

有一块未种花草的空地,便用来挖成一个不方不圆不大不小的土坑,然后注入了清澄的井水,使之成为池塘。池塘虽小,却是足供作者休息和散步的好地方。凭了作者艺术的素养和丰富的想象,竟然在这小小的池边获得了精神寄托,"渺然有江湖千里之想",并且"足以舒忧隘而娱穷独",这确是朴实无华的抒情妙笔。

至于这小池之所以能引起作者的兴趣,则由于它具备以下的优点:其一,它虽由人工挖浚,却能"不方不圆""全其自然",得天真之趣;其二,池水"汪洋"而"清明",有风时微波成漪,无风时平静澄澈,无论星月还是须眉,都能映在池中,毫芒毕现(文中所说的"潜形于毫芒",兼有池水清澄,使自己须眉都映入其中,看得一清二楚的意思)。所以作者在此偃息或散步,乃有一种"自足"之感;即使心有"忧隘"(有忧愁而想不开的事),处境"穷独"(孤寂无聊之谓),也尽得舒展而足以自娱了。可见前半篇那一段绘景状物之文,都是为抒情的目的服务的。其实那个小池塘也未必真如作者笔下所描述的那么美好,但从作者在描述时所流露的情趣来体察,便知道作者在这小天地中具有"审容膝之易安"之乐而怡然自得了。

读者自然要问,为什么文章的后半篇作者要借养鱼一事来发牢骚,并且借题发挥加以讽刺呢?这就要从欧阳修的生平及其整个著作中去寻求答案了。欧阳修并非一位随遇而安、知足常乐的凡庸之辈,这一点毋庸细表;而欧在写此文时还不到 30 岁,其壮志豪情也还未受到任何挫折。不过他本人在洛阳这几年中,似乎并不以当时的社会地位和政治待遇为满足,所以他才有"忧隘""穷独"之感。用句古话说,欧阳修是绝对不甘心做"池中物"的。于是文章才有后半篇。作者借童子只养小鱼,而把大鱼丢在岸上任其枯涸发了一通牢骚,这种借题发挥原是写讽刺小品的应有之笔。关键在于这同前半篇究竟有什么联系。从表面看,鱼是有幸有不幸的。大鱼"不得其所"而小鱼"有若自足",当然太不公平了。而这一不公平的局面却是由"童子"之"嚚昏而无识"造成的。作者对童子的斥责正是对当时社会上主宰命运和人为地制造不公平事件的人的批判。但我认为作者写此文的真正用意,却在于通过大鱼枯涸在岸、小鱼自足于水的生活现实对自己出处进退作出了切身反省。自己究竟是满足于现状,在池塘中自得其乐的"小鱼"呢,还是正被人置于池外,终不免因枯涸而死的"大鱼"?这样,前半篇的抒情部分实际上成了自我讽刺,所谓"渺然有千里江湖之想"不过是一种主观的憧憬,一场自我安慰或自我陶醉的虚幻之梦。而作者当时所处的留守推官的职位,实际仅仅是一泓小小水池,一个不大不小不方不圆的坑塘而已。而像欧阳修这样一条"大鱼",即使能游入池中,在这斗斛之水的容量之下,也没有多少闪转腾跃摇头摆尾的余地。枯涸而死固然委屈了大鱼,放入池中难道就"得其所"了吗?然则这篇文章的讽刺内容实包括讽世和自嘲两个方面,因为作者早已清醒地认识到自己当时的生活面和政治环境还是处于"忧隘"与"穷独"之中,同那枯涸在池边的大鱼实际上是相去无几的。作者所谓"感之而作",其所"感"的内涵正在于此。而以抒情的笔触作为自我嘲讽的手段,则是欧阳修这篇杂文的创新独到之处,必须表而出之。

(吴小如)

祭城隍神文

原文

雨之害物多矣，而城者神之所职，不敢及他，请言城役。用民之力六万九千工，食民之米一千三百石。众力方作，雨则止之；城功既成，雨又坏之。敢问雨者，于神谁尸①？吏能知人，不能知雨。唯神有灵，可与雨语。吏竭其力，神祐以灵。各供厥职，无愧斯民。

〔注〕

① 尸：这里是管理的意思。

鉴赏

旧时各郡县都有城隍庙，城隍神等于阴间的一城长官。小民在阳间受官吏管，到阴间便受城隍菩萨管。无形的阴间势力大于有形的阳间势力，所以连封疆大吏也要向城隍神乞援。

但城隍之"隍"，原义实指无水的城壕，《礼记·郊特牲》"天子大蜡八"中的蜡祭八神，其七为水庸（鄘），相传就是后来的城隍，所以古人的祭城隍文，多用于祈晴祈雨，如韩愈为潮州刺史时的祈晴，杜牧为黄州刺史时的祈雨。

欧阳修此文,作于知滁州时(知州相当于刺史)。他对滁州很有感情,从《丰乐亭记》和《醉翁亭记》两篇名文中即可看到。

这篇祭文,写当时修筑城池工程的艰巨:动用了六万九千工力,一千三百石粮食。工程才开始,便受到雨的阻力,工程将完成,又被雨破坏。他于是向城隍神质询:雨是什么神控制调节的?我们做官吏的,只能掌握人,不能掌握雨,唯有你城隍神才能和雨商量。末尾四句,意思是,只有使雨止城成,为神也好,为吏也好,才能对得起百姓。

这一篇是祈晴的,另有一篇《求雨祭文》,末尾有这样的话:"呜呼!民不幸而罹其灾,修与神又不幸而当其事者,以吏食其禄而神享其祀也。今岁旱矣,令虽愚,尚知恐惧而奔走。神至灵也,得不动于心乎?"

古代科学技术不发达,逢到水旱失控时,只得向神灵乞告。欧阳修的两篇祭文中,还隐含对神灵责备之意,因为吏食之禄与神享之祀,都是民脂民膏,现在小民遭受灾难,我们做地方官的尚知恐惧奔走,神是能主宰雨和旱的,比官吏有更大的威力,只要凭神一句话,就能使百姓逢凶化吉,神能无动于衷么?

神终究是虚无飘渺的,最后自必无动于衷,也只好有愧于民。但这类祭文,作为讽刺小品看,却不无意趣,虽然作者的原意,是一本正经地怀着为民请命的愿望写的。

(金性尧)

卖油翁

原文

陈康肃公尧咨①善射，当世无双，公亦以此自矜。尝射于家圃，有卖油翁释担而立，睨之，久而不去，见其发矢十中八九，但微颔之。康肃问曰："汝亦知射乎？吾射不亦精乎？"翁曰："无他，但手熟耳。"康肃忿然曰："尔安敢轻吾射？"翁曰："以我酌油知之。"乃取一葫芦，置于地，以钱覆其口，徐以杓酌油沥之，自钱孔入，而钱不湿。因曰："我亦无他，惟手熟尔。"康肃笑而遣之。此与庄生②所谓解牛斫轮③者何异。

——《归田录》

〔注〕

① 陈康肃公尧咨：陈尧咨，字嘉谟，北宋真宗年间进士，官至翰林学士、天雄军节度使，以善射知名，死后谥号康肃。
② 庄生：庄周，《庄子》作者。
③ 解牛、斫轮：《庄子》中的两个关于手艺纯熟的典故。解牛指庖丁为文惠君解牛，应手而剖。斫轮指齐国轮匠回答齐桓公问斫轮之术，说是要不徐不疾，才能得心应手。

　　《卖油翁》是《归田录》中的名篇，它用生动有趣的故事，说明了"熟能生巧"这个为事实证明过千百次的道理。

　　整个故事突出"手熟"二字。所谓"手熟"，意思是说经过勤学苦练之后，手艺达到纯熟精巧的地步。故事中说到的酌油和射箭，本来是风马牛不相及的两件事，但是在需要"手熟"这一点上有其相同之处。卖油翁和陈尧咨，本来是在身份、地位、性格各方面都悬殊的两个人，但是在掌握"手熟"这一点上有其相同之处。陈尧咨的盛气凌人，卖油翁的泰然自若，对照何等强烈，而"油自钱孔入而钱不湿"与"发矢十中八九"，类比又是何等鲜明。故事以陈尧咨善射开头，而关键人物却是卖油翁，中心思想则是卖油翁一说再说的"手熟"。末尾一句"与解牛斫轮者何异"看似多余，实际上起着点明主题的作用。

（陈榕甫）

欧阳修诗文

鉴赏辞典

附录

FULU

欧阳修生平与文学创作年表

纪　　年	年岁	生平经历	主要作品	相关大事
宋真宗景德四年（1007）丁未	1	六月二十一日生于绵州。		父欧阳观为绵州军事推官。次年，苏舜钦生。
大中祥符三年（1010）庚戌	4	与妹随母往随州依叔父欧阳晔，时晔为随州推官。家贫，母以荻画地，教以书字。		父卒于泰州军事推官任。上年，苏洵生。此数年间，"西昆体"风行。
大中祥符九年（1016）丙辰	10	家贫无藏书，与藏书甚富的李氏诸子游，得读韩愈文集，甚喜。所作诗赋，叔父大赏，目为奇童，期以重名。		上年，范仲淹进士及第。次年，宋初"晚唐体"代表作家之一惠崇卒。
仁宗天圣元年（1023）癸亥	17	于随州应秋试，作《左氏失之诬论》，因不合官韵未中，然其中警句为人传诵。		寇準卒。
天圣四年（1026）丙寅	20	州试中，荐名礼部。		上年，范仲淹作《奏上时务书》，主张改革文风。

269

纪　年	年岁	生平经历	主要作品	相关大事
天圣五年 （1027） 丁卯	21	应礼部试，不中。		
天圣六年 （1028） 戊辰	22	携文谒翰林学士胥偃于汉阳，得其赏识，冬，随其赴京。		林逋卒。
天圣七年 （1029） 己巳	23	试国子监，为第一，补广文馆生。秋应国学解试，再列第一。识苏舜钦、石延年。		朝廷下诏申戒浮华，革除文弊。
天圣八年 （1030） 庚午	24	应礼部试，晏殊知贡举，为第一。殿试以甲科十四名及第。授将仕郎、试秘书省校书郎，充西京洛阳留守推官。		晏幾道生。
天圣九年 （1031） 辛未	25	至西京。与西京留守、西昆体代表人物钱惟演游，与尹洙、梅尧臣尤善，古文歌诗名冠天下。娶胥偃女。	文《游大字院记》	沈括生。
明道元年 （1032） 壬申	26	两游嵩山。视旱蝗。	文《戕竹记》《养鱼记》	梅尧臣由河南县主簿调河阳县主簿。

270

续表

纪　年	年岁	生平经历	主要作品	相关大事
明道二年（1033）癸酉	27	正月以吏事入京。往随州探叔父。返洛，妻胥氏卒，年仅十七岁，生子未满月。至巩县陪祭庄献刘后、庄懿李后。进阶承奉郎。		朝廷再下诏申戒浮华，革除文弊。上年，元昊受辽册封为西夏国主，后常扰宋。
景祐元年（1034）甲戌	28	三月，西京留守推官任满。五月赴京，召试学士院，授宣德郎，任馆阁校勘，与修《崇文总目》。续娶谏议大夫杨大雅女。	词《玉楼春》（尊前拟把归期说、洛阳正值芳菲节）、《浪淘沙》（把酒祝东风）	苏舜钦、柳永进士及第。钱惟演卒。
景祐二年（1035）乙亥	29	七月，妹夫张龟正卒于襄城，妹携女来依。九月，杨氏夫人卒。		
景祐三年（1036）丙子	30	因权知开封府范仲淹忤宰相被贬，右司谏高若讷诋诮之，作书责高，为高告于朝，坐贬峡州夷陵令。	诗《晚泊岳阳》；文《读李翱文》	苏轼生。
景祐四年（1037）丁丑	31	娶户部侍郎薛奎女。十二月，移光化军乾德县令。	诗《戏答元珍》	

271

续表

纪　年	年岁	生平经历	主要作品	相关大事
宝元元年（1038）戊寅	32	三月赴乾德。		
宝元二年（1039）己卯	33	往襄城晤梅尧臣。六月复原官，权武成军节度判官厅公事。奉母至南阳，暂入襄城。		谢绛出守邓州，梅尧臣知襄城。司马光进士及第。苏辙生。
康定元年（1040）庚辰	34	春赴滑州。六月召还，复充馆阁校勘，修《崇文总目》。十月，转太子中允。		范仲淹起为陕西经略招讨安抚使。
庆历元年（1041）辛巳	35	十二月，《崇文总目》成，改集贤校理。		石延年（曼卿）卒。
庆历二年（1042）壬午	36	四月复差同知礼院。八月求外任，九月通判滑州。	文《送曾巩秀才序》《释秘演诗集序》等	王安石进士及第。契丹遣使求关南地，宰相吕夷简荐富弼出使契丹。
庆历三年（1043）癸未	37	三月召还，转太常丞，知谏院。十月，擢同修起居注。以右正言知制诰，仍供谏职。	文《王彦章画像记》	范仲淹参知政事，富弼为枢密副使。庆历新政开始推行。
庆历四年（1044）甲申	38	三月兼判登闻检院。八月除龙图阁直学士、河北都转运按察使。十一月进朝散大夫。	诗《水谷夜行寄圣俞、子美》；文《朋党论》	宋与西夏和议成。苏舜钦由范仲淹荐，召试集贤校理，监进奏院，旋以售废纸钱设宴，遭劾、削职为民。

纪　年	年岁	生平经历	主要作品	相关大事
庆历五年（1045）乙酉	39	权知成德军事。上书辩言范仲淹等推行新政者无可罢之罪，为反对新政者诬，后虽辨明，亦贬知滁州。		新政推行者范仲淹、富弼等以党论相继被罢。石介卒。黄庭坚生。
庆历六年（1046）丙戌	40	知滁州，建丰乐亭、醉翁亭，自号醉翁。	诗《啼鸟》《菱溪大石》；文《醉翁亭记》《〈梅圣俞诗集〉序》	范仲淹改知邓州。
庆历七年（1047）丁亥	41	十二月以南郊恩，加上骑都邑，封开国伯。	诗《丰乐亭游春三首》《怀嵩楼新开南轩与郡僚小饮》；文《送杨寘序》等	尹洙卒。
庆历八年（1048）戊子	42	转起居舍人，仍知制诰。知扬州，建无双亭、平山堂。	诗《别滁》；文《尹师鲁墓志铭》等	苏舜钦卒。
皇祐元年（1049）己丑	43	移知颍州。四月，转礼部郎中，八月复龙图阁学士。	词《浣溪沙》(堤上游人逐画船、湖上祝桥响画轮)	秦观生。
皇祐二年（1050）庚寅	44	七月改知应天府兼南京(今河南商丘)留守司事。		
皇祐三年（1051）辛卯	45	知应天府。	文《〈苏氏文集〉序》等	

续表

纪　年	年岁	生平经历	主要作品	相关大事
皇祐四年（1052）壬辰	46	三月丁母忧。四月起复旧官，辞。		范仲淹卒。
皇祐五年（1053）癸巳	47	护母丧归泷冈，胥氏、杨氏二夫人祔葬。冬返颍州。	文《新五代史·伶官传序》等	陈师道生。
至和元年（1054）甲午	48	服母丧满，返京。八月诏修《唐书》。九月，迁翰林学士，兼史馆修撰，又差勾当三班院。	文《送徐无党南归序》等	
至和二年（1055）乙未	49	出使契丹。	诗《边户》等。	晏殊卒。
嘉祐元年（1056）丙申	50	自契丹还。知通进银台司兼门下封驳事。苏洵父子来谒，荐于朝。	词《朝中措》（平山阑槛倚晴空）等	周邦彦生。
嘉祐二年（1057）丁酉	51	知礼部贡举，黜险怪奇涩文，取苏轼、苏辙兄弟，程颢、曾巩。		柳永卒。
嘉祐三年（1058）戊戌	52	三月兼侍读学士。六月权知开封府。		王安石提点江东刑狱，作《上仁宗皇帝言事书》，倡言变法。
嘉祐四年（1059）己亥	53	免权知开封府，转给事中同提举在京诸司库务。充御试进士详定官。兼充群牧司。	诗《和王介甫明妃曲二首》；文《秋声赋》等	

纪　　年	年岁	生平经历	主要作品	相 关 大 事
嘉祐五年（1060）庚子	54	七月,上新修《唐书》,转礼部侍郎。九月,兼翰林侍读学士。十一月,拜枢密副使,同修枢密院时政记。		梅尧臣卒。
嘉祐六年（1061）辛丑	55	闰八月转户部侍郎、参知政事,封开国公。九月,同修中书时政记。		宋祁卒。
嘉祐七年（1062）壬寅	56	九月,进阶正奉大夫,加柱国,并赐推忠佐理功臣。		
嘉祐八年（1063）癸卯	57	转户部侍郎,进阶金紫光禄大夫。		沈括进士及第。
英宗治平元年（1064）甲辰	58	转吏部侍郎,固辞。		
治平二年（1065）乙巳	59	乞外任,不允。以大雨乞避位,不允。	诗《秋怀》;文《相州昼锦堂记》	濮议之争始。
治平三年（1066）丙午	60	因濮议风波力求去,不允。		苏洵卒。

续表

纪　年	年岁	生平经历	主要作品	相关大事
治平四年（1067）丁未	61	为御史彭思永等诬，虽神宗察其诬，斥彭等，仍力求去，除观文殿学士转刑部尚书，知亳州。笔记《归田录》成。	文《祭石曼卿文》	英宗崩，神宗即位。王安石知江宁。黄庭坚进士及第。蔡襄卒。
神宗熙宁元年（1068）戊申	62	转兵部尚书，改知青州，充京东东路安抚使。		王安石应诏入京，倡言变法。
熙宁二年（1069）己酉	63	知青州。		王安石参知政事，推行新法。苏轼因反对新法，外任杭州通判。
熙宁三年（1070）庚戌	64	因抵制青苗法为朝廷所责，求退。改知蔡州。改号六一居士。	文《泷冈阡表》《六一居士传》等	王安石拜相。司马光反对新法。
熙宁四年（1071）辛亥	65	以观文殿学士、太子少师致仕。归颍州。成《六一诗话》。		
熙宁五年（1072）壬子	66	编定《居士集》五十卷。闰七月二十三日卒，赠太子太师。后谥文忠，葬开封府新郑县。		

（忆　慈）

图书在版编目(CIP)数据

欧阳修诗文鉴赏辞典：珍藏本 / 上海辞书出版社文学鉴赏辞典编纂中心编. —上海：上海辞书出版社，2020

（中国文学名家名作鉴赏精华）

ISBN 978 - 7 - 5326 - 5663 - 9

Ⅰ.①欧… Ⅱ.①上… Ⅲ.①欧阳修（1007 - 1072）—诗文—文学欣赏—词典 Ⅳ.①I206.441 - 61

中国版本图书馆 CIP 数据核字（2020）第 212581 号

欧阳修诗文鉴赏辞典（珍藏本）

上海辞书出版社文学鉴赏辞典编纂中心　编

责任编辑	吴艳萍	
装帧设计	姜　明	

出版发行　上海世纪出版集团
　　　　　上海辞书出版社(www.cishu.com.cn)

地　　址　上海市陕西北路 457 号(邮编　200040)

印　　刷　上海中华印刷有限公司

开　　本　889×1092 毫米　1/32

印　　张　9

字　　数　203 000

版　　次　2020 年 12 月第 1 版　2020 年 12 月第 1 次印刷

书　　号　ISBN 978 - 7 - 5326 - 5663 - 9 / Ⅰ·464

定　　价　48.00 元